尾气

慢三 著

人民文学出版社

图书在版编目(CIP)数据

尾气/慢三著. —北京：人民文学出版社，2021
ISBN 978-7-02-015712-9

Ⅰ.①尾… Ⅱ.①慢… Ⅲ.①长篇小说-中国-当代 Ⅳ.①I247.5

中国版本图书馆 CIP 数据核字(2019)第 188949 号

责任编辑　朱卫净　王皎娇　胡晓明
装帧设计　钱　珺

出版发行　人民文学出版社
社　　址　北京市朝内大街 166 号
邮政编码　100705
网　　址　http://www.rw-cn.com

印　　刷　山东新华印务有限公司
经　　销　全国新华书店等

字　　数　224 千字
开　　本　890 毫米×1240 毫米　1/32
印　　张　11.125
版　　次　2021 年 4 月北京第 1 版
印　　次　2021 年 4 月第 1 次印刷

书　　号　978-7-02-015712-9
定　　价　59.00 元

如有印装质量问题，请与本社图书销售中心调换。电话：010－65233595

本书中的每一个字（包括标点符号）都是虚构。如有雷同，那是天意。

1

死者当天像往常一样起了个大早,冲凉,刮脸,换上干净的衣服,咬了几口隔夜的切片面包,悄无声息地出了门。

在车库里,他试了好几次都没点燃那辆不满三年车龄的红色森林人。因为一夜大灯未关,蓄电池没电了。他叹了口气,下车从后备箱里拿出应急搭电宝,打开车前盖,接上正负极,打火,发动,汽车轰鸣。

去公司的路上,他把《与我常在》这张 CD 塞进了车载音响,并设置成循环播放。这是陈奕迅在一九九七年发行的个人粤语专辑。当歌中唱到"除非你是我,才与我常在"时,他习惯性地跟着音乐大声唱了起来。

这个时候,还看不出任何他会死的迹象。

上午,他和工作小组的同事们开了一场冗长的选题会。针对大家提上来的各种异想天开的选题,他显然兴致不高,却依旧耐着性子听着,并给出方向性的建议。这个团队是他一手组建起来的,有几个强手,但整体成长较慢。

他拒绝了同事的午饭邀请,独自去楼下的便利店买了份盒饭,在休息间默默吃完后,又回到办公室,继续完成一份下班前要提交上去的预算方案。

他是个工作狂,这是多数认识他的人对他的评价。

预算方案提交后,从下午一点开始,除了中途去过两趟厕所和打了几个电话之外,他一直待在机房,陪着编导和剪辑师审阅新做出来的节目样片。大问题没有,小问题一堆。他指导他们一一记录下需要修改的地方,并定下了交片的时间。

下午两点五十分,他终于审完了样片,收拾东西,准备离开。坐进汽车后,将钥匙插入钥匙孔,他等了半分钟,深吸一口气,踩紧刹车,旋转钥匙。这次发动机挣扎了两下就点燃了。

音乐接着早上断掉的地方开始播放。

妻子发来微信,提醒他别忘记去取生日蛋糕。他没有回。他不可能忘记这么重要的事情。

在国贸商场地下一层蛋糕店的柜台前,他发呆了片刻,直到店员将一盒包装精美的生日蛋糕放在他面前。他问店员有没有可以在蛋糕上写字的奶油裱花嘴卖。

二十分钟后,他从地下车库出来,进入东三环路,沿辅路往北,在双井桥下,掉头往南,随后上了三环主路,在车流中缓慢前行。

此时已经是下午四点半了。

雾霾深重,尾气熏天。

快到国贸桥的时候,他全身的肌肉开始绷紧,眼皮狂跳。他紧握方向盘，盯着左侧的后视镜。一切如常。随后，他咬紧牙关，拨下转向灯的拨杆，开始往左侧并道。

车流拥堵几乎让时间停止。

很快，他全身都被汗水攻陷，掌心湿透，眼球酸胀。

三十秒后，他感到呼吸困难，心脏收紧，浑身发麻，头痛欲裂。他张嘴试图呼救，但为时已晚。

妻子和孩子的笑脸在眼前浮现。他泪流满面。

随即，他停止呼吸，生命终结在了三十九岁的年纪。

音响里，陈奕迅正好又唱到那句"除非你是我，才可与我常在"。

歌曲循环，好似轮回。

在他正前方的挡风玻璃上，留有两个用手指蘸着汗与泪写下的字：

马牛。

2

大家晚上好，欢迎来到"卤煮"脱口秀俱乐部。

在开始演出之前，我想先给在座的各位说一下规矩。当然有规矩，吃饭有规矩，做事有规矩，看演出也有规矩。我们的规矩很简单，就一个字：笑。听到好笑的段子，大家尽管放声大笑，听到不好笑的，大家也要假笑。不笑的人今天别想出这个门。门口那个大个子看见没有，是我们请的打手。你敢不笑？我们打到你笑！

先自我介绍一下。我叫马牛,马德华的马,刘德华的牛。

之所以叫这个名字,是因为我爸姓马,我妈姓牛。他们当初在给我取名字的时候,展开了一场姓氏争夺战,打得那叫一个惨烈,最后两败俱伤,谁也没打过谁,没办法,只能握手言和,签下协议:把姓都安我身上,并且每十年一轮换。所以,我十岁之前叫马牛,十岁到二十岁叫牛马,今年三十岁,又换回了马牛。

现在,我管我爸叫马庄主,管我妈叫牛夫人。

也不知道是不是因为受到这个名字的诅咒,我这一辈子似乎得了劳碌命。大家看我是不是觉得特别老?那天我一照镜子,居然发现脸上有一块一块的老年斑。我的天,才三十岁就有老年斑了,这往后还怎么活啊!后来我仔细一看,发现是很久没擦镜子了。

我是一名警察。

等等,我好像看见台下有人听到"警察"这两个字,身体不由自主地抖动了一下。喂,这位,您怎么走了?心虚吗?还行,大多数都在。今天的观众不仅素质不错,底儿还干净。上次我一说"我是一名警察",哗,一大批观众站了起来,争前恐后地往外拥。后来我才知道,原来是一个盗窃团伙团建,来听脱口秀。好家伙,没想到业余说点脱口秀,还能顺带抓抓罪犯。

没开玩笑,我真的是一名警察,刑警。很多人对此不理解,说你一刑警,闲着没事,晚上跑俱乐部说笑话逗人乐,干吗呢这是?我说你们不懂,这个脱口秀俱乐部其实是一个"犯罪集团",我在这里做卧底。嘘,小声点,别被老板听见,搞不好把我灭口了。

不相信？我给你们分析分析。一群人，窝在这样一个小空间里，啥也不干，就说笑话，听笑话，哈哈大笑一通，然后带着满意而诡异的笑容离去，消失在茫茫的黑夜中。这说明什么？说明这里面有蹊跷。至于到底是什么，很抱歉，我在这儿做卧底两年了，还是什么都没查出来。等我查出来了再告诉你们。

很多人对刑警好奇，总把我们想象成电影或书中的神探。其实我们和大多数人差不多，只是在做一份工作罢了。只不过你们上班是写文档做PPT，我们则是抓罪犯。有一次我坐公交车上班，有个小偷在我的兜里摸来摸去，最后还真被他摸到了。我一把抓住他的手说，哥们，摸到什么了吗？他看着我说，摸到了。是什么？……是枪！

怎么又有两位要走了？信不信我把枪掏出来？

开个玩笑。我们刑警也不是随时都把枪带身上的。我拿出手铐把小偷一铐，心想这就算完事儿了。没想到那小偷扭身看着我说，警察同志，你是不是忘记说点什么了？我一愣，说什么呀？他说，你难道不应该说"你有权保持沉默，但你所说的话将会成为呈堂证供"？我一巴掌拍他头上，你TVB电视剧看多了吧！

实不相瞒，我到现在还是单身，是不是觉得有点不可思议？我这么英俊潇洒，风趣幽默，怎么会找不到女朋友呢？其实吧，一是没时间，太忙了；二呢，我这个职业确实容易把人吓跑。上次我去相亲。对，我经常相亲，怎么了？警察就不能相亲吗？我去相亲，对方一听我是警察，立马蹿了起来，大喊："我不要当寡妇！"说得

5

我好像随时会死似的。

在这里，我也征一下婚。本人马牛，男，想找一位女朋友。这个必须强调一下，以免什么人都来找我。今年三十岁，品行端正，身体正常，没有任何残疾，心理残疾也没有，北京户口……那边那位，听到这四个字，我好像看见你眼睛里在冒光。不过你就算了，我怕你旁边那位会打我。什么？他不是你男朋友？那是什么？男闺蜜吗？

老板提醒我时间到了，只让说五分钟，我一激动没控制住又超时了。其实我是故意的，因为我听说最近有节目制作公司的人来看我们演出，打算给俱乐部弄一档脱口秀节目，所以我故意给自己加戏，多说一会儿……好啦，再说下去老板要打人了！接下来有请下一位脱口秀演员登场，他就是刚才一直站在门口吓唬大家的大个子巴里。让我们把最热烈的掌声送给巴里。有请巴里登场。

温馨提示：趁现在门口没人，要逃走的赶紧！

3

他心情不好。

今天是十月三十一日，星期五。早上，他那个认识了不到三个月的女朋友燕子打来电话，说看中了一套房，让他一起去售楼处。听听这话，她看中了一套房，却要他去售楼处。他想，明摆着是想让他掏钱。但，拿什么买？他只是一名普通刑警，月工资算上奖金也就一万出头，虽然现在跟父母住，省下了房租和饭钱，平时也没什么大的开销，但这点钱真不够花。从工作到现在差不多七八年了，他的银行卡里只有五千块钱，这还是上个月某论坛结束后，领导表彰护送参会人员给他发的奖金。这点钱都不够三环内买一块砖头大小的面积。所以他说："哎呀，燕子，我下午还有活儿要干，出了个大案子。"

"你骗人，这里是北京，能出什么大案子？"她在电话那头犀利地拆穿了他的谎言。

"真的，杀人案，你不相信就算了。"

"我不管。你必须过来一趟，参谋参谋，毕竟买房这么大的事，还得你做主。"

做主就是出钱的意思吧！这话他没敢说出口。

"怎么样啊？来不来给句话！"

"在哪儿？"

"南六环。"

"这么远？"他被吓到了。他住在双井，平时的活动范围基本上就在三环以内。

"我这也是为你考虑，你自己说说，五环内哪块儿的房子你能买得起？"

也不藏着掖着了，目的就这么直接地说了出来。这点他倒是挺欣赏燕子的。他说："我没说要买房啊！"

"不买房，谁和你结婚啊？马牛，你今年都三十岁了！"

这话听着怎么那么熟悉？哦，他想起来了，牛夫人昨天也说过

7

同样的话，难道她们串通好了？

"可是我没钱。"

"我跟咱妈聊过了，她老人家支持我们，说首付他们来掏，月供我们自己解决。老人家真是好人啊！"

"咱妈……你什么时候跟她聊过？"

"昨天啊！我正好路过你家，就上去坐了坐。"

你是特意去的吧！这话他也没敢说出来。实话实说，他就是这么一个不善于应付女人的人。

"那是我爸妈的养老钱。"

"你早点结婚，给他们生个大胖小子，就是给他们最好的养老。好啦，我不多说了，这些话让我一个女孩子来说，我都不好意思。一句话，你来不来吧？不来的话，咱俩这就算掰了。"

她在威胁我，她居然敢威胁一名警察。马牛攥紧拳头，双眉倒竖，一股怒火从心头熊熊燃起。

"我去！"

我去，这两个字里包含两重含义，一重是我去，另一重是"我去"。无论是哪一重，结果都是他在中午时分坐上了往南去的地铁。

马牛和燕子相识于一次脱口秀演出。那天他刚表演完，下来想喝瓶啤酒喘口气，一个美丽的姑娘就靠了上来。她说她经常来看他的演出，是他的粉丝，想加一下他的微信，然后找时间一起吃个饭什么的。他说你不会是想泡我吧？她说是啊，你怎么看出来的？他说我可是警察，你难道不怕吗？她说我就是要找个警察做男朋友。

于是他们就约会了。

他就是这样的人，在女人（包括牛夫人）面前相当被动。当然，如果燕子不是美女他可能会犹豫一下。

她长得确实漂亮。瘦高个，瓜子脸，皮肤白皙，头发秀丽，说她在哪部清宫剧里客串过某位格格也有人相信。她确实是一名演员，只是没演过什么戏，电影学院毕业后去了一家公司当平面模特，收入还行，但比起她常常挂在嘴边的某位明星同学，她实在混得不怎么样。即便如此，她主动上来约马牛，还是出乎很多人的意料，包括他自己。

"你知道你身上最吸引我的地方是什么吗？"跟她认识半个月后，有一天晚上看完电影，她主动挽起了马牛的胳膊。

"什么？"

"男性魅力。我从小就崇拜警察，一直想找个警察做老公。"

马牛笑了笑，感受着她身体的迷人气息。其实呢，他也不傻，知道她图的是什么。他一米七出头的个子，比较敦实的身材，上身长，腿短，方脸，长得没有一丝特点，跟她走在一起，如果穿便服的话，绝对会被人认为这位靓丽的女孩傍了个大款。至于男性魅力，马牛不敢说自己没有，但也确实不是那种特别阳刚型的。她是不是崇拜警察他不知道，但他敢打赌，如果他不是北京警察，而是其他什么地方的警察，她肯定不会看上他。因为北京警察都有北京户口。

但这又有什么关系呢？一个漂亮的女孩，选择嫁给他这种普通

9

人,她理应获得她想要的东西,包括户口。而他,自从真真死了之后,对很多事情都失去了兴趣,包括爱情和婚姻。如果不是燕子而是另外一个女孩,他或许也不会拒绝和她交往。如果这辈子没有任何女孩再出现在他的生活中,一个人待着也挺好。"就这么着呗"是他对待这个世界的基本态度。

于是他就去了。他是真不想去,但燕子非要他去,那就去。去了再说。

先从金台夕照站上了十号线,一直到南三环的角门西站下来,再换乘十四号线,继续往南。地铁站的人很多,地铁上的人也很多,地铁换乘站的人更是多得要死。他心里暗暗叫苦。如果自己每天要挤在这么多的人中间去上班,光想想就得疯掉。

好不容易,他挪到了一个不被人关注的角落,从上衣内侧掏出"秘籍"和笔,记录下一些小小的灵感。所谓"秘籍",不过是一个手机大小的真皮笔记本。这是真真离别前送给他的礼物。棕色的厚牛皮外壳里面,是他随手记下来的段子和素材,以及一张桃心形状的大头贴。在那个四周点缀着彩带和星星的粉色桃心中,马牛和真真的头紧紧靠在一起,脸上洋溢着这辈子或许再也不会出现的幸福笑容。

一直到了一个叫义和庄(跟义和团会不会有什么关系?)的地方,他才算到目的地了。一看手机,坐了将近一个小时的地铁。要是坐高铁的话,半小时前已经到天津了。你怎么不去天津看房啊?这是他想象出来的对她说的第一句话。当然,仅仅是想象,他才不

敢那么说。事实上,他看到她的第一句话是:

"你吃饭了吗?"

她回答说吃了。其实他问这句话的潜台词是:"我还没吃,要不要咱们先找个地方吃点东西,吃饱了肚子再进行下一步?"但她那一句"吃了"就像一副手铐,直接把他铐到了售楼处的沙盘面前。接下来的销售介绍环节,他一个字也没听进去,眼睛到处搜索哪儿有那种里面放满糖果和饼干的玻璃托盘,可惜他什么也没找到。

"如果你们今天不定的话,明天这个户型就没有了。下个月还得涨。旁边上个月刚土拍完,光是楼面价都比我们的房子高,况且我们还是准现房。"

销售的恐吓声把他从饥饿的悬崖边拉了回来。一天之内,作为警察的他居然被不同的人恐吓了两次。

"定金交多少?"她问。

"两万。"

"好的。"她爽快地答应了。

马牛一愣。

"咱们是不是得先商量一下?"

她抱歉地跟销售点点头,然后把他拉到一边。

"你干吗?"

"我……我……卡里没那么多钱。"

"什么?你的意思是你卡里连两万块钱都没有?"

他点点头。他没撒谎。

"那你有多少?"

他伸出五个手指头。

"五千?"

"嗯。"

"现在给你妈打电话,让她转点钱过来。"

"老人家不会网络转账,还得去银行。"

"那就让他们去银行。"

"去银行太耽误时间了。我下午还有事,而且很麻烦。"

"什么事?"

"不是说过了吗?出了大案子,杀人案。"这次他撒谎了。

燕子沉默了一会儿。

"你是故意的。"

"没有,绝对没有。"他又撒谎了,而且就是故意的。

"还说不是故意的,不带钱你来看什么房啊!"

"好像是你让我来看的……"

"那你可以不来啊!"

"我……"

她一摆手,不让他继续说下去了。相比无意义的争吵,她更具备解决实际问题的能力。

"你给我写一张欠条,一万五。"

"为什么?"

"我来交啊！我先借给你，等明天你从你妈那儿拿到钱，再还给我。"

果然是做大事的人，这么短的时间内就想出了解决的办法。在这方面马牛显然不是她的对手。

"好吧！"

"真的？"她居然敢怀疑他的懦弱。

"你说怎样就怎样。"

她笑了起来，拉着他重新走到销售身边。

"二位考虑好了吗？"

"考虑好了，今天就交定金。"

"那行，我去准备一下合同。哦，对了，再冒昧问一句，你们有购房资格吗？现在北京查得很严，必须有连续五年缴纳社保和纳税的证明。"

"有！"燕子拉过他的手臂，"我男朋友是北京人。"

她说话时脸上的那种傲娇感，比马牛可多多了。

接着就是办手续。到了刷卡的环节，她先刷了一万五，然后再问他要卡。马牛颤颤巍巍地拿出卡，就好像交出了他的警察证。本来他还打算这个月给自己买件皮夹克呢，现在全泡汤了。

卡在POS机上一划，然后财务按了几个键，屏幕上立刻出现了"5000"的数字。

"请输入密码。"

马牛把心一横，按下了密码。过了半分钟，机器还没有吐出签

13

字单联。

"可能是网络的问题。不好意思,我再刷一次。"

财务又刷了一次卡,接着他重新输入了密码。他一边输一边在心里默默祈祷,今天最好全城断网。

还是不行。

"奇怪,为什么她的卡可以刷?"销售在一旁嘀咕。

财务拿起POS机,举在空中,试着找信号。接着,她开始往外走,马牛跟在后面,心悬在半空中。

快走到门口时,他知道自己的愿望要落空了。

"好了,有信号了,我们再试一次。"

马牛苦着脸,输入密码,一共六位,当按到第五位的时候,他的手机突然响了。他心里一喜,说:"稍等。"

"喂,徐队……是,我在外面……咳,国贸啊,离得不远。对,怎么了?什么?出人命了?会不会是凶杀案?"他故意把"凶杀案"三个字说得老大声,斜眼看见那名销售在旁边傻乎乎地看着自己。小子,刚才那股神气劲儿哪里去了?"好嘞,知道了,我马上就去案发现场!"

挂了电话,他转身对燕子露出无可奈何的表情:"不好意思,你听见了,我有紧急任务,得先走了。"

"那房子呢?"

"你看着办吧!"

说完,他从一脸呆滞的财务手里夺过银行卡,塞进口袋,然后冲燕子做了一个打电话的手势,在大家的注视下,大摇大摆地走出了这个法国宫廷风格的售楼处。

他不得不感慨自己的运气不错。

但同时又隐约有点不安。国贸桥上出了人命?这也太夸张了点吧!无论如何,先去了再说。

在路边,他叫了辆车,他可不想再挤一个多小时的地铁回去了。很快,一辆橘黄相间的出租车停在了他的面前。他迅速拉开车后门,低头坐了进去。

售楼处越来越远。想着自己刚才有些浮夸的表演,把那些人唬得一愣一愣的,马牛扑哧一笑,心情终于好了起来。

4

这里是北京。

这里是国贸。如果不恰当地把北京比作一个人的话,那么国贸就处在这个人的心脏位置:四条地铁线在此交会中转,意味着这里每天有数十万人会集、散开,就像人体血液中四下游离的细胞;南北向是东三环的中段,全北京最拥堵的路段,从早七点到晚九点,无休无止的车辆在桥上桥下蠕动着;国贸桥的东西向干道,是这座城市的主动脉——建国门大街,一路向东,途经四环、五环、六环,然后越过潮白河,直插河北廊坊三河燕郊,向西则经过二环进入长安街,接着是东单、王府井、天安门。

国贸桥的西北角是著名的国贸大厦,上层的中国大饭店早年因接待外宾而声名远播，下层商厦里奢侈品牌云集，三期的大楼是目前北京城区最高的建筑物，如果你有机会上到七十层以上的豪华套间，在落地窗前眺望整个北京东部，很难不产生一种视野宽阔的感慨；东北角是中服大厦，往北一点，是著名的中央电视台新大楼，因为形状像半蹲着的人腿，因此也被坊间戏称为"大裤衩"；东南角是招商局大厦，其中有招商银行、中国工商银行等五家银行进驻，是财富的象征；而在西南角，除了高端综合体银泰中心之外，还有一组现代主义风格的建筑，吸引着南来北往的人的目光，这便是某些国产电视剧里常常能见到的建外SOHO。无数的上班族每天从老远赶来这里上班，经过一整天的忙碌，在傍晚时分拖着疲惫不堪的身体离开，长途跋涉回到蜗居的小家。

死亡事件就发生在国贸桥上。

大约在傍晚五点三十分，国贸桥上正堵得水泄不通。谁都知道，这个时间点是北京的晚高峰，开两米估计就要等上三分钟。在这么一个地方，状况出现了。

一辆红色森林人停在了主路第四车道（最里侧靠近中央护栏）。一开始后面的车还以为堵了。等过了几分钟，那辆红色森林人前面的车已经开出了老远，它依然不动，才有人意识到不对劲。于是后面的车狂按喇叭，试图提醒那辆红车里的司机（没准他在看手机呢），但是没用。终于（差不多过了三分钟），紧跟在后面的一辆蓝色特斯拉上下来一位妙龄女郎。她上身穿一件黑色卫衣，下身穿一条七分修身浅色牛仔裤，脚上是纯白色运动鞋，脸上戴着一副宽大的墨镜，走到红车的副驾驶窗边，低头敲打车窗，无果。她又绕到红车的车头位置，指着司机的位置大声说话，貌似辱骂，甚至拍打车前盖，依然无果。紧接着，她好像发现了什么，将墨镜推到头顶，往车里看。接着，她放下墨镜，拿出手机开始打电话。打完电话，她又往车里看了一眼，然后回到自己的特斯拉里。这时，整个国贸桥上的车几乎都要疯掉了。这一列排在后面的车知道前面出了状况，拼命想往右before并道，企图突围，结果造成了更大的拥堵和混乱。这边的车想挤出去，原车道的车不让挤进来。在这个过程中，有两辆车不幸发生了轻微剐蹭，于是两名司机从车上下来，相互指责。那些好不容易成功突围的车，路过那辆红车时，都把车窗摇下来，咬牙切齿地咒骂几句，但为了不耽误事情（也怕再次被堵住），还是赶紧开走了。就这样，国贸桥瘫痪了将近一个小时，直到执勤的交警骑着摩托车过来，耐心疏导，才逐渐让交通秩序恢复正常。

事后，据当值的胡警官说，他当时看到这辆车的第一眼就很不高兴。为什么？这辆红车的车牌是外地牌照，湘字开头，来自湖南。根据北京现行的《交通管理条例》，早高峰和晚高峰是禁止外地车牌进五环的，这么做是为了缓解首都日益严峻的交通拥堵问题。这辆车不仅进了五环，还上了三环主路，按照管理条例应该扣三分，罚两百元。但胡警官一查，嘿，好家伙，这辆车的违章记录居然有二十多条，光高峰时段上主路就有十几条，且一条都没有处理过，看来是个"惯犯"。不过对此胡警官表示他并不担心，现在全国都联网了，哪怕这车来自湖南，如果不交罚款，它照样过不了年检。

那辆车当时没有熄火，车门是锁着的，车窗是那种深咖色的隐私玻璃，从外面根本看不清里面的情况，而从前挡风玻璃的位置看进去，驾驶座上有一名中年男子歪着头靠在座位上，双目紧闭，像是睡着了。胡警官感叹道，这种开着车在大马路上睡着的情况，他们也不是第一次遇见了。没办法，这座城市实在是太大了，人们疲于奔命，大多数精力都消耗在了路上，随时都可能支撑不住睡过去。

胡警官拿出相机，对着车头、车尾、车牌和驾驶员，从各个角度拍了照片。接着，他收好相机，走到驾驶座旁边，开始敲打车窗。那人还是不醒。胡警官有点生气了。你一辆外地牌照的车晚高峰违章上三环，司机居然还在呼呼大睡。不过他毕竟是有十多年现场事故处理经验的老交警，发火之前先查了一下车主的身份。

车主名叫黄天，今年三十九岁，湖南人。系统登记的照片证实，眼前的司机正是黄天。于是，胡警官立刻打电话叫拖车。

在等拖车到来的这段时间里，交通慢慢被这位老道的交警给疏通了。十五分钟后，一辆漆有警察标志的白色拖车沿着应急车道上了高架桥，缓缓而来。

终于，拖车到达了森林人旁边，倒退到了森林人的前方，然后倾斜驻车平台，挂上大铁钩，就这样一直猛拉，随着一阵刺耳的声响，森林人被硬生生从地面拉上了拖车。随后，拖车一路从四车道横向并到一车道，再到应急车道，最后拖到了宽敞一点的三角停车带。

三环主路终于恢复了通车。这次的拥堵事件给很多人造成了麻烦，但又能怎样呢？这样的大堵车几乎每天都在发生，司机们早就习惯了，只等道路一通，就急急忙忙开车回家，赶赴下一个战场。

而在另一边，没什么好说的，赶紧破窗。为了不伤到人，胡警官选择从侧后方的玻璃开始破。

五秒钟不到，车窗就被破窗器给震开了。胡警官伸手进去打开后排的门，然后一只脚踏进车内，一边叫着"同志"一边探头去看司机，依然毫无回应。他用力推了那人一把，那人居然像一个枕头似的软塌塌地朝左侧倒去，脸靠在车窗上。胡警官赶紧从后面打开了副驾驶座的门，然后下车绕到前排，再次钻了进去，并用手去试探那人的鼻息，发现一丝气息都没了。

他顿时头皮发麻，一阵惊慌，但很快就控制住了自己的情绪。他先拨打120，然后把那人从车上抱了下来，平放在地上。接着，他用自己学过的急救技能给那人做了胸压和人工呼吸。辛苦了几分钟后，那人依然没有心跳和呼吸。累得气喘吁吁的胡警官只好站直身子，放弃了急救，等着救护车的到来。

半小时后，救护车来到现场。

与此同时，马牛从出租车上下来了。

5

死者短发，戴黑框眼镜，穿一件白色的短袖T恤，下身是牛仔裤和运动鞋。他面色安详，就像睡着了一般，安静地躺在地上，任由医护人员把他抬上担架，送进救护车。

"这种情况也不是第一次发生，尤其在北京这样的大城市。工作压力太大，人容易过度劳累，碰上高峰期大堵车，身体突破了极限，也是很常见的。"

胡警官的意思是，死者应该是在开车过程中突然猝死的，合情合理。但马牛出于刑警的职责，还是从口袋里掏出随身携带的一次性医用手套戴上，来到那辆森林人旁边。

从外观看，车很新，油漆是没有经过重喷的原装车漆；车身很干净，包括轮胎也是，泥灰不多，像是前不久才精心擦洗过；拉开前车门，死者灰色的外套放在副驾驶座上，掀开，下面是一个皮质电脑公文包；方向盘和中控台被擦得发亮，杯架处有一只黑色的保温杯，小搁物格子里放了几枚一元钱硬币；副驾驶座前方的储物柜里找到了死者的驾驶证、行驶证、一些车险单据以及一些广告单；后座上放着一盒生日蛋糕，音响里之前播放着一首粤语歌曲；后视镜上没有任何吊饰，也没有安装行车记录仪；前挡风玻璃倒是有点模糊，上面有一些水渍，看上去像是……

马牛把脸凑近，仔细辨认了一下。他大吃一惊，因为干净的玻璃上显现的水渍分明是两个字，虽然已经模糊不清了，不过马牛确定这两个字就是自己的名字。

马牛掏出手机将这个水渍字迹拍了照，同时在脑海中努力回忆了一下死者的样貌，却怎么也想不起在哪儿见过这个人。他检查完后备箱之后（同样干净得出奇，什么东西也没有），又问了交警一些细节，包括接到报警之后他花了多长时间到达现场、刚发现车时的状况（未熄火、车门从内锁死、死者已经叫不醒），以及他的处理方式（拖车、破窗、人工呼吸）等等。整个过程合乎程序，看不出有任何问题。

随后，红色森林人被拖车拖往就近的交警大队。死者家属已经联系上了，正在赶往医院。一切都处理妥当，交通也恢复了正常。虽然马牛对写在挡风玻璃上的字心存疑惑，但这里显然已经不需要他了。于是，他跟胡警官打了声招呼，坐回一直等着他的出租车，准备先回单位。

来到刑警队，多数同事已经下班了。刑警队队长徐一明还在电脑前忙活着。他四十岁上下，身材高大，是那种符合国产电影导演想象中的硬汉形象。他热爱健身，不管天气冷热，警服里面只穿一件紧身的短袖 T 恤，颜色在黑白灰之间切换，再加上他短头发，黑皮肤，一口好牙，整个人看上去非常适合作为警察的代表被拉出去向公众展示。每次宣传部门或者电视台要来公安局拍宣传片，他都会出镜，他也喜欢出镜。这不，下下个月就要在北京举行一个国际环保会议了，上级要求他负责这次外宾的安保工作。马牛觉得光是他这个人出现在外宾面前，各国代表的安全感都会增加好几倍。

"徐队。"

"国贸桥怎么回事？"

"死了个人。"

"怎么死的?"

"看起来像是猝死。"

"猝死?我还以为是凶杀案呢!"

"对了,这事儿怎么转到咱们刑警队来了?"

"110报警中心接到电话,说国贸桥发生了案件,让咱们派人去看看。我看今天值班表上是你的名字,就给你打电话了。"

"不过有件事挺诡异的。"

"什么?"

"死者在挡风玻璃上写了我的名字。"

"你的名字?"徐一明没反应过来,"马牛?"

"是的。"

"你确定吗?"

"当然,我连自己名字都不认识吗?虽然有点模糊了。"

"你认识死者吗?"

"不认识。"

"那可能是你看错了。你拍照了吗?"

"拍了。"

马牛拿出手机,找出那张拍有模糊字迹的照片。徐一明凑过来一看。

"就这?"

"是啊!"

"你从哪儿看出这写的是'马牛'?这不就是些水渍吗?"

"你看这笔顺,明明是……"

"别胡说了。人家一猝死的,临死前不喊救命,还写你的名字?你是谁啊?"

"可是……"

"别可是了。依我的意思,这事到此打住。"

马牛不说话了。过了一会儿。

"我知道你在担心什么?"

"什么意思?"

"马上就要开国际会议了,国贸桥上死了个人,你一定想早点息事宁人,免得传到上级那儿,影响你这个安保组组长的位置。"

"马牛,你把我徐一明看成什么人了!我堂堂一个刑警队队长在你眼里就是这么个形象?"

"希望是我想错了。"

"当然是你想错了。你觉得诡异是吧?有疑问是吧?那你尽管去查。不过我告诉你,如果这事被你闹大,造成不良的社会影响,我让你吃不了兜着走!你别以为我不知道你那些破事,已经不止一个人到我这儿来告状,说你马牛放着好好的刑警不做,夜里跑去酒吧说笑话,影响极差……"

"谁?"

"什么?"

"谁在打我的小报告?"

"我没必要告诉你。"

"行吧!"

马牛转身就走。

"你去哪儿?"

"朝阳医院。"

"去干吗?"

"当然是去了解一下死者的死因,难道说笑话吗?"

"我要求你每天过来跟我汇报……"

徐一明话还没说完,马牛已经快步走出了门。

二十分钟后,马牛来到了朝阳医院。穿过大厅,坐电梯下到负二层,来到了太平间。这地方他来过无数次了,其中记忆最深刻的是他多年的搭档被一名精神病人当街捅死后送来的那一次。从那天起,这个地方在他眼里就永远变成了黑色。

然而,电梯门刚打开,一种出格的色调让他眼前一亮:一个光彩夺目的女人独自端坐在靠墙长椅上。她带着法式贵妇的礼帽,一身黑色中性西服条纹套装,红色亮面的高跟鞋,戴着黑纱手套的掌心里捏着一只浅棕色的皮质小香包。她的上身挺得非常直,像是受过某种形体训练,使得整个人看上去气质非凡。不过最引人注目的是她的脸:白皙的皮肤,深红的嘴唇,灰色的眼影,一种恰到好处的浓艳。配上冷淡却又隐含悲伤的神情,她好像刚从慈善晚宴归来的电影明星。她对马牛的出现并没在意,而是继续沉溺在她的情绪中。

马牛先跟当值的周医生打了声招呼。周医生对马牛的出现感到有些惊讶,从他的诊断来看,死者是因为过度劳累引发心源性猝死,属于正常死亡,而通常马牛出现都是因为非正常死亡的刑事案件。马牛解释自己只是来看看。周医生点点头,表示已经签发了死亡证明。

"不需要解剖吗?"

"不需要,就是正常死亡。死者家属在那儿,她也没提出这种费钱又费劲的要求。"

说着,周医生指向那个坐在长椅上的女人。

"你有什么事情还是去问她。"

马牛道了谢,踌躇了一下,然后朝那个女人走了过去。随着他的靠近,她终于抬起头来。某个瞬间,她的目光与马牛碰了一下,又迅速弹开。马牛感觉里面有一种说不上来的意味。

"你好,请问你是死者黄天的家属吗?"

女人看了马牛一眼,点点头。

"不用紧张,只是例行公事,"马牛在她旁边坐下,"就简单问几个问题。请问你怎么称呼?"

"我叫谢雨心。"

"你与死者是什么关系?"

"我是他的妻子。"

马牛点点头。

"谢女士,发生这样的事情,实在不知道说什么好。请节哀顺变！"

"谢谢。"

"请问最后一次见到你丈夫是什么时候？"

"昨天夜里，他回来得很晚，把我吵醒了。"

"今天没见过他吗？"

"没有。他一早就出门上班去了。"

"他身体怎么样？"

"他身体一向很好。"

"有没有心脏或者血压方面的疾病？"

"没有……不知道。"

"没有还是不知道？"

"不知道有没有。他有一年多没去做体检了。"

"他是做什么行业的？"

"他是一档电视节目的制片人，工作压力非常大，也很忙，经常熬夜录节目或做后期。"

"这两天呢？忙吗？"

"昨晚他录节目录到半夜三点才回来。今天早上我八点醒来时他已经不在了。我中午还给他打了个电话，跟他说今天是孩子的生日，记得早点回来。当时他答应得好好的……"

她的眼泪瞬间就掉下来了。马牛觉得不能再问下去了，但她似乎并没有打算停下来。

"下午的时候我给他发过一条微信，让他回家之前顺路去拿一下订好的生日蛋糕,他没回我。我就一直等一直等,没想到等来了他的死讯。"

"最后一个问题,你丈夫认识我吗?"

谢雨心满脸困惑地看着马牛,摇摇头。

"我不知道,为什么这么问?"

"呃,算了……"马牛没话找话,"孩子还好吗?"

"在家里有阿姨看着,这会儿应该要睡觉了。"

"那我不打搅你了,"想到孩子一觉醒来没了爸爸,马牛就像胸口被人重重打了一拳那样难受,"你先生的遗体,可以联系好殡仪馆再过来领走。车呢,现在在交警队,你也可以随时去开走,损坏的车窗都会照价赔偿的。其他就没什么了。"

"谢谢。"

"那么,我先走了。"

"等一下。"

他刚要转身就被她叫住了。回过头,他看见女人脸上露出了犹豫的表情。

"能不能麻烦你送我回家?"

从甜水园东街左拐上了朝阳北路,马牛坐在谢雨心的银白色大众高尔夫里。他没有车,也不打算买车。早在警校的时候他就考了驾照,但除了工作时不得已之外,他都不爱开车。他觉得在这个城市里开车是种煎熬。

仪表盘上的时间显示已经是晚上九点三十五分了,但路上的交通依然拥堵,再加上这一路红灯很多,因此走得非常慢。

"能不能帮我拿一下后座上的包?"

手握方向盘的谢雨心突然轻声问道。一路上,她一直在沉默地开着车,这是她第一次开口说话。马牛照做了。

"里面有包烟,烟盒里有打火机,麻烦帮我点一根。"

马牛从烟盒里抽出烟和打火机。他停住了,有点不知所措,他不能用自己的嘴点烟。

"给我吧!"

她似乎看出了他的心思,接过烟塞在嘴里,迅速点燃,深吸了一口。车窗不知什么时候打开了一条缝。青色的烟雾从缝隙中匆匆飘走。窗外路灯的光线照了进来,在她艳丽的脸上留下一道橘色的印迹。

"十多年了,"她幽幽地说道,仿佛在自言自语,"从大学实习到今天,我们认识十多年了。你知道这意味着什么吗?"

他摇摇头,尽管她不一定能看见。

"我从今天中午就开始准备晚饭,买菜、做饭,还打扫了卫生,然后守在一桌饭菜前等着他,但结果是这样。现在想想也挺可笑的。一开始,我还以为他加班把孩子的生日都给忘了呢!"

这时车正好在一个十字路口停了下来。马牛伸手想去打开收音机,想想觉得不太合适,干脆就这么傻坐着,眼睛盯着前方的红灯。

"说实话，去医院的路上我还抱着希望，觉得他们是不是搞错人了，但一走进太平间，看见台子上那张惨白的脸，我立马就支撑不住了。"

他能理解她说的那种"支撑不住"，因为那种感觉他曾深刻体会过。二〇〇八年汶川地震，他那相恋十年、学护士的女朋友真真作为志愿者去当地支援，没几天却传来她被余震导致的塌方掩埋的消息。当马牛在电视里的遇难者名单上看到她的名字时，清楚地感受到了"支撑不住"是种什么程度的打击。

"谢谢你。"

"没事，应该的。"

"放心，我不会接受任何媒体的采访。"

马牛一愣。

"为什么突然说起这个？"

"我以为你今晚出现是为了让我不要乱说话，毕竟他死在国贸桥上，难免会引起一些社会争议。我做过媒体，明白这一点。"

"你误会了。"

"是吗？那真是抱歉了。"

过了一会儿。

"一切都只是开始。"

这是她那天晚上说的最后一句话。从那以后，汽车又在北京的夜色中行驶了二十多分钟，最后停在常营的一个小区门口。马牛在黑暗中下了车，关上车门。她没有说再见，直接将车开进了小区地

29

库。他在路边发呆了好一会儿，然后叫了辆出租车，回家了。

那天夜晚，马牛失眠了，满脑子都是这个女人坐在太平间长椅上一脸忧伤的样子，以及她说的最后一句话：

一切都只是开始。

什么意思呢？

还有，死者为什么会在死前写下他的名字？

他闭上眼睛，再次回忆那张死去的脸，但毫无印象。在床上翻来覆去无法入睡，他干脆下了床，走到书桌前，打开电脑，上微博搜索"国贸桥""猝死"等关键词。猝死事件发生在晚高峰的国贸桥上，难保那些路过的目击者不发表点闲言碎语。果然，才几个小时前的事情，网上已经有了讨论。

大家的话题主要集中在"猝死"上，涉及的内容包括工作压力、996、北漂、中年人的健康问题，诸如此类。也有专家从医学的角度提建议，大家遇到身体不适时如何避免猝死。在这些信息中，马牛看到有网友扒出了死者黄天的个人微博。点进去，蓝天白云的页面背景下，一个做出奋斗状的卡通大便头像，旁边是用户名：强大的牛粪。

一开始，他看到这个名字还觉得有点滑稽，但随着逐一浏览内容，他的心情变得沉重起来。黄天的微博基本上每天都有更新，上面记录了很多他的心理感悟，差不多有三万条，里面绝大多数都是一些非常正能量的自我勉励，也有一些私人感悟，包括对现实生活的吐槽和偶尔的自我感动。

看了半天，马牛依然没有找到这个人与自己的联系。

最近一条微博是死亡当天发的，上面写着："今天将是我获得新生的一天，加油！"

这条微博被网友扒出来后，转发量已经超过了两千，而在评论区，除了点蜡烛和做合掌手势的，更多的是借着这条内容进行自我勉励。看着看着，一条不起眼的留言吸引了他的注意。发布者取名为"知情者"，只写了寥寥几个字：

"你们这些蠢货，他不是猝死，而是被谋杀的。"

他顺着"知情者"的用户名点进去，发现什么信息都没有，注册时间显示是今天。

他呆坐在椅子上，头脑一片空白。谋杀？怎么可能？他仔细检查过现场，亲眼见过死者的状况，除了自己的名字，没有发现任何可疑的信息，医生也给出了心源性猝死的说法。所有的一切看起来都很正常，怎么会是谋杀呢？

难道说，有什么地方被忽略了吗？

紧接着，马牛产生了一个巨大的困惑：如果真是谋杀，那么凶手作案之后，是如何像汽车尾气一样消失在北京的晚高峰中的？

6

也许是因为前一晚没睡好，整个上午马牛都头昏脑胀，精神恍惚。他下楼去麦当劳吃了顿带咖啡的早餐，感觉稍微清醒了点。电话进来了，是燕子。她说为了庆祝买房，晚上一起吃饭，顺便商量一些事情。

"我什么时候买了房？"

"昨天啊，你忘记了吗？"

"我不是没交定金吗？"

"我帮你交了，两万块。对了，你今天正好带你爸妈去趟银行，把钱取出来。"

马牛气得想发作。这算什么？

"要不就去你家吧！我买点菜，亲自下厨给你们做顿饭，"燕子见马牛没说话，自顾自地安排起来，"正好，我有些话想跟叔叔阿姨说。"

"没这个必要吧……"他还是不太懂怎么拒绝女人。

"别磨磨唧唧的，就这么定了。你什么时候回家？"

"我啊，可能会很晚。你们先吃，别等我。"他打定主意，今晚要比昨晚回家更晚。

"别太晚。"

"知道了。"

挂了电话，他的心情一落千丈。这算什么事。老实说，他是真不想面对这种事情。不过很快他就释然了，就这么着呗！和她结婚也没什么，只要爸妈高兴就行。自从真真死了之后，他对和谁在一起过下半辈子看得很淡。

在麦当劳免费续了杯咖啡。喝的时候，昨天的事情又从他脑海中跑了出来。为什么自己的名字会出现在现场？还有，"谋杀"可能吗？他重新打开微博，找到黄天那条被转发了无数次的状态，却怎么也找不到那条提到"谋杀"的留言。他又在搜索栏里搜索"知情者"，跳出来一大堆，却没有一个与昨天见到的相符。

出了麦当劳，他叫了一辆车去交警大队。他想再仔细看一下那辆红色森林人。

到了交警大队，马牛惊讶地发现那辆车并没有停在大院里。他正纳闷着，昨天在国贸桥上执勤的那位名叫胡枫的交警从大厅里走了出来。马牛连忙上前打招呼，说明来意。

"那辆车啊，一大早就被拖走了。"

"拖走了？谁拖走的？"

"还有谁，当然是死者家属。"

"谢雨心？"

"好像是叫这个名字，"胡枫想了想，"没错，就是谢雨心，死者的妻子。"

"为什么？"

"什么为什么？人家丈夫都死了，想怎么处置车都可以。"

"说得也是。你说'拖走了'，而不是'开走了'，是不是她叫了拖车？"

"是，车窗都那样了，不修好没法开。"

"你们这边有拖车司机的电话号码吧？"

"应该有，你去前台问一下。"

"好的，谢谢。"

"哦，对了，她有东西落在前台了，你联系上她顺便问问还要不要，不要就扔了。"

"行。"

马牛快步走进办事大厅，在前台的登记簿上不仅找到了拖车司机的电话号码，还找到了谢雨心的。他直接拨打了谢雨心的号码，但没人接。接着，他看到了放在办事员身后架子上的那盒生日蛋糕。

"联系上了吗？"办事员是个稚气未脱的辅警。她说话的样子给人感觉她很厌恶手上的这份工作。

马牛摇摇头。

"那你还会继续联系她吗？"

"会吧！怎么了？"

她站起来转身从架子上端起那盒蛋糕，放在前台。

"麻烦你把这盒蛋糕带给她。谢谢。"

"万一她不要了呢？"

"那就麻烦你把它扔掉。"

马牛刚想拒绝，那女孩已经一脸不耐烦地去接电话了。他想了想，拎起蛋糕朝门口走去。也许这是一个重新跟谢雨心取得联系的借口。

五分钟后，马牛查到了那辆拖车的去向——东坝汽车报废厂。挂了电话，他站在交警大队门外的路边，手里拎着生日蛋糕，脑子里充满了疑惑。为什么谢雨心要这么着急把汽车拖走,并且直接送去报废厂?如果黄天真像那位"知情者"所说是被人谋杀的,那么这辆红色森林人就是第一案发现场,一旦报废,所有的证据都没了。

嘀嘀。

一阵喇叭声吓了他一跳,回过头,胡枫驾驶警用摩托车停在了马牛的面前。

"去哪儿?我送你。"

马牛犹豫了一下。

"朝阳医院。"

"上车,正好顺路。"

马牛骑跨上了摩托车的后座,胡枫递给他一个头盔。他发现手上拎着一个生日蛋糕很不方便。

"怎么?这蛋糕她还要?"

"不知道。"

"要不扔了得了,人都死了……"

"怪可惜的,我还是拿着吧!"

"随你。"

摩托车启动。

一路上,马牛感觉心情不错。他在北京出生,长大,生活了三十年,还是第一次坐摩托车在这座巨大的城市里穿行。这种感觉既不像坐在汽车里那样封闭,又比走路更能体会北京的节奏。仔细观察，他发现那些匆忙赶路的人其实很慢，仿佛他们这种人生的加速度一点意义都没有。通常他们会利用拥堵的间隙用手机看剧，在红灯的倒数计时中背英语单词，甚至还有人摆上茶盘，一手握着方向盘，一手沏工夫茶。拥堵的交通让这座城市的人在路上都有点分裂，快慢瞬间切换。

很快，朝阳医院到了。马牛下了车，把头盔还给胡枫，道了谢，正准备离开。他想起了一件事。

"你昨天在现场拍的照片能不能发我一下？"

"可以。我这会儿要去执勤，等有空了发给你。"

"行。"

两人在路边加了微信。马牛注意到胡枫的微信名叫"黑暗骑士"。

"这是我的个人微信，"这位"黑暗骑士"冲马牛一笑，"今后有用得着的地方随时叫我。别的不敢说，遇上与交通有关的事，我还是能派上一点用场的。"

"了解，谢谢。"

"再见！"

说完，"黑暗骑士"驾车离去，马牛转身朝医院里走去。

到了太平间，他得到了另一个震惊的消息：死者黄天的尸体一大早就被殡仪馆的人拉走了。一查，依然是谢雨心签的字。

为什么会这么着急呢？从办案的角度而言，如果警方对这起死亡提出疑问，可以申请进行司法解剖，但现在**尸体已经被领走**

了……糟糕!他连忙要来了殡仪馆的电话。

"黄天。哦,对,查到了。是的,半小时前刚送来,正排队等着火化。"殡仪馆负责人在电话中说道。

"先别火化。等我过去。"

"可是人家家属……"

"听着,我是刑警大队的,现在对这具尸体有疑问,你务必保管好,等我过去,明白了吗?"

"呃……好吧!你大概什么时候过来?"

"你们殡仪馆在什么位置?"

"平房。"

"半小时到。"

但马牛显然错估了北京的交通状况。从工体东路到东五环的平房,直线距离不过十二三千米,结果出租车走了差不多一个小时。等他走进殡仪馆的时候,之前那位接电话的男人苦笑着对他说:"你来晚了。"

"已经烧了?"

"没有。我不让烧,说要等警察来。"

"然后呢?"

"然后人家家属又重新叫了辆殡仪车把尸体拉走了。"

"你怎么不拦一下呢?"

"我拦?我凭什么拦?我又不是警察,能拦着不让烧已经不容易了。警察同志,你这样破坏我们的生意,损失算谁的?"

"算公安局的，行吗？你待会儿跟我走一趟？"

"别了，算我倒霉。"

"那你把电话给我。"

"什么电话？"

"殡仪车司机的电话。车不是从你们这儿叫的吗？"

"我去查一下。"男人嘴上这么说着，脚下却磨磨蹭蹭。

"我跟你一块儿去。"

马牛不由分说，搂住他的肩膀，推着他朝值班室走去。

电话查到，打过去，关机。马牛紧张了起来，他把全市剩下的十一家殡仪馆的电话都找了出来，一一打过去询问，终于在石景山的殡仪馆找到了黄天的名字。对方告诉马牛，尸体在十分钟前已经被推进了焚烧炉。

也就是说，如果这是一起谋杀案，可能存在的证据都被销毁了。马牛懊恼地走出殡仪馆，叫了辆车，往单位开去。

虽然昨天他对徐一明说出了那种冒犯的话，但对方毕竟是他的上司，还是有必要把了解到的情况跟他汇报一下。当他走进刑警大队，把那盒生日蛋糕放在自己的桌上时，他才意识到自己已经拎着它跑了一上午。

谢雨心的电话依然没人接。

他想了想，朝徐一明的办公室走去。他大概能猜到徐一明听到他的推论后会有什么样的反应。

果然，徐一明只考虑了不到半分钟就下了指示。他告诉马牛，这个事情到此结束，不要再调查下去了。

"现在没有任何证据可以证明这是一起谋杀案。我们作为刑警，如果根据网络上随便一句什么话就要展开调查的话，那早就累死了，你说对吗？"

过了一会儿，他见马牛没说话，换了种口气。

"你昨天说的话，我回去认真想了想，觉得还是有必要跟你说清楚。的确，下下个月就要举行国际会议了，到时会有很多国家代表来北京。作为安保小组组长，我有义务创造一个安全的城市环境。但同时你也要明白，我是一名警察，任何时候打击犯罪，查明真相，都是我的基本原则。"

"我向你道歉。"

"说实话，小马啊，你这种喜欢怀疑和钻研的精神是值得肯定的。我也知道，你吧，心里一有事就放不下来，还会影响工作。这样，我给你三天时间，包括今天……"

"今天都快过完了。"马牛连忙说。

"那就从明天……"

"明天是周日，很多地方不上班。"

"你倒是挺会讨价还价。那这样，如果下周三下班前，你能找出一些确凿的证据来支持你所谓谋杀的想法，我们就正式立案侦查，否则，你就别再想这事了。"

"下周三……"

"别再说了，多说一句，我就减一天。"

39

"好吧！"马牛知道徐队说的是对的，警队每年要面对无数起可疑但无明显证据的案件，如果每起都去追查的话，一方面警力有限，另一方面也浪费资源，导致应该尽力查的要案被分散了精力，结果得不偿失。

"另外，我不想再听见有人说你在夜店说笑话……"

"那不是夜店，而且我说的是脱口秀。"

"别狡辩。警察是一份神圣而严肃的职业，嘻嘻哈哈不仅办不成案子，还有损咱们警察的形象。"

"我……"

"先这样。那个，王维，王维来了吗？"

话音刚落，一个大个子女警从外面进来，手上端着外卖饭盒。

"叫我吗？"

"对，你过来。"等王维走进来，徐队指着马牛继续说道，"这几天你跟马牛一起办个案子，具体情况他会告诉你。有问题吗？"

"有。"

"说，什么问题？"

"为什么是他？"

7

王维，又称"维秘姐"，因为她身高一米七八，身材修长，跟维多利亚时尚秀上的模特差不多，因此大家开玩笑这么叫她。她虽然高，但并不代表手脚笨，相反，她是我们队里最能打的一个——

打篮球，每次到了球场上，包括马牛在内的一堆大老爷都被她虐菜。

"为什么是他？"

王维问这句话的意思并不是一个疑问句，而是反问句。她的潜台词是，她不想和马牛做搭档。她和马牛有仇。有一次大家出去吃饭，她喝多了，跟马牛表白，结果被后者一口拒绝。那时候真真刚死，马牛还没做好开启另一段感情的心理准备，但这对王维造成了巨大的伤害。虽然她是借着酒劲儿说的，自我开脱也有顺理成章的台阶，但问题是当时大伙儿都在场，对，全刑警队的同事都在场，并且神奇的是，在她说话的一瞬间，本来吃着串聊着天的大伙儿都安静了下来，人人竖起了耳朵，把整个表白加拒绝的过程全听了进去。事情就是这样。虽然之后没人再提起这件事，但王维从此在"不得不说"的公事之外，再也没有和马牛多说过一句话。

"现在队里人手紧缺，就三天，三天之后，你该干吗干吗，行不？"

"不行。"

徐一明把王维叫到一个马牛听不见的角落。

"你不是跟马牛有仇吗？"

"不共戴天。"

"所以，你帮我盯着他。这小子办事我不放心，现在又是特殊时期，万一给我捅出个篓子就麻烦了。"

"你的意思是让我做间谍？"

"我倒不是这个意思……"

"成交！"

"啊？"

"你让我盯着他，是吧？"

"呃，是……"

"放心，我一定盯死他！"

"……好吧！随时向我汇报。"

"明白。"

"那个，马牛啊，"徐一明朝马牛招了招手，后者走了过来，"说好了，这事儿就你俩一起办。"

"怎么突然又说通了？"

"我是警察，公私我还是能分得清。"王维说道。

"不会有什么鬼吧？"

"想什么呢。好啦，就这样，那你们去忙吧。记住，三天。"

"知道了。"

等徐一明离开后，办公室只剩下马牛和王维两个人了。王维盯着手里的饭盒有些不知所措，马牛则转身拿起外套就往外走。

"我现在要去查案了，来不来随你。"

说完，他已经走出了大门。在走廊里，他有意放慢了脚步。果然，王维噔噔噔追了上来。

"去哪儿？"

"去了就知道了。"

马牛签好外出单，借了公车，出了警局。无论如何，他都需要解开心中的疑惑：这到底是一起普通的猝死事件还是一起谋杀案？其中的关键在于，死者为什么会写下他的名字？他需要找出自己与死者之间的关联。他把第一站定在死者的家里。不知道为什么，他并不相信谢雨心说的那些话。

在车上，马牛把他了解到的案情大致对王维讲了一遍，在这个过程中，她只是认真听着，始终没有说一个字。

原以为星期六路上的车会少一点，当他们真正行驶在路上时，才意识到在北京想找一个不堵的时间段简直太难了。马牛开着车慢慢挪到了国贸桥下，趁着等红灯的间隙，他看向窗外。以前这块儿叫大北窑，在他小的时候还没有头顶的立交桥，也没有四周耸立的高楼大厦，差不多就是个郊区。现在呢，短短二三十年，这里已经变成了北京最繁华的地段。看看路上这些人，他们疲倦而匆忙地各自追寻着生活与梦想。然而，这里真的是一个能实现梦想的地方吗？

绿灯亮了。

马牛踩下油门，决定改变一下路线。他想先到案发现场国贸桥看一下。他加速开到双井桥，然后掉头上了三环主路。又是一通挪动，来到了周五傍晚黄天死亡的位置。这里一切显得风平浪静，很难想象一天前曾发生过谋杀案。

车停在隔离带上，马牛开门下了车。汽车从他身边呼啸而过。他抬起头，望着四周的建筑物，心里产生了一种复杂的感受，浑身

43

上下被深深的不安感包裹着。

"可以走了吗，马神探？"王维打断了他的思路，"这座高架桥上车来车往的，就算有证据也不好找。"

马牛没有回答她，而是迈开步子沿着高架桥最里侧的护栏，朝北走去。

大概走了一百米，他站住了。一辆小轿车擦身而过，带来一阵危险的风。他侧了侧身，低头寻找，很快，就找到了深色的拖车痕迹。死者的森林人是辆四驱车，停驻的时候四个轮子应该都是锁死的，交警为了疏导交通，用铁钩强行把车拉上了拖车，地面必定会留下痕迹。现在可以确定，他所站的位置就是黄天死亡的第一现场。王维也跟了上来。

"你胆子够大的，这要是被车撞了，可别赖我没拉着你……"

"那正好躺医院休息。"

"少贫。发现什么了吗？"

他蹲下身，开始在地面搜索起来。

"你在找什么呀？"

"线索。"

"什么线索？"

"我在想，如果他真是被谋杀的，凶手用的是什么样的杀人手法，又是怎么逃走的？我总觉得，但凡人为，必留痕迹。"

很遗憾，找了半天，什么也没发现。

"再不走，路上又要开始堵了。"

"好吧!"

他站起来,感觉很失望。路面竟然如此干净,连一个烟头都没留下。

"失望吧?说实话你就是在白费劲,即便有证据,也被清扫车吸走了。"

"什么清扫车?"

"每天清晨五六点,都会有清扫车上环路清扫垃圾。"

"也是,从案发到现在已经过去快二十个小时了,确实不会留下什么有价值的线索。"

马牛起身,朝隔离带的另一侧看了一眼。隔离带是由一块块长条形防撞缘石做成的,差不多一米二的高度,从这边能清晰地看到对向车的情况。

"走吧!"

在王维的催促下,他们走回警车。

十分钟后,他们行驶在了朝阳路上。

朝阳路与朝阳北路是两条东西向并行的路,因为中间有快速车道,所以行驶的速度要快一些。常营虽然在五环外,但它依然属于朝阳区。十几年前,这一带还是一片荒地,如今因为北京中心城区的外扩,再加上房地产的迅猛发展,这个曾经的郊区也逐渐繁华了起来。

"我家以前就在常营。"王维突然说道。

"哦,怎么没听你说过?"马牛感觉王维和他单独在一起的时候,那股别扭的劲儿似乎烟消云散了,这让他有些不太习惯。

"那都是小时候的事了,后来我爸打篮球猝死之后,我们就搬了家。"

马牛沉默了。虽然他很早就知道王维的父亲是职业篮球运动员,但还是第一次听她说死因是猝死。

"那你现在住哪儿?"

"我和我妈拿了一笔赔偿金,在甜水园买了套小房子。那时候北京的房价还便宜。"

过了一会儿,她接着说:"你知道我听到你说黄天是猝死的,心里在想什么吗?我脑子里的第一个画面就是:他的孩子坐在餐桌前,时不时看看门口,然后问妈妈,爸爸到底什么时候回来?"

朝阳路是一条东西向的主干路,下面有地铁六号线,上面有快速公交车道,即便如此,这条路还是天天堵。交通部门不得不启用潮汐车道,上午进城三车道,出城一车道,下午出城三车道,进城一车道。

北京很多上班族都住在四环甚至五环往外的地方,而工作地点又通常在市中心(比如国贸),所以他们每天早上要赶着去城中心上班,下午赶着出城回家,这样就有早晚两个高峰时段。

今天是周末,因此出城方向还是比较畅通的。差不多半个小时,他们就到了朝阳路的尽头杨闸环岛,然后左转,穿过一条小街,到了常营。马牛让王维查了一下谢雨心家的具体住址。

这片小区是十年前开发出来的商品房,从楼房外观设计看只能算中低档，估计当时开盘价格每平方米连一万都不到。但近几年常营地块变化巨大，不仅通了地铁六号线，还多了好几座相当气派的商场，房价像火箭似的直往上蹿。小区门口房产中介的招牌上标价均为六万出头，而且还是"急售"。

　　一直走到谢雨心家楼下，马牛才想起来那盒生日蛋糕忘带了，不过现在回去拿也不可能了。正在踌躇中，王维已经先他一步按响了单元门上的可视对讲机。

　　等了一会儿，听见对讲机里说话了。

　　"谁啊？"

　　马牛拍拍王维让她往旁边站一点，别挡住摄像头。他把头往前一凑。

　　"请问是谢雨心吗？我是马牛，昨天送你回家的那个警察。"

　　一阵沉默。

　　"有什么事吗？"

　　"有些事情想向你确认一下。"

　　又是一阵沉默。接着，吧嗒一声，门开了。

　　马牛和王维一前一后走了进去，然后进了电梯。电梯内的墙壁上装着一个液晶显示器，里面正聒噪地播放着广告。马牛盯着看了好一会儿，直到电梯门打开。

8

　　谢雨心对警察的到来似乎并不意外。

她邀请他们进屋，安排入座，然后转身去煮咖啡。屋子给马牛的第一感觉就是有点杂乱，似乎很长时间没有好好收拾了。客厅虽然不大，装修得却挺有品位。三十多平方米的客厅里只摆放了少量家具，黑色的复古真皮沙发，一把胡桃木的单人靠椅，靠墙摆放着一排定制的实木矮柜，里面插满了黑胶。矮柜边上放着并不常见的黑胶唱机、功放机和进口音箱。黄天生前或许是一名音乐发烧友。家里没有电视机。

"黄天说家里不能放电视，"谢雨心将两杯热咖啡放在马牛和王维面前，很敏感地说道，"虽然他自己就是一个节目制作人，但他从不看国内的电视节目。他说在外面已经看够了，在家只想听听音乐，享受一下清静。他也不让孩子看电视节目，说越看越傻。"

马牛的目光被墙上一幅巨大的油画吸引了，那是爱德华·霍普《夜游者》原尺寸的复制品。前几年他去上海出差，正巧上海博物馆在举办"美国现代油画一百周年"的展览，在那里，他看到了这幅藏于美国芝加哥艺术博物馆的原作。当时，他就坐在画对面的长凳上，被它深深吸引着。不知道是不是出于职业的敏感，他总感觉画面在讲述一个有关谋杀的故事，一场寂静而深邃的谋杀。

"你也喜欢这幅画？"谢雨心突然问道。

马牛点点头。

"黄天非常喜欢。他有一次跟我说，他就像画里那个男人，很孤独。"

说完，她坐到了他们面前。马牛注意到她穿了一件比较显气质的蓝色连衣裙，头发精心盘过，脸上也化了妆，就好像她一直在等着他们。

"你这是要出门吗？"

"是的，不过不急。"

"是这样，我们对黄天的死还有些疑问。"

"疑问？"谢雨心顿了一下。

"你不要多心。我们只是在走正常程序。"

"他不是猝死的吗？"

"不知道你有没有看微博？"马牛决定撒一个谎，"因为黄天死在国贸桥上，引起了网上的一些猜疑和谣言，我们领导了解情况后相当重视，认为应该给出一个官方的说法，就派我俩过来做一些调查。就是一些常规的问题。"

说完，马牛瞟了一眼王维，后者低着头在做笔记。

"昨天到现在我一直没时间上网，"谢雨心看起来松了一口气，"你们不会以为是我在网上散布的消息吧？我昨天答应过你，不会出去乱说的，也不会接受任何媒体的采访。"

"我相信你。"马牛端起咖啡喝了一口，掩饰自己飘忽不定的眼神。他看见黑胶架上方的墙上有一面照片墙，上面零散但不凌乱地挂了十几张照片，记录了这个家庭生活中的幸福点滴，最中间的是黄天和谢雨心的亲密合照。

"我真的想让这件事情尽快过去，"谢雨心的话将马牛的目光重新拉了回来，"直到现在，我还没跟孩子说。"

49

马牛扫视了一下屋子："孩子呢？今天可是周六。"

"出去上钢琴课了，过一会儿我还得去接他，"谢雨心看向墙上的时钟，"今天早上孩子一起床就问我，爸爸为什么不在，那个时候，我的心都要碎了。"

"你怎么回答他的？"

"出差了。"

"这样瞒下去也不是办法。他迟早要知道的。"

"到时候再说吧！你们到底想知道什么？我还有十五分钟时间。"

说完，谢雨心拿起茶几上的一包烟，自己点上了。她深深吸了一口，吐出一口浓厚的烟雾。

"嗯，"马牛看着王维打开录音笔，"那我们正式开始。"

"姓名？"

"你不是知道吗？"

"我们需要录一份正式的口供。"

"谢雨心。"

"与死者黄天的关系？"

"夫妻。"

"你们什么时候认识的？"马牛想把时间线拉长一点。得到的信息越多，他就越能从中找出死者与自己的关系。

"二〇〇三年。"

"确定吗？"

"当然,那一年非典,我是不可能忘记的。那个时候你可能还在读中学,印象不是太深刻吧?"

其实马牛的印象还挺深刻的。当时班里有个同学发烧,整个班级被隔离了整整一个星期,都是家长送饭进来,后来证实没有人被感染,才放他们出去。当时他们还挺不情愿回家的,因为没有什么比在学校不用读书使劲儿玩更幸福的了。

"那时候我在广播学院播音主持专业读大四,被分配到湖南电视台实习。我就是在那个时候认识黄天的。"

"也就是说,你们是在湖南相识的?"马牛在心里琢磨了一下。

"是的。"

"能具体说一下吗?越详细越好。"

"那段时间,我作为出镜记者经常要去医院采访。有一次,在隔离区外,编导让我把口罩拿下来,说上镜不好看。但我是真害怕啊,根本不敢。结果那个编导欺负我是新人,用各种难听的话骂我,直接把我骂哭了。哭完之后,还是得冒着危险不戴口罩出镜。录制结束后,我感到特别委屈,躲在医院的楼道里大哭。这时候黄天出现了,他也是实习生。他递给我一张餐巾纸,然后陪着我一起骂那个编导。骂着骂着,我就笑了,他也笑了。就这样,我们算认识了。

"后来,我回到学校。没想到学校也发现了疑似病例,很快,整个学校都被隔离了。有一天晚上,他给我们寝室打电话,说他在宿舍楼下。我下楼后果然看见了他。他是偷偷翻墙进来的,还给我带来了一份肯德基全家桶。那天晚上我们坐在操场上，一边吃炸鸡一边聊天。没过多久，我们就相恋了。"

马牛看了下手机，发现已经是下午两点了。燕子给他打了好几个电话，因为手机静音没接到，不过即便他看见也不打算接。

"后来呢？怎么来的北京？"

"实习结束后，我和黄天就分手了，因为老师给我推荐了一个北京的工作机会，而他投了无数的简历都石沉大海，觉得自己可能来北京也没什么出路，就独自一人跑到广东打工去了。"

"也就是说，你们一开始并没有在一起？"

"是的。我通过老师的关系进了电台，当了主播，主持过几年深夜点歌节目。"

难怪谢雨心的声音有点耳熟，原来在广播里听过。马牛不禁替她感到惋惜，以她这么好的外形条件，完全可以上电视。

"我知道你在想什么。除了我的老师，我在北京什么社会关系都没有，完全是自己考过来的。能进电台其实是非常不错的，只不过那个时候电台已经开始走下坡路了。"

她说得没错。现在电台的受众主要是司机，除了上下班时间听听路况，基本上没什么人听了。不过，马牛倒是挺爱听的，尤其喜欢听电台里的评书和相声。

"不过你们最后还是走到了一起！"

"有一天，我突然接到一个听众的来电，说他要点一首陈奕迅的《十年》，给自己曾经最爱的女孩。我一听就知道是他。《十年》

是我们当年在一起的时候最喜欢的一首歌。他来北京了。"

"那是什么时候?"

"我们分手两年后,二〇〇五年。"

二〇〇五年的时候马牛已经上警校了,学校是半封闭教学,记忆中并没有黄天这个人。

"后来他约我见面,说自己来北京已经有一段时间了,某天深夜坐出租车,听到了我的节目,就打电话来了。他说这叫缘分,现在想想挺无厘头的。之后,我们又在一起了。"

"缘分"这个词马牛已经八百年没听过了。

"那时候黄天在一家大型的电视制作公司做编导助理,很辛苦,也没钱。但因为年轻,倒也不觉得苦,我们用大部分的工资租了一套一居室。我们不喜欢跟人合租,虽然那样能省下钱来。剩下的,我们就每个月花光。那是我们这一生中最快乐的时光,穷开心,吃个街边麻辣烫,看场喜剧电影,就很满足。

"当然,我们也会争吵。争吵的主要原因是没钱。当时,我们住在南三环外,每天要乘公交车去东三环上班。那时候的公交车是办月卡的,先上车,上了车以后售票员来查票,有月卡的就给他看一眼,没票的就买票,撕一张纸质的票。票的颜色有很多种,根据距离的远近撕,我们通常是最远的那种颜色。

"那时候北京有趟车叫300路,专门跑三环。这个300路车身特别长,它其实是两辆公交车连在一起的,中间由深色的橡胶连接带连接起来,转弯的时候就像手风琴在演奏。别看车很大,我们每次还是挤不上去。好不容易挤上去了，车门却经常把我的手和包卡住。因为人太多，有几次我被挤在人群中间，喘不上气，不得不下车，在路边的台阶上坐下，休息好半天才缓过劲来。

"没办法，每天必须这样去上班，要生活嘛。不过每天下班回来真是憋一肚子火，就想发泄。有段时间，我和他天天吵架。其实也不是生他的气，就是觉得窝火，生活太苦了。

"那时候我们特别想要一辆车，梦想就是奇瑞QQ，三万多块吧，我们也觉得挺好，甚至还选好了颜色，是那种嫩黄色的。走在街上，每次有奇瑞QQ从我们身边开过时，我们都羡慕得不得了。有一次，我们鼓足勇气，走进了一家汽车店，当销售听说我们买辆奇瑞QQ还要贷款时，那目光真的能杀死人。"

"后来买了吗？"

"没有。我们连一万多的首付都拿不出来。没过几年，北京突然限号了，开始买车上牌要摇号，我们那个后悔啊，当时要是拿下那辆车，我们也算有个京牌了。结果呢，直到他死，我们也没摇上号。那辆红色森林人是他回湖南老家买的，开了两天才到北京，到北京当天，就被交警拦下，扣了三分，罚了两百，理由是没有办进京证。"

马牛想起当时胡警官说，那辆红色森林人有十几条未处理的违章记录，其中有一半是因为没有进京证或者违反了限行条例。

"对不起，我是不是说得有点远了？"

"还好。我想知道黄天一些工作上的事情。你之前说他在一家公司做编导助理,请问那大概是什么时候?"

"二〇〇六年吧!"

"公司叫什么?"

"普天大喜,也是他现在的公司。"

"你是说,他来北京这么多年就没换过工作?"

"没有,一直在这家公司。"

"这倒挺难得的。据我所知,在北京工作,很少有人从来没换过工作。可见这家公司老板待他不薄。"

"还行,至少让我们买了这套房子。"

马牛点点头,心里记下要去找黄天的这位老板聊聊。

"黄天其实已经做到制片人了,不过在这之前,他也吃了不少苦。要不是他把握住了机会,我们不可能有今天这样的生活。"

"什么机会?"

"大概是二〇〇七年冬天。有一天,黄天回来得很晚,醉醺醺的,明显是喝了酒。他很兴奋地跟我说自己的机会来了。当时他的公司正在制作一档真人秀节目,他作为编导助理也参与其中。"

"什么节目?"

"《超级歌声》。"

马牛记得这个节目,那可是当年现象级的音乐选秀节目,一些曾经参加过选秀的歌手,现在都是华语乐坛天王天后级的人物了。

"对于黄天来说,这是一个极好的机会。当时他和一名导演跟一个前十强的歌手,负责给这名歌手打造形象,就是现在大家常说

55

的人设，比如，歌手的造型、演唱风格、说话方式、个性设计等等，并与节目组对接。"

"请继续。"

"到了总决赛的前一天，导演组开会，轮到这个导演发言，他开始讲自己准备好的稿子。稿子本身非常好，没有什么问题，但黄天站了出来。"

"什么意思？"

"黄天告诉大家，导演手上拿的稿子是抄袭他的，并且拿出了原稿。节目制片人常乐了解情况后，当场就把导演开掉了。第二天总决赛圆满结束，黄天的稿子效果很好。庆功会上常乐表扬了黄天，并提拔他当了编导。从那时起，黄天才算真正走上了正轨。"

"你说的常乐，是不是他？"

马牛指着相片墙上全家福左边的一张照片，上面是黄天和常乐的合影。常乐现在是知名的电视节目主持人了，马牛一来就注意到了他。

"没错，就是他。"

"那名导演叫什么名字？"

"曹睿。曹操的曹，睿智的睿。"

"后来怎么样了？"

"因为抄袭的事，曹睿被整个圈子排除在外，后来一直没有找到工作。再后来，听说他去中关村卖盗版碟，结果被警察抓住，蹲了大半年牢，出来后就彻底颓了。有一次，我和黄天逛街，竟然遇见了他。从那以后，他就缠上了我们，动不动就问黄天借钱。"

"黄天借了吗？"

"我当然不让他借，他也说自己搞定了。可是，"她站起来转身走向卧室，过了一会儿，走了出来，将一个笔记本放到了马牛面前，"我在他的书桌里翻出了这个。"

马牛拿起打开一看，是个账本。

"前前后后差不多有四五十万了。"

"等等，"马牛露出不解的表情，"你跟我们说这些做什么？"

"最近我们手头紧，孩子刚上小学，缺钱，所以我一直逼着黄天弄钱。估计被逼得有点急，昨天他去找曹睿了。"

"昨天？你是说，黄天死前找过这个曹睿？你之前可不是这么跟我说的。"

马牛盯着谢雨心的眼睛，想从中看出点什么，但她表现得非常坦然。

"昨天我是以为他去上班了。今天一大早，我去领尸体，拿到了他的手机。他生前最后一个电话是打给曹睿的。"

"手机呢？"

"跟他随身所有的东西一起扔殡仪馆的杂物焚烧炉里了。"

"我还是不明白你为什么要跟我们说这些。"

"在你们来之前，我发现了这个账本，"谢雨心看了一下时间，站起身来，"黄天走了，他是我们家里的顶梁柱，我很早就辞职了，**没有收入，而孩子刚上小学，各种开销非常大**……"

"你的意思是？"

"能不能拜托你们帮我把债要回来？"

"什么？"王维终于说话了。她猛地从沙发上站了起来，直直地杵在那儿，从马牛的角度看，她像头顶到了天花板。为了不显得过于尴尬，马牛也缓缓站了起来。

"谢女士，要债这种事情恐怕不是我们擅长的。"

"我知道，这么要求是有点过分，但我们接下去的生活真的很艰难，房贷、学费，每一笔都是巨大的开支，而且我现在还没有工作。你们就当帮我一个忙，好吗？我真的是一点办法都没有了！"

谢雨心的语气中带着一丝哭腔。

"其实你可以自己去要，实在不行请个律师，看看从法律程序上能不能解决问题。"

"法律程序？"谢雨心摇摇头，"你们警察不就是执法部门吗？"

"对不起，这个忙我们真帮不了，很抱歉。"

谢雨心的表情顿时黯淡了下去，语气也变得硬邦邦的。

"时间到了，我得去接孩子了。二位请回吧！"

说着，她走到门口，拉开了房门。马牛和王维尴尬地走到门口。

"我能问最后一个问题吗？"

谢雨心不说话。

"你为什么今天一大早就去把尸体和汽车处理掉了？"

"我有这个权利。"

"你当然有这个权利。只不过……有点匆忙。"

"我不觉得,"她沉吟了一下,"我想快点处理完这些事情,追悼会也不打算办了。生活还得继续,不是吗?"

"这倒是。"

"那请吧!"

"哦,对了,差点忘记,你有盒生日蛋糕忘记拿了,不知道……"

"我不要了。你如果嫌浪费,打开吃了吧!"

"我……"

不等马牛说完,谢雨心就把门关上了。

9

从谢雨心家出来,马牛和王维都沉默着不说话。不知道为什么,马牛总觉得有什么地方不太对劲,但又无法明确那种感觉。

回去的路上有点堵,等他们回到警局,还了车,已经是傍晚时分。燕子一直在给他打电话,他就是不接,后来干脆关了机。他在朝阳北路附近的一家饺子馆闷头吃完三两白菜猪肉馅的水饺,然后一路向西散步到了东三环。

这时已经是晚上七点多了。北京深秋的夜晚是最舒服的,白天秋高气爽阳光普照,晚上则有一丝丝凉意,这种温差令马牛强烈地感受到活着的滋味。三环的人行道上到处是匆忙走过的行人。他喜欢观察这些人的脸,有的疲惫,有的亢奋,有的沉思。他们是鲜活的、丰富的、自然的、真实的,让这座城市充满了万般色彩和无限的可能性。

在长虹桥下,他左转进入三里屯路。路上年轻的面孔渐渐多了起来。三里屯是北京著名的商业街区,很多服装品牌的旗舰店都开在这里。

真真去世后,马牛常常会独自一人来三里屯走走。真真的家在三里屯后街,有很长一段时间,他几乎每天都来这里找她。她就像他生命荒野中的一朵小花。每次和她在一起,即使什么都不做,他也会感到快乐。现在这朵花凋谢了。她被压在汶川地震的废墟中,掩埋在马牛无法面对的记忆深处。一想到她,马牛就心如刀割。

在太古里,他先去负一层的麦当劳买了一支原味甜筒,然后在中心广场上找了个位置坐下,一边吃冰激凌,一边看着眼前的风景。在他的正前方,有一组地面音乐喷泉,孩子们尖叫着在水柱中穿行玩耍,而他们的家长则在一旁拍照、劝说,既为这幕景象欢喜着,又担心自家宝贝着凉。马牛打开手机,燕子发来了一条微信,说她先回去了。他没有回复,继续吃冰激凌。

一阵孤独感袭上心头。

电话进来了,准确地说,是微信语音通话。对方是"黑暗骑士"。

"照片收到了吗?"胡枫问。

"哦,"马牛这才想起早上问他要过事故现场的照片,他的记忆力确实出现了问题,最近老是忘事,"忘记看微信了。"

"没事,我刚发的。干吗呢?"

"遛弯儿。"

"能问你个问题吗？"

"说。"

"你要这些照片做什么？"

"暂时保密。"

"我当时就在现场，这起事故也是我亲手处理的，如果有什么隐情的话，我也想知道，否则我不安心。"

"放心，你的处理没有一点问题。"

"好吧！"

说完，胡枫就挂断了通话。马牛在微信上看到十余张"黑暗骑士"发过来的照片。马牛点开第一张。那是胡枫站在车子左前方，也就是靠近中间隔离带的位置，拍的一张事故现场的全景。中间是红色森林人，旁边车辆经过时，有些人会探出头来好奇地看着。那天是万圣节前一天，马牛甚至看到了几个《玩具总动员》里的角色。

第二张是车牌的特写。

第三张是从汽车前挡风玻璃往车内拍摄的照片。死者黄天偏头靠在座位上，因为隔了一点距离，马牛看不太清死者的面部。马牛找了好久，终于看到了前挡风玻璃上的两个手写字。因为照片是在玻璃外侧拍的，所以字是反的，不过那时候水迹还没有糊掉，"马牛"两个字是非常明显的。这也证实了他一开始并没有看错。

接着，他翻到了一张死者的特写。照片中死者双目紧闭，看上去已经死了。马牛盯着看了好一会儿,依然想不起在哪儿见过他。他按灭屏幕,把手机放进口袋。

就在这时,他看见了她。

谢雨心此刻的打扮与下午见面时完全不同。她放下那种端庄和高雅,换上了有些性感的黑色紧身高领薄毛衣,紧身牛仔裤,头发也放了下来,披散在肩膀上,更显得妩媚。她挎着包——包也换成了那种休闲式的单肩包,穿着低跟皮鞋,脚步轻快地从喷泉的另一侧走过。喷洒的水柱在两人之间形成了水帘,阻隔了视线。马牛犹豫了一下,将剩下的蛋筒皮塞进嘴里,跟了上去。

她独自一人在前面走着,发梢在她的肩膀上跳跃舞动。马牛小心翼翼地跟在她后面,疑惑重重。她穿过太古里,过了马路,沿着酒吧街一直往北走。路上,不断有外国人擦肩而过。最终,她在一家名为"So Raining"的酒吧前停了下来,然后两头张望,似乎在找人。当她的目光朝马牛这边扫过来时,他急忙闪到一旁。

等马牛再次看过去时,发现谢雨心已经拉开门走了进去。他快步向前。靠近酒吧时,他放慢了脚步,侧脸向酒吧里望去。透过贴满彩色标签的落地窗,先是看到一个敞亮的小舞台,上面有一个男歌手抱着吉他唱歌。

一名服务员托着托盘,上有几瓶啤酒,在餐桌间穿梭而行。跟着他的行走轨迹,马牛找到了她,但不止她一个人,在她对面,坐着一个金发的外国中年男人。此时,两人正在热切交谈着。她的表情很自在,与之前那个深沉而悲伤、刚刚丧夫的女人大相径庭。啤酒送到，两人举杯。在他们干杯之前，马牛离开了。

从三里屯后街绕了一大圈，他又重新回到了太古里。他看了一下时间，然后穿过太古里，走过过街天桥，来到马路对面的"老书虫"。这里今晚有一场小型脱口秀演出，马牛是受邀演员之一。

演出非常成功。马牛拿"领导不允许我来酒吧说段子"开玩笑，抖了几个很响的包袱。观众喜欢调侃领导或老板的段子，向来如此。演出结束后，老板从今天的门票收益中分出了两百块钱放在他面前，被他谢绝了。

从"老书虫"出来回到家时，已经是晚上九点多了。马庄主和牛夫人正准备关电视睡觉。马庄主是个没出过书的业余作家。他以前在电视台工作，做过记者，也参加过中央电视台春节联欢晚会的录制，给大牌主持人写串场词，平时喜欢舞文弄墨。退休后，嫌生活太无聊，他开始写侦探小说。他最喜欢跟马牛打听一些刑事案件的细节，而马牛常常以机密为由，拒绝和马庄主在这方面进行深入探讨。但这丝毫没减弱老头创作侦探小说的热情，为此，他买了很多书，《福尔摩斯探案全集》和阿加莎·克里斯蒂的全套是趁网站"满一百减五十"的活动买的，雷蒙德·钱德勒和劳伦斯·布洛克的作品也收藏了精装版本，东野圭吾的书则是出一本买一本，还有日本漫画《金田一少年事件簿》和《名侦探柯南》，也通通收下。据马牛所知，这里面绝大多数的书马庄主都没看过，有的书只翻了前面几页，打了个折角，就没有再看了。看书是需要精力的，他一看书就犯困，不过那些漫画书倒是被翻得七七八八了。

牛夫人年轻时是电视台的主持人，不知怎的，被马庄主勾搭上了，结了婚，波澜不惊地过了大半辈子。现在常常在家里看电视台（尤其是中央三套）的文艺演出，对《星光大道》里的选手如数家珍，各类晚会几点开始节目单是什么谁主持她背得比她老公的生日还熟。不仅如此，她还常常幻想假如自己仍是主持人站在舞台上会是什么范儿。马牛最怕的，是她偶尔会用那种字正腔圆的播音腔来训斥他。这不，她又开始了。

"你怎么才回来啊？"

"工作。怎么了？"马牛汗毛都竖起来了。

"怎么了？你好意思让人家燕子在家等了你一个晚上？"

"我又没让她来。"

"你到底是怎么回事儿？如果不喜欢人家，早点说清楚，别这样干耗着，耽误人家姑娘的青春。"

"妈您喜欢吗？"

"我觉得挺好。"

"那成。您喜欢，我就喜欢。"

"又不是我娶媳妇。"

"您也知道不是您娶媳妇啊！对了，她问你们要钱了吗？"

"什么钱？你问她借钱了？"

"看来她还不好意思提。是这样的，她看中了一套房子，但让我买，说是作为婚房，我没钱，她就先交了定金。据说，您答应她帮我交首付？"

"原来是这事儿。对,我是答应了,但前提是你得先结婚。"

"但我没说要买房!"

"你不买房,难道跟我们住一辈子吗?你都三十了,说出去不嫌丢人。"

"我无所谓,关键是你们怕丢人吧!"

"反正你得尽快把这事儿给办了。"

"可你们一辈子就存那么点钱。"

"我们的钱还不都是你的钱?再说,现在买房子也不亏,房价每天涨得跟疯了似的。"

"我算是明白了,原来您是想投资。"

"我是想让你早点结婚!"

牛夫人走进屋里,过了一会儿出来,将一张银行卡扔给马牛。

"你明天就去取钱还给人家。"

"那房子在六环。"

"啊,那是够远的!"牛夫人突然一下犹豫了。她和马牛一样,平时活动半径就在东三环,六环在她眼里和外地差不多一个意思,"不行的话就把房子退掉吧!不能让人家女孩子承担这个损失。"

"知道了。"

"你啊,趁我们还年轻,早点结婚生孩子,到时候还能帮你带带。等我们老了,精力不够了,想帮忙都没办法。"

"我爸好像现在精力就不够了。"

"喂,老头子,你别光顾着打瞌睡,说说你儿子。"

马庄主一个激灵坐了起来。

"说什么呢，我才没有打瞌睡，我正在酝酿一篇小说的开头。对了，儿子，最近有没有什么大案子？"

"没有。"

"是吗？我下午去买菜，听小区里老张说昨天国贸桥上死人了。真的假的？快跟我说说。"

"没什么好说的，就是一起普通的猝死。"

"看看，现在年轻人动不动就猝死，压力实在是太大了。你啊，平时也要多注意休息，还要多健身……"

"您那个小说写得怎么样了？"马牛赶紧岔开话题。

"哪一部？"

"怎么又换了？不是那个《大栅栏杀人事件》吗？"

"那个嘛……还在构思。我最近看新闻，灵机一动，又想出了一个新的题材。你听我说啊，这个很厉害，叫作《密云水库神秘事件》……"

"好啦，我困了，下次再听您的大作！"

不等他说完，马牛就赶紧溜回了自己的房间。他们居住的是老式的居民楼，还是牛夫人当年结婚时单位分的房子，两居室，七十平方米，非常拥挤，但也勉强够用。窗外就是东三环，噪声大，灰尘多，还漏风。他在窗户内侧贴了很多密封条，还是不管用。

马牛站在窗边，胳膊撑着窗台，默默看着外面。这个时间段三环上已经没那么多车了，行车也通畅了起来，依然灯火通明。

电脑音箱里传来陈奕迅的《明年今日》。相比国语歌，马牛更喜欢陈奕迅的粤语歌。他想到，谢雨心和黄天是因为《十年》这首歌才再次在北京相聚的，缘分吗？或许吧！接着，谢雨心那张略带悲伤的脸又浮现在了他的眼前，一系列的疑问再次冒了出来：黄天尸骨未寒，为什么她会在这个时候私下与男人约会？为什么她要这么着急报废汽车和焚化尸体？黄天在死前跟那个曹睿到底说了什么？如果债要不回来，她和孩子的日子将怎么办？

马牛合上窗户，将世间的纷扰和嘈杂关在了外面。接着，他关掉音乐，躺到床上。他拿起手机，打开微信，重新点开了黄天的面部特写照片。他盯着看了很久，依然是一头雾水。他还是猜不透，这个人在临死前为什么会写下自己的名字？他看了一会儿手机，感觉越看越精神，于是赶紧把手机调成静音放在床头柜上，然后随手抓起一本名为《罗丝安娜》的侦探小说看了起来。对他来说，看书是最好的催眠方式，果然，十分钟不到，他就困得不行了。

10

汽车报废厂在东坝。东坝可以说是朝阳区的边缘了，东五环外，偏僻得很。如果你第一次来北京，先去了国贸三里屯，然后又突然来到了东坝，你会以为自己已经出了北京，到了附近的郊县，因为这里无论怎么看都不像是在北京。不过，近两年这里的房价也开始抬头了，节节攀升的房价常常给人即将繁荣的错觉。

马牛到达汽车报废厂时，不到早上九点。大门被人从里面锁上了，说明夜间有人值班，于是他使劲敲打起了铁门。不一会儿，一个五十岁上下、穿一件旧旧的短灰夹克的矮个中年男人出现在大门口。他手里拿着一根铁棍，气呼呼的，但一看马牛穿着警服立马就把铁棍扔在了地上。

"警察同志，什么事啊，这一大早的？"

"先把门打开。"

男人极不情愿地用钥匙开了锁，把铁门拉到一旁。马牛侧身走了进去。

"这里就你一个人？"

"对的，今天周日，厂里放假。"

"昨天你也在吗？"

"我每天都在。"

"那你还记不记得有一辆红色的斯巴鲁森林人送过来做报废处理？"

"这我得查一下。昨天送来的车不少。"

"那就麻烦你现在去查一下吧！"

"警察同志，我想知道……"

"不该问的别问，快去查。"

"是是。"

那个男人一听，立马朝里屋跑去。在等待的过程中，马牛四下打量着这个报废汽车厂：混乱、肮脏，露天的场地上各式各样的汽车随意排放，有的没有了轮子，有的没有了车顶，有的只剩外壳，有的只剩座位和方向盘，轮胎像巧克力甜甜圈堆在一块儿，铲土车和起重车在旁边张牙舞爪，最让人惊奇的是，大量同一款式的老式轿车像码乐高积木似的层层堆叠，整个报废厂看上去就像某个巨人孩子的玩具汽车仓库。马牛开始对能否再找到那辆森林人有点悲观。

"查到了，"那个男人拿着一本登记册走了过来，"昨天上午的确送来了一辆红色森林人。"

"送来的时候，是不是后排车窗破了？"

"你这么一说，我想起来了，跟车一起来的是一位女士，长得挺漂亮。我还很纳闷，问她，这车其实挺新的，为什么要报废？她说，老公的车，老公死了，她不想要了。"

她说的倒是实话。

"我还以为她跟老公吵架，一气之下就来把车报废了。不过，干我们这种活的人通常不问那么多，她说报废，那就报废。再说了，她手续齐全，我也没有理由拒绝。"

"她还说了什么？"

"就说这些报废了的东西，赶紧处理掉。说实话，挺麻烦的，不过咱们做服务的，顾客至上，于是我优先干了她的活儿。"

马牛盯着他的脸不说话。

"您瞪着我干吗？"

"赚了不少吧？"

"哪里，您是不知道，现在汽车报废赚不了什么钱，我……"

"一辆开了不到三年的纯日本进口车，光零件都能卖不少钱，对吗？不过你不用担心，我来这里不是为了这个。你只要告诉我，那些零件是已经出手了，还是在厂里？我想看一眼。"

他犹豫不决。

"实话跟你说，这是一辆事故车，里面死了个人，很可能是被人谋杀的，万一被我查出来……"

"跟我来吧！"

他带马牛穿过一个车间，来到工厂后院。那里同样堆放着大量汽车零件和车体，一眼望去，眼花缭乱。

"都在这儿了。"

"这怎么找？"

"这些都是我最近几个月拆下来的还能卖钱的零件。昨天拆完之后，我就把那些零件都归这儿了，具体是哪个，我是真的搞不清。"

"你在玩我？"

"怎么敢呢！"他看了一下手机，面露难色，"警察同志，我待会儿有急事得去趟西边，要不您下次再来？"

"你去吧，我帮你锁门。"

"啊？"

"怎么？还怕丢东西吗？"

"那倒不是……好吧，但千万别给我翻太乱了，明天汽修厂的人还得来挑零件，要是……"

"放心，你这已经够乱的了，我再弄也乱不到哪儿去。"

"行吧！"

说完，那个男人还不放心地看了看，然后留下U形锁走了。马牛望着面前成堆的汽车零件，脱下制服叠在一旁的椅子上，再将帽子摘下放在上面，挽起了衬衫的衣袖。

两个小时后，马牛已经累得够呛了。这样下去，不仅浪费时间，而且很可能什么也找不到。

手机响了，是王维。

"你在哪儿？"

"怎么？我有必要向你汇报吗？"

"我们不是搭档吗？"

"搭档？我怎么感觉你是领导派来监视我的。"

"别自作多情。说真的，你到底在哪儿？"

"东坝。"

"东坝？去那儿干吗？"

"这边有家汽车报废厂。黄天那辆车昨天被送这儿来了。"

"哦。"王维似乎在思考什么。

"车都被拆了，零件一时半会儿还没找到。"

"什么时候回来？"

"可能得干到晚上了。明天一早，等汽修厂的人来把这些零件运走，这条线索就彻底断掉了。"

"你到底在找什么呢？"

"找证据。"

"什么证据？"

"我也不知道。"

"有你这么做警察的吗？为一个不存在的谋杀案在那儿瞎折腾。"

"不存在？也许吧！我只是觉得，有疑点就要去查，万一死者真是被谋杀的而被我放过了，那我一辈子都不会原谅自己。"

电话那头沉默了几秒钟。

"你吃饭了吗？"

"没。"

"把地址发我一下。"

半小时后，王维来了，还带来了可乐和卤菜。

马牛有一种直觉，如果汽车真是第一案发现场，就一定有作案痕迹。也许王维带来了好运气，终于在下午两点多的时候，他找到了那辆红色森林人的车身。车窗破碎，黑色的地垫上有一些没有清扫干净的玻璃碴，挡风玻璃上有模糊到彻底看不清的字迹。他打开车门，探身进去查看了一下。内部很多零件包括音响、GPS 导航仪、行车电脑等都已经被拆走了，只留下一个金属空壳。

"找到了。"马牛起身对不远处的王维喊了一句，后者抬起头，迅速朝这边跑了过来。

"你怎么了？"等王维靠近，马牛才发现她的手背上被划破了一道口子。

"没事，不小心划到了。"

"你等一下。"

马牛从车上下来，朝刚才那个男人住的屋子走去。走到门口，他试着推了推门，结果一下就推开了。屋内显得比外面还要杂乱，一张脏兮兮的单人床，一张堆满旧杂志的木桌，以及一个简陋的带拉链的布艺衣橱，地上则是几双破得不能再破的运动鞋和一只五千克重的哑铃。整个屋子里散发出难闻的味道。那个男子之所以不锁门就出去了，显然是连他自己也认为这里实在没什么值得被人偷走的东西。马牛走到那张木桌前，拉开抽屉，在一堆小零件中翻找了一下，发现了几片连在一起的创可贴。他撕下一片，然后将抽屉推了回去。他判断得没错，在满是金属零件的报废厂干活，创可贴应该是常备的。

给王维的手背上贴创可贴时，她一语不发。接着，他们开始在车内漫无目地翻找起来。半个小时过去了，除了玻璃碴，他们什么也没找到。马牛开始有点失望了。

"看吧，根本没什么谋杀。"王维说道。

"问题是，他老婆昨天匆匆把这辆车拉过来报废，不可能像她说的，仅仅是为了想快点开始新生活那么简单吧！"

"也许就是这样。你以为人人都像你吗？"

马牛把头转过来，盯着王维。

"你这话是什么意思？"

"没什么。"

"下次不要让我再听见你评论我的私生活，否则……"

"否则怎么样？算了，不说了。要不要先歇一会儿，吃点东西？"

他们找了个地方坐下来。王维递给马牛一罐可乐，然后掀开装卤菜的塑料盒，是马牛爱吃的猪耳朵。他拿起一双一次性筷子，掰开。

"你这么相信这是一起谋杀案，到底是为什么？"王维问道。

"我也不知道，直觉吧！"

"光凭直觉可破不了案。"

"我当然知道。"

突然，马牛脑海中闪过一个想法，立马拿过装猪耳朵的饭盒，将里面的东西倒空。

"喂，你在干吗？太浪费了吧！"

"你看，"马牛不管不顾地开始分析起来，"我们假设这是死者的车，他当时被困在三环高架桥上，左侧是隔离带，前后以及右侧都是车。"

马牛在饭盒的左侧放了一根筷子，前后和右侧分别放上了手机、钥匙和可乐。

"这上面还有摄像头全程监视着。试想一下，如果你是杀手的话，你会藏在什么地方？"

"也许……在同一辆车上？"

马牛在饭盒里放了两根猪耳朵，前面一块代表死者，后面一块代表杀手。他故意拿"杀手"碰碰"死者"，表示杀了他。

"怎么跑呢？"

"对啊，怎么跑呢？"

马牛一手扶住饭盒，一手拿起筷子，用力朝饭盒中央扎下去。饭盒瞬间就穿了个洞，然后他把后面那块猪耳朵塞进了洞里。现在饭盒里只有一块猪耳朵了。

随后，两人同时站了起来，跑向那个红色车身，重新钻进车里，掀开了地毯。刚才他们一直在车内找线索，却忽略了车底。马牛的手指沿着边缘摸索着，没多久就摸到了一个手指大小的洞，他把食指伸进去，抠住掀起，漏空的车底便呈现在了眼前。

原来这辆车的车底被改造过，是活动的。

"问题是，那可是在三环高架桥上，凶手即便从车底逃走了，也很难不被发现啊！"王维提出了她的疑问。

"是的，但是你别忘记了，当时在大堵车，一个人悄悄从这辆车车底钻出，再以最快的速度从另一辆车的车底钻进去，他就能神不知鬼不觉地逃走了。"

"你的意思是，凶手有同伙接应？"

"不仅如此，如果没猜错的话，还有两点可以确定。"

"是什么？"

"第一，那辆接应的车很可能当时就在死者的车旁边。"

"我知道了。待会儿咱们回城就去调当时的监控，看看周围的车，然后查出车主的身份。"

"嗯，如果可能，尽量找到他们与死者的关系，很可能这就是突破口。"

75

"有进展啊！"王维开始兴奋起来了，"那第二点呢？"

"第二点就更明显了，杀手当时坐在死者的车上，而且是在后座，显然，他与死者是认识的。"

之后，他们又花了不少时间把翻乱的零件放回原位，直到天已经黑下来，才算彻底弄完。马牛把铁门关上，然后用那把U形锁扣死。两人开车回市区。

因为堵车，到市区已经是晚上七点多了。他俩商量了一下，觉得这么晚去交警大队，可能很难要到监控，决定明天再去。他们找了个地方简单吃了点东西。也许是因为前一晚没睡好，马牛觉得非常累，王维说她来开车，先送他回家。他不假思索就同意了。

王维开车把马牛送到了小区门口。他从车上下来，关上车门，弯腰跟她打了声招呼，转身要走。突然，他感觉有个人朝他直冲了过来，等反应过来已经来不及了，一记耳光扇在他的脸上，是燕子。

"干吗啊你？"马牛被打蒙了，也被彻底打醒了。

"我干吗？从昨天到现在，我等了你整整两天！你你你，居然跑去跟别的女人约会！"

"你有病吧？我跟谁约会了？"马牛很快意识到她指的是谁，连忙解释，"不是，你误会了……"

"别狡辩，做了就要敢承认！"燕子气鼓鼓的，"你们这算什么，两个警察，开着警车，在外面鬼混不回家。你说，你们这是不是有点丢人？"

马牛看了一眼王维。后者也不解释，饶有兴致地看着燕子。

路上的人越来越多，很多吃完饭出来遛弯的老头老太站在一旁看热闹。有几位还穿着太极服，手里拿着宝剑，虎视眈眈地看着马牛。他担心再说下去，这些老年大侠会冲过来替天行道，把他给收拾掉。

"别说了，都看着呢！"

"我就说，哦，你敢做，还不让我说。"

"够了！"马牛差点被她给逗乐，还好强忍住了，"我们是去工作。"

"谁信呢？大周末的，孤男寡女……"

车门开了，王维下来了。她站在车旁，单臂撑着车顶。即便隔着一段距离，马牛依然能看出她比燕子高半个头。

"喂！"她这一嗓子把燕子给吓住了，"听着，我对你男朋友没兴趣。"

说完，她重新钻回车里，然后招呼也不打，直接开走了。

"够了吗？我要回去睡觉了。"

说完，马牛抬脚往小区里走。这下燕子着急了。

"你去哪儿啊？我找你有急事。"

"什么急事？"

"还不是买房的事。今天销售那边打电话来，让我们去签约交首付。"

"这事还没完呢？"

"完什么完，这才刚开始！"

"怎么，你真为这事在这儿等了我一天？"

"我其实也是刚来，没想到一来就看到你和她……"

"我和她真没什么。"

"我知道，我也是太着急了，对不起。有没有打疼？"

说着她抬手要来摸马牛的脸，但这个动作跟之前打人那个动作一样，他假装往后一缩。

"还来？"

马牛滑稽的样子把燕子给逗乐了。老实说，她笑起来的样子真美。马牛突然心软了。

"行，我先回家休息。等我明早醒来，给你打电话，咱们一块儿去售楼处。"

"真的？"

马牛点点头。

"你太好啦！"

她抱着马牛，在他脸颊上狠狠亲了一口。

"那咱们明天见。"

说完，她随手拦了一辆出租车。临别前，燕子在车窗内朝马牛挥手，微笑。那是一种对未来生活充满希望的微笑，马牛真不忍心戳破它。

11

隔天是星期一，马牛一大早就到了局里。他打开内部系统，输入用户名和密码。曹睿曾因贩卖盗版软件坐过牢,对于有犯罪记录的人员,警方通常会定期复查他出狱后的行踪。果然,他很快就查到了曹睿的现居住地址。在抄写的过程中,王维走了过来。

"真要去帮人要债啊?"

"我只是觉得,死者生前最后见过的人有必要见一见。另外,也许能从这个人嘴里问出死者和我有什么关系。"

"有道理,顺便要债,然后去美女那边邀功。"

"你说话能不能别这么损?你去不去?"

"去,当然去。说实话,我见过你查案,但从没见过你帮人要债,正好大开眼界。"

"说够了没有?走吧!"

"去哪儿?"

"垡头。"

十分钟后,他们驾车上了四环路。单从拥堵情况来看,四环不比三环畅通多少。

"有没有打电话去交通部门,问问他们监控的事情?"

"打了,对方在忙,让我下午去取。"

"希望有收获吧!时间越来越少了。"

"你是指徐队给的三天调查时间吗?"

"不仅如此。你也知道,通常最佳的破案时间是案发后三到五天,时间拉得越长,破案的可能性也就越低。"

"徐队那边你也要考虑一下。没有他的同意,我们无法通过正常的程序去调查,那样的话会遇到很多阻力,所以……"

"所以我们只剩下最后三天了,对吗?"

"相当正确。"

从化工桥往东南方向开车,越过五环,没多久,就进入垡头地块。他们先找到了曹睿租的房子——一间非常破旧的红砖墙平房。门上的弹子锁显示曹睿并不在家。隔壁房东告诉他们,曹睿一早就拖着箱子出门去了,应该是去大柳树摆摊了。

接着,他们去了大柳树,停好车。马牛庆幸来得正是时候,要是早一两天来,周末人数会多十倍都不止。那时候别说找曹睿了,想找个地方停车都不容易。

大柳树是北京著名的二手旧货市场,与专营旧书和古玩的潘家园不同的是,这里以交易二手衣物、家电、家具、劳保品等生活用品为主。读警校的时候,马牛曾经和真真来过这里,买了一件旧皮衣。那时候是真没钱,所以觉得一百元能买到一件真皮夹克简直太值了。如今再次走过旧衣物摊,那些与真真肩并肩在市场里瞎逛的快乐画面再次浮现在眼前,让马牛有点伤感。

"去哪儿找他?"王维问道,仿佛在提醒马牛自己的存在。

"我也不确定,只能一家一家去找了。"

这么大的市场,如此多的摊位,找起来实在费劲。马牛把曹睿的身份证照片发给了王维,然后两人分头行动。就这样,他们举着手机,一家一家问,直到把整个市场找遍,也没发现曹睿的身影。

他们在一棵大树下碰头了。

"现在怎么办?"

"可能需要一个甜筒。"

每当马牛毫无头绪的时候,他就想吃麦当劳的原味甜筒。他打开手机,搜了一下,发现几百米处就有一家麦当劳,于是领着王维走了过去,买了两个原味甜筒。

"我才不要吃呢,胖死了。"

"我说给你一个了吗?我吃两个。"

"那你小心糖尿病。"

就在这时,曹睿出现了。他中等个子,短发,大头,普通长相,上身穿着一件淡蓝色的格子衬衫,下身是一条有很多口袋的卡其色工装,脚上是深棕色的登山靴。他拖着一只超大的行李箱,只顾埋头朝前走着。

马牛冲王维使了个眼色,朝曹睿走了过去。就在快靠近的时候,曹睿突然警觉起来,转头朝马牛这边看了过来。马牛舔了一口手中的甜筒,尽量让自己显得自然。这时,只听见身后的王维大喊一声:"曹睿!"

曹睿一愣。

马牛刚想说"你喊什么喊",曹睿已经扔下了行李箱,扭头跑了起来。马牛看看手中只吃了不到一半的甜筒,一咬牙扔进垃圾桶,拔腿追了上去。

马牛并不是那种身手超群的刑警。当年在警校,每次体考他都不及格，直到快毕业那年，他的辅导老师找到他，说你再不努把力，可能永远也没机会做警察了，他才如梦初醒，从那个时候开始练习跑步。

一个学期跑下来，马牛明白了一个事实，那就是：他的身体里没有"动作"的基因。他不擅长格斗术，也不是那种五项全能的硬汉，但他有个特长——耐力。他发现"马牛"这个名字给了他足够多的心理暗示，以至不自觉地代入了"跑断腿也跑不死"的坚韧个性。最终，他在最后一次警校运动会上夺得了两万米耐力越野赛的冠军。即便他在某些体能项目上没有及格，校方依然给他颁发了毕业证书，他也顺利进入了朝阳分局。两年后，他就调到了刑警队，一直干到现在。

所以，马牛追了差不多两千米，终于把筋疲力尽的曹睿给堵住了。看着他气喘吁吁的样子，马牛得意地笑了笑，告诉他就算再跑个十千米他也愿意奉陪。

"你追我干吗？"好不容易喘完气的曹睿开始耍起了滑头。

"你跑干吗？"

"你追我，我当然要跑。"

"你不跑，我为什么要追。说，是不是心里有鬼？"

"我有什么鬼？我就卖卖旧衣服！"

"旧衣服是吗？"王维走了过来，把刚才曹睿扔掉的箱子往他面前一扔，没上锁的箱子立刻就被掀开了盖。里面哐啷掉出二十几个手机。"说，这些手机是哪儿来的？"

"我自己用过的。"

"你能用这么多?"

"我有钱,管得着吗?"

"不会是从别人那里偷的吧?"

"警察同志,话不能乱说,我可是懂法律的。"

"懂法律是吧?行,我现在就把这些手机送去检验,一旦发现哪个机主不是你,你就等着蹲监狱吧!"

"别这样,"曹睿终于服软了,"我看二位警官气宇不凡,应该不是为了抓我这个小毛贼吧?"

"这么说,你承认自己偷东西了?"

"没有啊,我什么时候承认了?小毛贼只是一个比喻,是一种自我谦虚的说法。现在世道不好,赚钱太难了。我呢,就卖卖旧手机,又没干什么伤天害理的事情,生活艰难啊……"

"你是说,你借黄天的钱已经花完了?"

曹睿瞪大眼睛看着马牛和王维。

"哦,我明白了,你们是黄天派来催债的!这小子,不就欠他点钱嘛,有必要搞得这么严重吗?把警察都惊动了。"

"他死了。"

"啊?"曹睿一脸吃惊,"什么时候的事?"

"上周五。"

曹睿想了一下。

"上周五……"

83

"我们有些事情想问你。"

"等等，他是怎么死的？"

"星期五傍晚时分国贸桥上发生的猝死事件，你听说过吗？"

"没有，我每天忙得要死……这么说，黄天猝死了？"但很快他就反应过来了，"不对啊，他猝死了，你们找我干吗？"

"我们知道黄天那天下午曾和你见过面，对吗？"

"没有……你们到底想问什么？"

"我们现在对他的死有疑问，想知道当时你们在一起说了些什么，做了些什么。"

"有疑问？不是猝死吗？难道……"

"怎么样？你现在可以好好回答问题了吗？"

12

"能抽根烟吗？"曹睿说道。

在曹睿点烟的过程中，马牛第一次近距离打量眼前这个人。资料说他四十五岁，但他看起来比实际年龄至少大十岁，头发稀疏，满脸疙瘩，胡子拉碴，憔悴不堪。很难想象他曾经是一名大型电视制作公司的节目导演。他到底是怎么一步步堕落成如今这副模样的？

"问吧，随便问。"

曹睿抽着烟，面无表情，这让马牛想起了谢雨心。

"姓名？"

"曹睿。"

"年龄?"

"四十三。"

"哪里人?"

"甘肃酒泉。"

"哦,敦煌莫高窟是不是离你们那儿不远?"

"可能是吧,我没去过。"

"为什么?"

"这有什么为什么,不感兴趣。"

"好吧!"马牛想起自己从小在北京长大,也没去过长城。不过他对莫高窟还挺感兴趣的,一直想去,但苦于没时间。"说说你和黄天是怎么认识的?"

"我其实跟黄天认识得很早。说实话,我不喜欢这个人。虽然他已经死了,但我不能因为他死了,就说他好话,这不真诚,对吗?也许你已经得到了一些资料,或者听谁说过一些我的不是,而且我猜,大概率是他老婆告诉你的,但无所谓,既然你们想听,我就多说一点儿,就当给你们办案一点参考。他之所以来北京,并且能进到这样大型的电视公司,完全是靠我。"

"那是哪一年?"

"二〇〇五年吧!那时候网络论坛还很流行,我经常会去上面找找资料,写写小文章。后来,由于工作实在过于繁重,我就在网上发了一个帖子,说要招个助理编导,没过几天,就收到了黄天的简历。一开始,我不是太想要他,毕竟那时候他不在北京,过来面试也不方便,而且他完全没有做电视节目方面的工作经验。但不知道他从哪儿弄到了我的MSN,他加了我,然后开始在上面不停地找我,恭维我,让我给他机会。我被他烦得没办法,又看了他写的一些文章,确实也有点灵气,于是就让他来北京试试。我记得当时对他说的是,三个月试用期,如果行的话,他就做我的助理,将来成熟了有机会再转正做编导。没过几天,他就出现在了公司楼下的大厅里。"

曹睿深吸一口烟,仿佛沉浸在了回忆中。

"你们也许不知道,在我们电视行业,人际关系其实比较传统,也讲究师承。我那时候虽然没比他大多少,但在名义上,我就是他的老师,他除了每天跟着我干活,还得帮我做一些杂活,比如买咖啡,买早点,泡茶以及一切跑腿的事务,这是理所当然的。我也是这么过来的,他应该很明白。

"一开始,他还很老实。小地方的孩子都这样,看上去比较老实,小心翼翼,生怕出错。他明白自己不容易,对他来说,留在北京这样的大城市,在这样的大公司工作,是他人生最好的出路。

"不过时间一长,我发现他不老实,偷偷在外面打工。我不是不让他赚钱,我知道他生活很苦,做助理那点钱根本不够用,但毕竟一个人的精力是有限的,所以他经常上班的时候打瞌睡,而且给他的任务也经常完不成。我这人脾气比较大,喜欢骂人,但他不顶嘴。我的理解是,他不敢顶嘴,否则就别想混了。"

"说一说《超级歌声》那件事。"

"又是谢雨心说的吧!我不知道她是怎么跟你们说的,但在我看来,那是我这辈子遇到过的最倒霉的事情,不,比最倒霉的事情还要倒霉一百倍。"

"他把握住了机会?"

"狗屁机会!那是背叛!"曹睿情绪非常激动,脸都涨红了,"会议上,本来他坐在外围的椅子上,根本没资格发言的,也不知道谁给他的胆子,居然趁我不备在后面捅我一刀,说我的文案是抄袭他的。"

"那到底是不是呢?"王维插嘴问道。

"这种事情你得看怎么理解了。他是我的助理,我们平时做方案都是一起的,我负责说,他负责整理文字和找资料,当然偶尔他也会提几句他的看法,但没有我的梳理和建议,他根本就不行。"

"所以还是抄袭了,对吗?"

"你非要这么说我也没办法,只能说是我们共同创作的结果,而到他那里却变成了我是可耻的抄袭犯。太可笑了。我当场就反驳他了,碍于那么多人的面,我控制住了自己的火气,心里想着结束后看我怎么收拾他。但他不知道使了什么魔法,让制片人相信了他的说法。结果你们知道了,我出局了,他得到了留下来的狗屁机会。你们说说看,这不是背叛是什么?我是他师父,他是我徒弟,他黄天就是个无耻的叛徒!说心里话,那时候我杀他的心都有。"

曹睿的面孔中透着一股熊熊燃烧的怒火,但那股怒火随着表情的变化转瞬即逝。

"不过,那已经是好多年前的事了。第二天,我就辞职了。心想此处不留爷,自有留爷处。但没想到,因为抄袭事件,我在这个行业再也没有立足之处了。太可笑了!

"后来呢?"马牛问道。

"后来我就惨了。我认识的一个人带我去中关村卖碟,盗版CD、山寨软件,什么都卖。不是说我抄袭吗?我干脆卖盗版!不过二位警官,这事儿已经过去了,我被抓进去坐过大半年牢,也彻底改邪归正了。这一点你们一定要明察秋毫。"

"是吗?"

王维朝那个手提箱看了一眼,曹睿立马着急了。

"这是两码事,这……"

"好啦,别解释了。继续说你和黄天的故事。后来呢?"

"后来我的日子越过越差,女朋友跟人跑了,也没钱交房租,我就混到了大柳树。这一块租房子便宜,就算这样,我还得跟好几个人合租,住在一个不到五平方米的隔断间里。"

"你为什么不回去?"

"回哪儿去?"

"回老家酒泉。"

"你开玩笑吗?我一把年纪了,既没有事业,又没有家庭,我拿什么回去?"

"拿什么?回去还需要拿什么吗?"

"屁话！哦，对不起，我一激动说错话了。我的意思是，我回去做什么？老家的人会怎么看我？寄生虫？失败者？穷光蛋？虽然事实如此，但我宁可在这儿耗着也不想回去受他们的冷眼。"

"黄天倒是混得挺好。"

"对啊，他终于如愿以偿混成了狗屁成功人士，不仅在北京结婚生子，还买了房买了车。有一天，我在街上遇到了他，他们一家在吃哈根达斯，隔着一面落地窗，他在里面享乐，而我却像个乞丐一样傻傻地看着。"

"说到这里，谢雨心说你借了黄天的钱？而且还不少。"

马牛边说边下意识地看了眼王维，后者抿嘴一笑。她肯定误会自己在帮人要债了。

"我也就试试，没想到竟然成功了。也许是他看到我混成这个样子，对我有愧疚吧，谁知道呢？反正他请我吃了顿饭，我问他借钱，他也爽快答应了。"

"你不是说他是叛徒吗？怎么会借钱给你？"

"因为我有他的把柄。"曹睿笑着说。

"什么把柄？"

"他的学历是假的。"

"是吗？"

"对啊，他当时网上给我投的简历，说自己是什么湖南大学的新闻系本科生，因为我有朋友在湖大，特意去核实了一下，根本就没有这个人。后来入职的时候，公司要查学历证书，我帮他挡了一

89

下，他才入的职。所以你们给评评理，我是不是他的恩人？"

"电视行业这么在乎学历吗？"

"其实不在乎。电视行业门槛其实是比较低的，很多都是大专生，我也不明白他为什么要学历造假，也许是怕找工作被拒。后来就更离谱了，他当了制片人之后，我有一次看他的资料，居然写着美国什么大学的研究生。这不搞笑吗？我一看就知道肯定是造假，至于原因，显而易见，他都混到制片人了，需要一些高学历来撑场面，这种人我见多了。"

"就这样，他能被你威胁？他顶多学历造假被拆穿而已，又不是什么明星，没有多少人会关注他，凭借积累的行业人脉，他照样可以在这一行混得很不错。"

"所以我当时也很吃惊，只是抱着试一试的心态，没想到随便一提，他就答应了。后来我想明白了，他就是这样的人。"

"什么样的人？"

"你有没有看过一段他的演讲视频？"

马牛摇摇头。

"你去看看就知道了。那是他成功了以后，去参加一档演讲类节目的片段。搜他的名字和《无敌演说家》就能搜到。我的意思是，如果他真不在乎这些虚名，不会一开始就学历造假。就因为他在乎，所以才不想被拆穿。他就是这样的人。"

马牛盯着曹睿，想告诉他，你也不瞧瞧自己的样子，自卑，不敢回家，宁可在北京混到死，而黄天至少通过自己的努力，有了现在的身份和生活。跟他比起来，你就是个可怜虫啊！

当然，他什么也没说。

"上周五下午你们见面了吗？"

"没有。"

"谢雨心说黄天的手机上有和你的通话记录。"

"我们是通过电话，但没见面。"

"都说了什么？"

"他让我还钱，但我跟他说还得缓一段时间。"

"就这些？"

"就这些，我没必要撒谎。"

"嗯，还有什么需要交代的？"

"没有了。"

"你之前见过我吗？"

马牛看着曹睿，后者疑惑地盯着他的脸看了一会儿。

"有点面熟。老实说，警官，您以前是不是逮过我？"

"没有。"马牛失望地摇摇头。看来依然找不到自己与黄天的关联。他看见王维盖上了笔盖，合上了笔记本。

"我希望你三天之内到派出所自首，上缴你偷的东西。记住，我会打电话去问的。三天之内你没出现，我会亲手把你抓进去，听见了吗？"

曹睿不情愿地点点头。这时，王维的手机响了。她走到一边接电话。马牛尽量把声音压低。

"还有，虽然黄天死了，但你欠他的钱还是得还。欠债还钱，天经地义。"

"他都死了，我还给谁？"

"他老婆，人家孤儿寡母的……"

"警官，"曹睿露出不耐烦的表情，"我真有钱就不会干这种事了。你可以转告谢雨心，让她直接请律师告我，随便法院怎么判，哪怕把我抓进去也行，反正我一毛钱也没有！"

"你怎么这么无赖呢……"

"结束了吗？"王维已经接完电话回到了桌边。

"走吧，别跟他较劲了，这个债凭你是要不到的。交警队打电话来，说事故当天的监控已经准备好了。"

13

从大柳树出来，王维说马牛不应该放了曹睿，而应该履行警察的职责，立刻把他送到派出所。

"我不相信曹睿这样的人会主动去警察局自首，这次放走了他，下次要想再找到他就难了。"

马牛耸了耸肩膀。

"总要给人一次机会嘛。"

"这算什么机会？"

"我抓他进去和他自己去自首性质不一样，受到的处罚也不一样。"

"可是像他这种无赖，要真是良心发现去自首，也不会干那些偷鸡摸狗的事了。"

"走着瞧吧！"

"你相信他那些关于黄天的话吗？"

"你相信吗？"

"我才不管他有没有撒谎呢，反正我都记下来了，这些都算他的口供。"

"那不就结了，我们是警察，又不是法官。不说这些了，我得快点开，否则要赶上晚高峰了。"

话虽如此，还是晚了一步。今天是工作日，差不多在下午三点多钟的时候，交通高峰期就来了。他们被堵在了东四环化工桥的下面，行驶非常缓慢。又要浪费好多时间了，马牛看看周围的车，心想，这个城市绝大多数人都是这样在拥堵的路上消耗掉了自己的人生。

北京实在是太大了。

马牛有个中学同学，住在东边，却要去西边上班。他每天至少提前两个小时出门，才能勉强确保自己不迟到，有时候碰上限行，就只能选择挤地铁，但早晚高峰的地铁同样让人绝望。他曾经看过一个日本作家写的犯罪小说。凶手杀人的方法很特别，他在东京人最多的高峰期去挤地铁，然后在下楼梯的时候，轻轻一推，瞬间导致人群失衡，造成踩踏事件，而他要谋杀的对象恰好就这样被踩死了。这起案子被当成了意外事故，凶手顺利逃脱。但没想到碰到一个较真的老警察，他总觉得这事蹊跷，就一一排查那天出现在现场的乘客。当时在那个楼梯上有五百多人，他锲而不舍地一个个追查，梳理人物之间的关系，最终，他查出了真相，抓到了凶手。每次坐地铁，在中转站换乘的时候，马牛都会想到这个故事，所以他尽量靠墙慢走。

想到这里，他又想起了黄天的案子。黄天同样死在晚高峰的路上，看上去像是一场意外的猝死，但真实情况是这样的吗？还剩两天就到星期三了，他却什么有价值的线索都没找到。

到达交警大队的时候已经是下午四点了。王维找到相关负责人，拿到了案发当天前后一个小时的监控录像。一共有三个视频文件，分别是从前侧、后侧和左侧三个角度拍到的画面。前侧和后侧是固定角度，左侧则是从南向高架桥上方的摄像头调取的。汽车右侧是监控盲区。不过交警队的负责人表示，有这三份就足够了，完全能看清楚当时高架桥上发生的情况。

他们带着监控录像迅速回到警队，找了间技术室，开始浏览监控画面。然而，三个小时后，他们没有发现任何特别的地方。那辆红色森林人就像值班交警胡枫描述的一样，在堵车过程中突然静止不动了，前面的车开走后，它依然留在原地。三分钟后，后排的特斯拉上下来一位女郎——她的车由于跟得太紧，开不走也退不出——走到车的右侧，低头朝车内看，从她摇头的样子推断她应该是看不清里面的情况，然后她绕到车前，指着车内大骂，甚至用手拍打车前盖，看起来怒不可遏，但很快，她似乎发现了车内有什么情况，掏出手机开始拨打电话，打完电话，她回到了车内，关上门。直到交警过来，疏导交通，特斯拉才慢慢退出去，并迅速驶离了现场。

往后倒一点，红车停下来的时候，它的右侧是一辆黑色的奥迪，看上去似乎跟这起事件没有任何关系，因为前面的路一畅通，它就开走了，停留在红车旁边的时间不超过三十秒，也没有人从车上下来。红车的前方是一辆银灰色的大众辉腾，它也一直处于正常的堵车状态，红车停下来后差不多过了三十秒，它便朝前开走了。

后来，胡枫来了，先是拍照，接着是敲车门。在没有得到任何回应后，胡枫开始打电话，应该是在叫拖车。

再后来，拖车将森林人强行拖上，然后平移几个车道，来到应急车道，再往前开了二十几米，停在了停车带上。破窗，发现情况，打电话叫救护车，胡枫的工作做得相当出色。半小时后救护车出现，马牛几乎同时到达。

马牛从一辆橘黄相间的出租车上下来，先是和交警打了声招呼，然后探身到车里查看情况，最后看着死者被抬上救护车，就上车离开了。在他走了之后，红色森林人便被拖车拖走了。除此之外，再也没有什么值得一提的内容了。望着逐渐恢复常态的交通拥堵的画面，马牛把头往靠椅上一仰，感到疲惫不堪。

"现在彻底没戏了吧！"王维略带讽刺地说道，但马牛从她的语气中也听出了一些沮丧。看来她本来也对这些监控视频满怀期待。

"现在几点了？"马牛问。

95

"快八点了。"

"你饿吗?要不要点些东西吃?"

"点东西?你还打算继续耗下去?"

"一定有什么东西被遗漏了,我想再看一遍监控。"

"有这个必要吗?"

"反正我也不想这么早回去。你有事吗?"

她犹豫了一下。

"没有。你想吃什么,我来点。"

在等外卖的过程中,马牛点开了汽车左侧那个监控视频文件。其实前后的监控画面都是大全景,桥上的情况基本都拍到了,左侧的监控不过是一个补充,但马牛不想放过任何线索。

这一次,他直接快进到森林人最后一次停车的那个画面开始播放。过了不到五分钟,一个意外的发现让他精神一振。他连忙按下暂停键,坐直了身子。

"怎么了?"

"我……"

他还没来得及说话,王维的手机就响了。她低头一看。

"外卖来了,我出去拿一下,你继续。"

说完,王维起身走了出去。马牛把椅子朝监视器拖近了一点,然后将视频下方的进度条往回拉了一点,按下播放键,五秒钟后,他再次按下了暂停键。

没错,画面中,在靠近最右侧隔离带的空隙里,有一辆摩托车一闪而过。为什么刚才没看见？他想了想，恍然大悟。前后的监控画面因为画幅的原因，只能拍到北向"四加一"车道（四条常规车道加一条应急车道）的情况，而这个摄像头负责南向的车道，摩托车由北往南，靠近最左侧的隔离带（视频中是最右侧），再加上它速度非常快，以至在画面中几乎只有几帧的内容，如果不是太仔细看的话，用肉眼很难注意到。

紧接着马牛意识到，他之前的注意力都在汽车上面，一直在观察四条横向车道以及应急车道的情况，而忽略了隔离带与汽车之间的缝隙。星期六那天他曾到现场看过，当时就站在靠近隔离带的位置，最内侧车道的汽车从自己身边开过，虽然感觉上有点危险，但通过一辆摩托车的空间还是够的。

于是新的问题产生了：为什么当时三环上有一辆摩托车？为什么它开得如此之快？它的出现与黄天的死有关吗？马牛认为，即便他不是凶手，至少也是目击者——南北向高架桥之间的隔离带差不多是一米二的高度，这辆反向而来的摩托车也许能看见点什么。当然，首先得找到这辆摩托车。可惜的是，以监控视频的画质，根本看不清车牌。

"凉皮来了。"王维拎着外卖走了进来，看见马牛正在打电话的马牛。

"好的，谢谢。下次请你吃饭。"

挂了电话，马牛开始收拾东西。

"这是干吗？"

"走吧，干活。"

"去哪儿啊？"

"东二环。"

"啊，去干吗？你说句话好不好？喂，凉皮怎么办？"

马牛和王维开着警车，等在二环主路上。时间是晚上九点半。他们刚吃了凉皮，喝了可乐，开始沉默地等着，也让胃好好消化一下，并随时关注着路面情况。

刚才在警察局，马牛给胡枫打了个电话，让他帮忙查一下监控中的那辆摩托车。没想到他一听，立刻表示自己知道"那孩子是谁"。

"这辆摩托车属于一个叫周清的男孩。今年二十四岁，北京人，无业，曾因危险驾驶罪被我抓过几次，现在都认识我了。他是个飙车党，尤其喜欢在环路上飙车。我给你几张他的照片。"

"可当时三环上那么多车，根本飙不起来吧？"

"这是他们的一种新玩法——在北京最拥堵的时候上最拥堵的三环，然后给自己限定一个时间，比如三十分钟，跑三环一圈，如果规定时间内没跑完就算输，反之则算赢。"

"我还是不懂，难道速度不应该是他们这些飙车党的第一追求吗？"

"不完全是。他们也喜欢这种'障碍赛'，那些堵在路上的车都是他们眼中要超越的障碍，包括我们交警在内。其实当天我们同事已经查到了这小子。你想啊,一辆摩托车在晚高峰的三环上跑,我们交警能注意不到吗?只是当时没逮住他。因为实在是太堵了,我们追都没法追。"

"他们胆子也太大了点,就不怕被抓吗?"

"一点也不怕,反而觉得刺激。这些孩子,有条件玩车的,都是富家子弟,即便被逮到,如果没造成有人员伤亡的交通事故,顶多判个危险驾驶罪,罚点钱,拘留几个月,这对他们来说完全起不到惩罚的作用。"

"那就拿他们没办法了吗?"

"也不是完全没有。"

"怎么说?"

"这帮玩摩托车的孩子很多都死了,没死的也受了重伤。"

"你是说让老天去惩罚他们?"

"当然我们也会尽力去劝阻他们,但没用,真的,一点用都没有。我的意思是,他们都是成年人了,应该对自己的行为负责了,否则,意外一定会发生,不是今天,就是明天。"

"有什么办法找到这个周清吗?"

"他偶尔会在很晚的时候上二环飙车。"

"今晚呢?"

"我不确定。他们神出鬼没。"

事实上,马牛的运气相当不错,等了两个多小时后,时间接近午夜,那辆摩托车终于现身了。

14

周清老远就看见警车了,但他根本没打算停。

他高中毕业后就没再上过学,也不去工作。老妈一直想让他去公司里帮忙,但他一次也没去过,整天跟着一帮哥们四处晃荡,无所事事。他自认为没什么本事,但脑子还行,尤其在骑摩托车这件事上,悟性极高。他十八岁生日时,那个当时还很爱他、没打算抛弃他的父亲送给了他一辆雅马哈作为生日礼物,结果他一发不可收拾地爱上了飙车。不过,和大多数飙车党为了追求速度和刺激不同,他纯粹为了赢。那些迷恋感官刺激的骑手在他眼里与傻子无异,而打败他们显然有趣得多。那种极速的视觉变化和肉眼可见的危险对他不起作用——在驾驶摩托车的过程中,他平静得简直像没有血肉的机器。因此,他即使技术并不是多么出色,但依然是整个北京飙车圈排名靠前的人物。因为从没出过事(最多是被交警抓过几次,罚点钱,拘两个月),所以他根本就没想过自己会出事。身边那些朋友因为骑车受重伤甚至死掉,在他看来简直就是笑话,他觉得肯定是某个瞬间他们害怕了才失误的。越怕死,越容易死。

不过,他最近的兴趣点开始转移。他妈妈最近换了一辆车,于是就把之前的宝马留给他了。开汽车与驾驶摩托车完全不同,那是一种长大的感觉。当他手握方向盘、眼睛平视前方的道路时,他会产生"之前的我怎么那么幼稚"的想法。几番沉思之后,他决心用一个星期,骑摩托车把圈里的那些记录全都破了,然后昂着头离开那帮家伙。没准会去老妈的公司当个经理,他想,自己也应该长大了。

前几天三环上的那场障碍赛他失败了,因为一个莫名其妙出现在路上的人减缓了他的速度,因此今天的挑战尤其关键。他在雅马哈头上装了行车记录仪(他要记录下这光辉的一刻),然后选择玉蜓桥作为始发站。从一开始上路他就状态极佳,越开越稳,因此即使看见了警车就在前方,也没有任何减速的想法。这个时候让他退缩,门都没有。

从上午到晚上,燕子一共给马牛打了二十七个电话,他一个也没接,微信也没回。他昨天答应过她今天去售楼处交首付,但爽约了。他根本不知道怎么面对这件事,干脆选择逃避。直到后来他才意识到,他逃避的不仅仅是买房这件事,也是在逃避和她的未来。

他预感周清今晚一定会出现,并且随着时间接近零点,他的预感越来越强烈。车辆始终处于发动状态,挡位挂在空挡的位置,手刹也没拉,他一直将右脚前掌踩在脚刹踏板上,随时做好准备,等对方一出现就立即追上去。

这里是东二环广渠门,又叫"沙窝门",坊间传说是北京非常邪乎的一个地方。"沙窝",原指埋死人的坑。旧时广渠门外有很多寺庙,过去的寺庙经常作为停灵之处,尤其是客死他乡的外省人,所以一提起来,都说这里风水不好。

此刻他们就在广渠门桥上。自从几年前二环主路限号以来,车

101

已经少了很多，尤其到了晚上，道路突然显得宽敞起来，成了一些飙车党的竞技场。交警部门不是不管，只是这种事情杜绝不了。就像胡枫说的，自己的生命自己负责吧！

马牛将车窗摇下，北京夜晚的风吹了进来。这辆北京现代里程数已经超过了二十万，差不多该退休了。事实上局里采购了一批新车，但还没到，只能暂时先用旧车。手动挡，没有空调，车窗还是那种手摇式的，马牛深刻怀疑在这样的环路上，这辆老爷车怎么会是雅马哈的对手。

这时，他的手机又响了，还是燕子打来的。他干脆选择拒绝接听，然后长按关机。为了缓和一下气氛，他打开了电台。电台里正在播放莫文蔚的《忽然之间》。

"我明白，太放不开你的爱，太熟悉你的关怀，分不开，想你算是安慰还是悲哀。"

这样的夜晚，听到这样安静而忧伤的歌，马牛的内心被深深触动了。他再次想到了谢雨心。她说自己曾经是夜间电台的主持人，很可能也主持过这样的音乐节目，不知道她喜欢放什么歌。

一只手伸过来关掉了音乐。马牛扭头，看见王维一脸平静地看着前方。

"准备，他要来了。"

话音刚落，收音机里就传来准点报时："现在是北京时间，零点整。"几乎在同一时刻，马牛听到后方传来巨大的马达轰鸣声。与此同时，后视镜中大灯一闪，晃花了他的眼睛，一辆摩托车从他们身边飞驰而过。

"快追！"王维大喊一声。

"坐好。"

马牛立刻换挡踩离合，踩下油门，汽车一顿冲了出去。王维拉响了警笛。

没错，就是那辆摩托车。马牛不断换挡，提速，试图追上去。然而，摩托车听到警笛声，不仅没有停下来，反而不断提速。马牛扫了眼车速表，已经达到了每小时八十千米，摩托车远远把他们甩在后面，并且距离越拉越大。马牛估计对方的车速早就超过了每小时一百二十千米，他加大了油门。

这可是二环主路。虽然是晚上十二点，但路上依然有车辆，并且大家的车速都不慢。马牛高速驾驶着汽车，在车辆之间躲闪，不断超车，但依然没法追上摩托车。他感觉希望要落空了。

他们的方向是顺着二环一路往北，东便门、建国门、朝阳门、东直门……——被他们超过。

很快过了东二环，开始由东向西在北二环上步步紧逼。让马牛感到奇怪的是，虽然一直追不上摩托车，但对方也没有把他甩掉。事实上，以他的车速和灵活性，完全能把这辆老爷车甩得一干二净。终于，到了西直门的时候，他明白原因了。

摩托车突然停了下来。马牛连忙降速。司机戴着头盔，回过头来。看不到他的表情和眼神，但马牛明显感觉到了一种挑衅。是的，对方在故意逗他玩。就在马牛离他不到二十米的距离时，他突然伸出戴着皮手套的手，朝马牛比了一个中指。

马牛顿时被激怒了，驾驶着车加速朝前冲了过去。摩托车司机却不慌不忙地转过身去，启动，上了西直门桥。西直门桥在北京出了名地复杂。摩托车转眼就不见了踪影。马牛放慢了车速，来到一个岔路口，干脆把车停了下来，观察地形。正分析着，突然，那辆摩托车从暗处窜了出来，围着警车绕了一圈，又骑走了。

马牛一踩油门再次追了上去，并狂按喇叭，但毫无用处，那辆摩托车瞬间就将两车之间的距离拉开了两百米以上。马牛看见他一边骑车，一边回头，像个眼看就要冲过终点线的运动员一样不断炫耀。

就在这时，一辆车突然从匝道冲了上来，车速很快，以至开到摩托车旁边时才发现它的存在。刹车已经来不及了，车猛地转向，一个摇摆，从摩托车身边擦了过去。车头过去了，车尾还是带到了行驶中的摩托车。摩托车车轮一滑，车身一扭，摔倒在了地上。

由于惯性，摩托车横着在地上摩擦了很长一段距离，最终撞在路边的护栏上才停了下来。那个骑车的司机真是摔惨了，仰面躺在路边，身体不断抽搐着，惨叫声从头盔里不断传出。

马牛把车停到一边，连忙下车跑了过去。靠近的一刹那他就知道问题很严重。男孩的牛仔裤破了一个大洞，鲜血染透了牛仔裤，在路灯下看起来一片深黑。马牛蹲下来，把他的头盔取了下来。

那是一张年轻、苍白、惊恐万状的脸，正是周清。

王维跑了过来，刚要发出惊呼，马牛抬手制止了她。

"快叫救护车!"

当天晚上回到家,已经是夜里两点多了。马牛原以为父母已经睡了,当他进屋的时候,看到马庄主穿着单薄的睡衣从卧室走了出来,不知道是光线还是其他什么原因,他显得极为苍老。马庄主的头发混乱,眼球突出,枯瘦如柴,就像刚从饥荒年代穿越过来一样。他问马牛怎么回来这么晚,吃饭了吗,马牛回答吃过了。马牛问他,我妈呢?他说在呢。那意思好像是在回答,没死呢,还在。他的声音低沉,缥缈,如同鬼魂的呓语。后来,他转身,退回到了阴影中。马牛有点恍惚,觉得根本就没有人出来过,刚才只不过是马庄主片刻的灵魂出窍。

马牛洗了个澡,躺在床上,望着天花板,鲜血直冒的画面又出现在了眼前。当时他一直守在周清身边。周清的腿似乎断了,他看到小腿位置的牛仔裤破了一个黑洞,一些惨白的东西若隐若现。一开始他以为那是周清的皮肤,后来才意识到那是他的胫骨。暗红色的血一直在流,非常吓人。周清大叫着,喊救命,然后又乞求马牛帮他。马牛把自己的衬衣撕开,给他进行了简单的止血包扎,但用处不大,于是只能一直安慰他,没事的,没事的,救护车很快就来。

救护车一直没来。马牛蹲在那里感觉时间慢得惊人。到了最后,周清开始胡言乱语起来,嘴里不断喊着:"我的宝马啊!"马牛看了他一眼,月光下,他的脸色比之前还要惨白,仿佛穿上了万圣

105

节的骷髅服。很快,他的声音开始虚弱起来,马牛担心他要跟自己的宝马说永别了。

之后很长一段时间里,马牛看到街上的宝马都有点恶心,脑海里全是那块白骨以及汩汩冒血的画面。

后来,救护车终于来了。周清已经陷入了昏迷。看着他被抬上车,马牛在路边抽完了最后一根烟——他已经很多年没抽烟了,这包烟是王维拿给他的,虽然他不清楚她的包里为什么会有一包开封的烟。地上全是他的烟头。他感到胃里非常不舒服,想吐,夹烟的手指一直在颤抖。

慢慢他才缓过来,夜晚的秋风让他好受了一点。

夜间执勤的交警向马牛询问了一些情况,然后想办法把摩托车弄走了。他重新回到了车上。王维坐在副驾驶座上一动不动。整个过程,除了打电话和拿烟之外,她都没有再下过车。马牛觉得她的状况也好不到哪儿去。

接下来马牛开车送王维回家。一路上大家都很沉默。快到王维家的时候,她突然发出了奇怪的声音。马牛转过头,看到她眼眶里噙满泪水。她说道:

"马牛,是不是我们害了他?"

15

马牛早上刚到局里,就被徐一明队长叫了过去,谈话内容很简单,立即停止追查国贸桥的死亡事件。他的意思很明白,作为警方,不能再因为一个没有任何头绪的猝死事件,害得其他无辜的市民摔断腿。马牛这才知道那个男孩昨晚被抢救过来了,没死,但很可能永远残疾。庆幸的同时,有一个疑问从他嘴巴里蹦了出来。

"昨天半夜的事,你是怎么这么快知道的?"

话刚出口,他就知道了答案。

"王维说的,对吗?"

"这种事情我迟早会知道的,瞒不住。"

"那是两码事。"

过了一会儿。

"也许就差最后一步了。"

马牛给徐队长讲了这几天调查的进展,包括在报废的车底发现了活动板等疑点。他还表示,交通监控视频显示这个男孩曾在事发时出现在了现场,他很可能是目击者,只要对他进行一次询问,也许就能揭开事件的真相。

徐队听完后摇摇头。

"首先,我不允许你再去找那个孩子了。我刚刚上网搜了一下,你猜怎么着,这事已经上热搜了,风言风语,说什么的都有。媒体也在跟进这事。幸运的是,他们目前还不知道这个男孩之所以出事,是因为警察在后面追击……"

"看来王维汇报得还挺详细……"

"别打岔,让我把话说完。我的意思是,不管你是不是这起事故的间接肇事者,客观事实是,这个孩子摔断了腿,而你们当时追了他整整半个二环，这要是被媒体添油加醋地报道出去，你想想后果！"

马牛不说话了，脑子里开始浮现那个汩汩冒血的画面。

"当然，我也知道，即使你们没有追他，这小子迟早也会出事。这些年轻人，怎么就喜欢追求这种无意义的刺激呢？"

"我可以暂时不去找他，但请让我继续调查这个案子。"

"不行，到此为止吧！"

"你不是亲口答应说到周三下班前吗？怎么说话不算数呢……"

"那我也没想到你调查个猝死的案子会搞成这样啊！别说了，就这样。这是命令！"

马牛知道已经没有办法再说通他了，闷头不说话。

"你就这么在乎这个案子吗？你为什么认定他不是猝死而是被谋杀的呢？"

"我也不知道。总觉得要弄清一些事情，否则一个人就这么白白死了，凶手却逍遥法外。"马牛本来想把死者临死前写了自己名字的事情再拿出来说一次，但最终还是咽了回去。那两个写在挡风玻璃上的字随着时间的推移越来越模糊了。到现在，除了马牛自己，没有任何人会在意，何况他至今也没找出死者黄天与自己的关联。

"我很理解你，"徐一明突然语气变得温和起来，"我年轻时也和你一样，喜欢在一些事情上钻牛角尖。作为警察，有的时候确实应该钻一钻牛角尖，但还有很多案件需要我们去解决。如果在一件没有证据只有猜疑的事情上停留太久,是对其他受害者的不公平。"

马牛点点头。他几乎被说动了。的确,这件事情从头到尾都是他个人的猜测,没有任何实际的证据来支撑他的判断,也许是时候放弃了。

"好啦,这个事情告一段落。你出去吧,下午我们全组开会,好好讨论一下接下来国际会议的安保工作。"

马牛转身准备出去。

"等等,最近上级部门要来局里考察,你有什么不要的东西扔掉或者收好带回家去,不要影响办公区域的美观。"

马牛偷偷翻了个白眼,走了出去。刚出办公室,王维就迎了上来。她的状态看起来和昨晚不太一样,精神得不得了。

"今天咱们去哪儿?"

"哪儿都不去?"

"对,这案子结束了。"

"可是……"

"可是什么。我还真没说错,你这个卧底。"

"你说什么?"

"还需要我说明白吗?你为什么瞒着我跟队长汇报昨晚的事情?难道你不是他派来盯着我的卧底吗?"

"我没有。"

"撒谎。"

"我真没有。你信也好，不信也好，我什么都没说。"

"那他是怎么知道的？"

"鬼知道！也许是昨晚的交警给他打电话了，也许是网上先传开了，有人看到告诉他的，无数种可能啊，反正不是我说的。"

"真不是你？"

"天打雷劈，你相信我！"

"我信不信已经不重要了。这个案子被队长拍死了。"

"怎么会这样？不是没到约定的时间吗？怎么说话不算数呢？"

马牛不说话，看着王维。

"你看我干吗？快想办法啊！"

"你吃早餐了吗？"

半小时后，坐在离警局两千米远的麦当劳里，马牛一手一只甜筒。

"现在怎么办？咱们好不容易有点进展了，难道就这样放弃吗？"

"不然呢？"

马牛一边舔着甜筒上面的冰激凌，一边用上嘴唇把多余的冰激凌往下压，这种吃法的好处是即便吃到最后，蛋皮里依然会有冰激凌。冰激凌和蛋皮一起吃的感觉最爽。

"周清腿都断了，现在还昏迷着，再说领导也不让咱们再去接触他了。"

王维不说话了，仿佛又陷入了昨晚那种极度愧疚的情绪中。

"你也不用太自责。有时间咱们买束花送过去，就当道歉。"

王维点点头。接着是一阵令人难受的沉默。终于，王维开口了。

"我认为应该继续查下去。"

"还查？"

"当然，否则咱们这几天不是白忙活了吗？"

"做警察，白忙活的事情多着呢！"

"你怎么这样？这事可是你先挑起来的。"

"那你说，怎么查？"

"我觉得应该顺着之前的路子，调查一下黄天身边的人。"

"比如说？"

"我不知道，也许是他的同事，朋友。对了，你不是说凶手很有可能是死者认识的人吗，如果真有凶手的话？"

"算了吧！"

马牛站了起来，将最后一块甜筒蛋皮塞进嘴里。

"到此为止。下午徐队会组织咱们开会，商量安保工作，顺便让我们清理一下各自的桌子……"

"你这人怎么这样！"

"我一向如此。好啦，我得出去一趟。下午见。"

说完，马牛转身离开了。

马牛出了警局，往家的方向走去。十一月的北京还有点热，虽

111

然已是深秋，但室外温度依然不低。马牛走着走着，浑身燥热起来，便脱下了警服和警帽，挽在手臂里。为迎接这次的国际会议，朝阳北路在修路，灰尘和热气混合在一起，扑在行人汗渍渍的肌肤上，黏糊糊的，非常难受。马牛的心情也随之变得糟糕起来。

他快步朝前走着，没多久就走到了东三环，接着往南继续回家。走到国贸桥下的时候，他在亮起红灯的人行横道线前停住了。虽然临近中午时分，但街上的人依然很多。所有人都蓄势待发，只等着绿灯亮起，就像冲出起跑线的运动员向终点奔去。世界静止在某个时间的缝隙中。恍惚之间，马牛眼前一亮。

他想起自己在什么地方见过黄天了。

绿灯亮起，人们抬腿朝前迈去，马牛则转过身，向着相反的方向挤去。突破重围，他一路向东，来到一座过街天桥前，上了天桥，走到中间位置，驻足停留观看。桥下是东西向的建国路，东向能看到万达广场和华贸中心，往西正对着国贸桥主路。马牛拿出手机，打开相册，重新调出了那张黄天的脸部特写照片。

没错，就是他，就是在这里。

那是十年前的一个夜晚。还在读警校的马牛和真真看完电影送她回家之后，独自一人回家。他路过这座天桥时，无意抬头，发现了一个男人的身影。很快，他就意识到了不对劲。那个男人两条腿已经跨出了护栏，双手反握着栏杆，似乎要往下跳。马牛当机立断，迅速冲上了过街天桥。

接下来的一幕现在回想起来依然惊险。马牛几乎是在那个男人松手的一瞬间抱住了他,并且使出全身的力气,将他从护栏的外侧拽到了安全地带。本以为没事了,结果那个男人站起来还要继续跳桥。马牛一着急,直接给了他当胸一拳,把他狠狠地打翻在地。结果,这个懦弱的男人哇哇大哭起来,也不知道是因为疼还是因为没有自杀成功。

等他哭够了,马牛愤怒的情绪也逐渐平复了下来。他试着和这个男人聊了聊,得知他因为工作压力太大,感觉人生没有希望,才决定自杀了事。听完后,马牛的火气又上来了。他把这个比他大了十来岁的男人臭骂了一顿,然后劝了他半天。那个男人最后被他说动了,总之放弃了自杀,在地铁口和马牛分别后,就消失不见了。

现在回想起来,马牛觉得那时候的自己挺傻的。一些简单的价值观就能把自己唬住,并且试图去影响别人。是的,他的确救过黄天,但也因此在之后的很长一段时间里,陷入了极端矛盾的情绪中。在他人生最阳光的时候,真真死了。上天是多么不公平,把人世间最美好纯洁的人带走了,留下无尽的黑暗笼罩着他的人生。直至今时今日,他都觉得世界上绝大多数事情是无意义的,虚无感像灰白的霉菌时时刻刻腐蚀着他的内心。

黄天也一样。这个曾经在人生最低谷企图自杀的男人,得救后转而努力奋斗去追求美好的生活,似乎也取得了一些成功,但依然猝死在了路上。多么讽刺,多么可悲,又是多么虚无啊!

不,他在死前写下了马牛的名字,这绝非随意而为的举动。马牛再次肯定,他在呼救,他在向曾经救过自己的马牛发出求救。

为什么？

不知道。

但这种关联令马牛振奋不已。与此同时，一种警察的使命感重新回到了马牛的身上。他救过黄天一次，冥冥之中又遭遇了他的死亡，这种宿命感让他强烈地认定，黄天的死不是偶然，他只能是被害死的。

随后，一系列的信息出现在他的脑海中。

黄天家客厅墙上那幅爱德华·霍普的《夜行者》，他曾经在上海博物馆里见过原作。他想起来了，那天他坐在长椅上欣赏画时，旁边有个人和他说过话，两人讨论了几句对画作的看法，那个人就是黄天。

两周之前的一个周末，脱口秀俱乐部老板曾跟他说过，有位电视节目制作人打算给他们策划一档脱口秀节目，将会躲在观众席里看演出，让大家好好表演。马牛觉得，那晚黄天似乎就坐在观众席中。

显然黄天一早就认出了马牛，出于某种原因，他没有表明身份，但在心里一直把马牛当作自己可以信赖的人。因此，在他的危急关头，第一时间想起了马牛，并写下了马牛的名字。

想到这里，马牛不由得一阵心痛。他为自己之前轻易打算放弃的念头感到羞愧不已。自己决不能辜负对方的信赖，无论如何也要搞清楚背后的真相。

从哪儿开始呢？

正如王维所说,他应该从黄天身边的人着手调查。很快,一个人名从他脑海中冒了出来,常乐。无论是谢雨心还是曹睿,都不约而同地提到了这个名字。可以说,此人是黄天人生中最大的转折点。在遇见他之前,黄天什么也不是,在遇见他之后,黄天步入了不断上升的通道。另外,在黄天家的相片墙上也有黄天和他的合影,可见他们有来往。只是要找到这个明星似的主持人并不容易。

马牛从桥上下来,大踏步往家里走去。

他有了一个绝佳的主意。

16

马牛的办法很简单,回家问他妈妈。牛夫人在电视台做了多年的主持人,不说德高望重吧,起码交友广泛,有一定的人脉,而且据他所知,这些电视台的老一辈人还建了一个微信群,一些重要的人物都在群里。这么说吧,只要她愿意帮忙,就一定能找到常乐。但是,当马牛推开房门的时候,就知道要说服她没那么容易了。

因为家里除了牛夫人,还有燕子。

燕子坐在沙发上,哭哭啼啼的,牛夫人坐在旁边试图安慰她。马牛走了进来,这幕悲情戏演得更夸张了。

"你回来得正好。说说看,你是怎么把人家燕子气成这个样子的?从进门到现在一直在哭,我怎么安慰都没用。"

原来牛夫人还不知道发生了什么。马牛决定先不说话,见机行事。

"阿姨，其实也不能怪他，都是我的错。"

"怎么又是你的错了呢？"

"都是我，逼着他买房。"

"这怎么能叫逼呢？结婚买房不是天经地义的吗？"

"这么说，"燕子瞬间停止了哭泣，"阿姨您同意我和马牛结婚了？"

"我从来也没反对过啊！"

"那太好了……"

"我不同意！"马牛觉得再不开口，接下来说不定燕子就要从背后掏出一个新郎官的帽子扣他头上了。

"为什么？"牛夫人和燕子同时问。

"我……"马牛感觉自己又要软弱了，"还没做好结婚的准备。"

"这种事情不用准备。我和你爸当年啊……"

"妈！"马牛急了，"能不能别掺和我的私事了？我都三十岁的人了，让我自己做决定好吗？"

一阵尴尬的沉默。

"我明白了，"牛夫人缓缓说道，"燕子啊，那这样，你先回去，让双方都想清楚，再做决定。毕竟结婚是人生大事，还是不要太轻率了。"

"阿姨……"

"阿姨年纪大了，管不了你们年轻人的事了。听我一句，先回去，好好想想，面前的这个小子是不是值得你托付一生。"

燕子听完，猛地站了起来。她看看马牛，又看看牛夫人，转身就朝门口冲去。

"等一下。"

牛夫人喊住了她。

"你一会儿把你的银行卡号发给马牛，我让他把上次的钱转给你。"

燕子咬着自己的嘴唇，浑身颤抖，像是受了天大的委屈。过了一会儿，她平复了下来，丢下一句"再见"，就出了门。马牛有一种直觉，他们可能再也不会见面了。

等燕子走了之后，马牛慢腾腾地挪到牛夫人身边。刚坐下，她就起身要走。看来她还是有点生气，毕竟一个美貌懂事的儿媳妇就在几分钟前走掉了。这时，卫生间里传来马桶冲水的声音，紧接着，门开了，马庄主从卫生间里走了出来。

"都结束了吗？"

他一边系着腰带一边说道。原来他一直在家，只是和马牛一样，不愿意应付这种场面。

说实话，马牛其实挺理解他们的。他们都是非常普通的中国父母，不指望自己的孩子取得多么了不起的成就，只是希望孩子健康开心，显然在他们看来，孩子一天没成家立业，他们就始终无法放手去享受自己的人生。他们对这个三十岁仍跟父母住在一起的儿子已经够宽容的了。

"其实我们也不是逼你，老实说，你结不结婚是你自己的事情，"

马庄主在儿子旁边坐下,这样他就变成了夹在三明治中间的火腿,"我下棋认识一老头,他儿子呢,婚是结了,但没多久就闹离婚了,理由你猜是什么,他媳妇有一次撞见丈夫跟另一个男人在床上。"

"爸,你这又是你从哪儿看来的段子?"

"真的。这种事情还少吗?"

"放心吧,你儿子性取向没问题。"

"嗨,有问题也没什么。我比你想象中要开放得多,我和你妈啊……"

"你就少说两句吧!"牛夫人一开口,马庄主立马就闭嘴了,"在你回来之前,燕子说你找了个新女朋友?"

"谁?"

"我怎么知道是谁,她说个子高高的,是个警察。"

马牛知道她在说谁了。

"没有的事,她乱讲的。我们只是同事。"

"不管怎样,我就提醒你一点,千万不要脚踩两条船。有什么事情还是说清楚得好。"

"我是那种人吗?"

"我当然相信我儿子的品质,只不过你心里的东西,该放下还是要放下,"她停顿了一下,最后还是说了出来,"真真已经死了这么久了,你难道……"

"咱们能不聊这些了吗?"

一家人顿时陷入了巨大的沉默中。

"妈，我有件事想找你帮忙。"

"你的人生大事我可帮不了。"

"跟这无关，是工作上的事情。"

"工作？"牛夫人不解地看着马牛，这还是他第一次主动跟她说起工作上的事情，"说吧，什么事儿？"

"能不能帮我约一下常乐？"

一个小时后，马牛坐在苹果社区外的一家咖啡馆里，一边等着常乐，一边感慨牛夫人的神通广大。在答应帮忙之后，她在群里问了一句"谁有常乐的联系方式"，结果半分钟不到，就有人把常乐的微信推给了她。她加了常乐，备注了自己是谁，也是不到半分钟的时间，常乐就通过了验证。随后，常乐主动发来问候的话语，而牛夫人在简单寒暄几句之后，单刀直入地问他能不能抽空见一见自己的儿子，也就是马牛，一名刑警。常乐犹豫了一会儿就答应了。他此刻正好有空，下午三点之后，他就得去大兴的星光录影棚录节目了。因此马牛换上便服，立即出发，很快出现在了常乐家楼下的咖啡馆里。

这是一家动物园主题的咖啡馆，除了四处站立或者悬挂的各式各样的动物玩具，每张椅子上，均放着一个大小可供抱在怀里的毛绒玩具。马牛找了一张最靠里的桌子，那上面已经坐着一只"大猩猩"了。他把"大猩猩"放在旁边的座位上，然后将里侧比较隐蔽的位置留给了常乐，毕竟他是名人。马牛希望在他们说话的时候，不会有认出他的粉丝过来要签名。

就这样,马牛和他旁边的"大猩猩"尴尬地并排坐着,等着常乐出现。他看见斜对面有一个年轻女孩,对着电脑打字如飞,怀里是一只"大海龟"。马牛猜她可能是一名编剧。

"不好意思,我来晚了。"

马牛一抬头,看见常乐已经走到了桌边。他五十岁上下,体形修长,穿着一身看起来很有品位的复古休闲服,头上是一顶灰色的报童帽、戴着深色太阳眼镜,和电视上那个总是穿着正装的晚会主持人反差很大,但举手投足间依然透着一种"明星范儿",走在街上百分之百会被认出来。

"你喝点什么?"

"我来吧!"马牛刚站起来,就被常乐一把按住了肩膀。

"别客气,这地儿我熟。美式?"

马牛只好点点头,看着常乐快步走到吧台,问服务员要了两杯咖啡。从服务员淡定的表情看,常乐应该是这里的常客。不一会儿,他端着两杯咖啡过来,并把其中一杯放在马牛的面前。

"尝尝看,这里的咖啡相当不错。"

马牛拿起咖啡,放在唇边吹了吹,从冒出来的热气感觉咖啡还很烫,于是又放下了。

"常乐老师观察力相当厉害。"

"怎么说?"

"一进屋子就知道我是谁。"

"这屋子里总共才几桌人啊,那边那两位像是谈生意的,角落里的那对是情侣,我后面这桌是个姑娘,只有你,才可能是牛老师的儿子。"

马牛笑着点点头,来之前牛夫人说这个常乐是个人精,脑子非常好用,比脑子更好用的是他的嘴皮子,这也是他能走到今天的原因。

"我已经很久没见过牛老师了。她还在台里时,是我们这些后辈的榜样人物。这一晃都多少年了,儿子都这么大了。她老人家身体还好吗?"

"挺好的,能吃能喝,还能跳。"

"哈,那就好。对了,你妈说你是警察?"

"嗯。"

"不得了,"他将咖啡凑近自己的嘴边,轻轻地抿了一小口,不动声色地说道,"说吧,找我有什么事?"

"我今天来是想向您了解一下黄天的情况。"

"我知道,黄天死了。"

"看来您的消息很灵通。"

"你忘了我是媒体行业的,也许在外界看来,国贸桥上死了个人不算什么大事,但我们媒体圈很快就知道死的人是黄天,毕竟黄天在行业内还算是一个小有名气的节目制片人,"他顿了一下,"我听说他是猝死的,怎么你们警察还管这事?"

"还有一些疑惑。例行公事,希望您理解。"

"当然。再怎么说我也得给牛老师这个面子。对了,忘记问你要不要加糖了?"

马牛摇摇头。其实他并不爱喝咖啡,相比之下,麦当劳的原味甜筒更能让他提神。常乐打开咖啡的盖子,从桌上拿起奶和砂糖,掺入咖啡里,再抽出一根木制的细棒开始搅拌,咖啡迅速变了颜色。马牛趁机开始提问。

"您跟他是怎么认识的?是《超级歌声》吗?"

"其实还要早。"

"哦?"这倒挺出乎马牛的意料,因为按照曹睿的话,黄天是从那次会议开始上位的。

"话说回来,他这个人还挺有心计的。那段时间,我在《超级歌声》做制片人兼主持人,他呢,是一个编导助理。我根本就不认识他,但因为在同一家公司,我经常在走廊或者卫生间遇见他,每次他都会主动向我问好,所以我对他有印象。"

"那次会议我听曹睿说过了。他说黄天是叛徒。"

"你已经找过曹睿了?那我就不再重复说一遍了。其实那件事只能怪曹睿自己,没什么本事,还抄袭,我一向看不上这种人。恰好黄天又主动站了出来,我对他印象不错,就没阻止他,让他说下去。再说了,那份稿子非常不错,加上第二天就要录制了,为了节目效果,我没有任何理由不采纳,所以事情就这么发生了。后来,我是说很多年以后,有一次我们在一起聊天,他笑着告诉我,其实那个时候,他是有意在公司走廊或者厕所里等着我的,目的就是为了跟我套近乎。他很坦白，说自己那时候就是想成功。这小子……"

马牛看着常乐的眼睛，发现他竟有点动情。

"很多人不喜欢黄天这个人，觉得他为了成功，不择手段，可以背叛自己的师父，但从我的角度来看，这其实真没什么。我挺喜欢他的。一个小地方出来的孩子，想要出人头地，需要比别人付出更多的努力，他没有背景，没有高学历，能走到今天的位置，其实挺值得钦佩的。"

"所以您对他还是持肯定态度的？"

"当然。"

"后来呢？我是说那件事情之后。"

"后来我就给他转正了。我做了两档节目，他都是编导之一。没过多久，我因为个人发展离开了公司，基本上和他就没什么来往了。再往后，我听说他做了制片人。"

"我之前在黄天家里看见一张您和他的合影，看起来像是最近一两年拍的。"

"哦，那是有一次我在录节目，他呢，正好租了旁边的录影棚，我们在走廊上碰到了。他主动过来跟我打招呼，那种感觉你猜像什么，就像是当年他在公司走廊里假装跟我偶遇时一样，哈，这小子。他提出跟我拍张照，我答应了，估计就是你说的那张。我没想到他还给印出来了。也就是那次，他跟我说起之前的偶遇都是刻意的。我感觉他变得自信了。"

123

"从那以后,你们还有过联系吗?"

"有过两次。一次是他给我打电话,说有档网络节目想找我做主持,但我实在是太忙了,抽不开身,就拒绝了。"

"还有一次呢?"

"还有一次他没打电话,而是给我发了一条长长的短信。"

"大概是什么时候?"

"差不多半年前吧!"

"方便透露一下内容吗?"

"他说自己小孩要上小学了,但因为户口问题,划片的学校不愿意接收,想问问我有没有门路。"

"哦?"

"我告诉他,其他方面可能还行,唯独这方面我搞不定。

"嗯。"马牛确实听说过很多这方面的新闻,但从之前谢雨心透露的信息来看,黄天最后应该是想出办法解决了。

"后来就再也没有联系了?"

"没有了。唉,说实话,前几天听到他猝死的消息,我还难过了好一会儿。不仅仅是因为我认识他,知道他的不容易,也是因为做媒体这行实在是太苦了,很多时候拼的就是身体。别说他,就连我也是经常录制节目录到深夜,身体也经常出毛病。我反正是各种商业保险都买全了,生怕自己有个什么意外。去年有个新闻,说某个艺人半夜录节目,结果猝死了。很多人听了大惊小怪,但在我们看来,这都是迟早的事。唉,整个行业的风气就是这样,不玩命不行啊！"

　　马牛没说话，他的眼前仿佛出现了黄天红着眼睛在录影棚里彻夜录制节目的画面。他开始有点动摇了。也许是自己想错了，黄天真的就是猝死的。

　　"还有问题吗？我待会儿还得去大兴录节目，现在得回去收拾收拾了。"

　　"嗯，最后一个问题？"

　　马牛看了一下时间。

　　"请问上周五下午五点钟左右，您在什么地方？"

　　"还能在哪儿，当然是在大兴录节目了。这档节目要录一个星期，我每天都得去星光。"

　　"星光？"

　　"哦，星光是大兴的一个影视基地，很多棚内节目都是在那里录制的。"

　　"好了，没什么问题了。非常感谢您的配合。"

　　"不客气，替我向牛老师问个好。"

　　"谢谢。"

　　常乐走后，马牛又在咖啡馆里坐了一小会儿，直到那杯咖啡彻底凉透，他也没有喝一口。对面那个女孩依然在埋头苦写，她居然没有注意到常乐刚才就坐在她附近。也许她注意到了，但相比追星，面前的剧本更让她煎熬。

　　终于，马牛起身走出了咖啡馆，然后站在路边，掏出手机，想找找看周围哪里有麦当劳。

这时,一辆干净得发亮的轿车从对面小区门口的车库里钻了出来,银灰色的大众辉腾。它从马牛眼前一闪而过,朝三环的方向开去。虽然只是一闪而过,但马牛看清了开车的人是谁。

正是常乐。

17

在麦当劳,马牛用手机搜到了之前曹睿所说的那段视频,点开看了起来。这是一档有关演讲的节目,黄天作为参赛选手上台进行了时长三分钟的个人演讲。舞台上的他戴着金边眼镜,头发梳得油亮,深灰色的西服套装笔挺,举手投足间展现出无比的自信。他演讲的主题叫《成功不重要》,以一个北漂(他自己)奋斗成功的故事来阐述一个别扭的观点:成功并不重要。是的,他自认为成功了,但成功的结果是什么?是亲人的疏离,是朋友的背叛,是夜深人静时的独自流泪,是理想世界的逐渐崩塌……后面马牛就听不下去了。总而言之,黄天的观点是,宁可少一点成功,也要找回一点初心,因为相比金钱和地位,爱才是最重要的。

这当然是一场狗屁不通的演讲。虽然不清楚黄天为什么要来参加这样一档节目,但他这种试图以反常规的观点来搏出位的做法,并不怎么高明。结果,四个导师只有一个人给他亮了灯,随后他便在固定的煽情音乐下灰心(至少他的表现如此)离场。整个视频前后五分钟不到,但确实可以看出黄天这个人的一些个性。至少在马牛看来，他这副为自己的成功沾沾自喜的样子，正好契合了曹睿之前对他的评价：他就是这样的人，一个在文凭上弄虚作假、即使被要挟敲诈也要试图掩盖的小人。马牛没想到，当年把他从天桥上抱下来，得到的是这样一个结果。不知道这十年来，是北京把他塑造成了这副模样，还是他本来如此？

不过，马牛的职责并不是去评价一名死者。他是警察，即便对方是十恶不赦的大坏蛋，他也有义务不带任何个人看法地去追查真相。他关掉视频，找到王维的电话，打了过去。

电话刚响一下就被摁掉了。他看了一下时间，两点四十五分，这才想起现在正是队里开会的时间，而他不仅没有请假，还在做徐一明队长禁止他做的事情。不过想到王维匆忙摁掉来电的画面，马牛就有点忍俊不禁。

过了一会儿，王维的电话进来了。

"你跑哪儿去了？怎么没来开会？"

"办事情。徐队有没有问起我？"

"问了。不过我帮你挡了。"

"不会吧？你会这么好心？"

"当你欠我一个人情好了。"

"行吧。你怎么说的？"

"就说你冰激凌吃多了，拉肚子，让我帮忙请假。"

"聪明。他说什么了？"

"倒没说什么，就是看起来不大高兴。"

127

"还好我当警察不是为了让他高兴。"

"现在可以告诉我了吗?"

"什么?"

"你不是在办事情吗?什么事情?不许撒谎,我可是帮你了。"

"还是黄天那案子。"

"你不是说自己不管了吗?"

"我是那种动不动就放弃的人吗?"

说完,马牛自己都笑了。

"查得怎么样?"

"我去见了常乐。"

"那个主持人?"

"嗯。"

"有收获吗?"

"还行,他说了一些之前没听到过的细节,我现在需要你帮我个忙。你身边没有其他人吧?"

"没有,我在卫生间。说吧,要我做什么?"

"我想要你重新去看一下之前那个交通监控。还记得森林人前面的那辆车吗?"

"我想想……好像是一辆银灰色的轿车。"

"大众辉腾。当时我忘记记一下车牌号码了。"

"你的意思是,查一下那辆车的车主?"

"是的。看看有没有什么收获。"

"明白。还有什么吗?"

"暂时没了。查到后给我打个电话。"

"行,这就去办。"

"OK,那先这样。"

挂了电话,马牛发现刚才买的甜筒开始化了,冰激凌流到了手上,黏糊糊的。他迅速吃掉了它,然后去洗手。卫生间外的洗手池有高低两个。高的是给成人用的,矮的则是为小朋友准备的。马牛洗手的时候,一个小男孩也在旁边洗手。他认真在手心手背上涂抹泡沫洗手液的样子很可爱。

"你几岁了?"

男孩看了马牛一眼,不说话。

"别担心,我不是坏人,我是……警察。"

他的话引起了男孩的注意。

"有枪吗?"他一脸好奇地问道。

"什么?"

"枪,警察不是都有枪的吗?如果你有枪你就是警察,如果没有那你就是骗人的!"

"也不是每个警察都有枪。"

"那就是说你没有咯?"

"我有,但今天没带。不过,我可以给你看看这个。"马牛从上衣内侧口袋里掏出警察证,把封面上的警徽朝他亮了一下。说实话,他也不知道自己为什么要这么做,向一个小孩子证实自己是警察?

"好吧！我相信你。"

"最好还是不要轻易相信别人，"马牛笑着说，"你一个人吗？"

"我和我妈妈一起来的。她去点东西了。"

"你妈妈让你一个人在这边洗手，不怕不安全吗？"

"安全啊！"他突然有点生气，"我都七岁了！"

"上小学了吗？"

"今年一年级……"

"你怎么还没洗完？"一个中年女人突然冒了出来，用一种狐疑的眼神看着马牛，"快走，我不是跟你说不要随便跟陌生人说话吗？"

"他是警察……"

孩子妈妈根本不听他解释，就把他拉走了。马牛尴尬地笑了笑，把湿漉漉的手放在烘干器下烘了一小会儿，然后离开了麦当劳。

来到街上，他看了一下时间，不过三点出头，决定沿着三环走一会儿，理清一下头脑中杂乱的思绪。他想到一件事情，黄天和谢雨心的孩子应该和刚才那个小男孩一样，今年也是七岁，刚上小学一年级。这样的年纪已经有分辨是非的能力了。几天前，他失去了父亲，那种巨大的打击马牛已经在有着同样经历的王维身上见过了。可以预想的是，他将会有一个残酷而艰难的人生。他突然怀疑自己的做法是否正确：无论黄天是怎么死的，对孩子而言，相比谋杀，目前这种为了家人劳累猝死无疑是一个更好的说法。真的有必要去寻找所谓的真相吗？

答案是肯定的。真相就是真相，他不能因为担心孩子承受不了打击，而让真实的死因沉入海底。所有人都需要知道真相，包括那个七岁的孩子。马牛坚信自己这样做是正确的，而这一切的前提取决于是否能挖掘出真正的死因。他告诉自己，接下来必须更加谨慎地去寻找线索，不要轻易下结论。那个未曾谋面的七岁男孩给了他心理压力，接下去的每一步他都会更小心。

不知不觉，他走到了工体东路，先是在"雕刻时光"要了壶茶，坐了大概半小时，然后感觉有些饿了，便去周围一家面馆要了一碗牛肉饸饹面。师傅把面煮得有点硬，牛肉也不够烂，嚼起来很费劲。辛辛苦苦吃完面，他重新来到街上，发现天已经差不多黑了。街上的人逐渐多了起来，北京的夜晚开始了。

现在是最舒服的季节，尤其是傍晚，在人群中走着，吹吹小风，真是一件愉悦的事情。不过，看路上行人匆忙的表情，他们似乎并不惬意，反而以苦闷居多。眉头紧锁构成了普通工作日的主打面孔。

走着走着，路上突然多出来很多年轻人。他们穿着绿色的运动服，手里拿着荧光棒，脸上涂着油彩，向前走着。马牛想起来今天晚上国安有比赛，这些自然都是足球球迷。走在这群球迷中间，他仿佛能感受到一种新鲜的力量。马牛其实并不喜欢去体育场看球赛。有一次，他得到一张票，出于好奇就去了，结果中途就退场了。他实在忍受不了坐在体育场和全场球迷一起高喊这种事。他知道那是一种情绪宣泄，在生活和工作中，在这样的城市里，人们压抑了太久，大家来到球场，终于找到了一个可以大声宣泄又不被误解的场合，可以尽情释放一下压力。只是他喊不出口。

跟着球迷们沿工体东路往北，来到一个十字路口，往右，就到了三里屯。直到看见优衣库的招牌，他才意识到自己鬼使神差又走到了这里。他在雅秀对面的路边踌躇了一会儿，然后跟着一群衣着鲜亮的姑娘过了天桥，一路走到酒吧一条街。他找到那天晚上谢雨心去过的那个酒吧，推门走了进去。

酒吧的舞台上换成了一名中年男歌手。今天他唱的是一首听起来苦兮兮的民谣，歌词大意是自己坐在通州的地下室里，做着灿烂而美妙的音乐梦。

"请问喝点什么？"

等他落座之后，一名服务生走了过来。

"一瓶百威。"

啤酒很快就送来了。马牛坐在靠墙的角落，四处观察。这时酒吧里的人还不多，他看了下时间，不到晚上七点。

就在这名歌手唱到第三首歌的时候——谢天谢地，他终于换了一首节奏轻快的歌——上次和谢雨心见面的那个老外走了进来。他显然对这里很熟悉，直接坐到了吧台边上，招呼了一下服务生。服务生给了他一扎冰啤酒。等了一会儿，马牛见他依然是独自一人，便拿起百威走了过去，在他旁边的吧凳坐下。

"你好！"

"你好!"他回了一句,脸上没有一丝笑容。

"你中文说得不错。"

"谢谢!"他喝了一口啤酒,"我想你搞错了,我对男人没兴趣。"

马牛哈哈一笑。

"你误会了。"

"哦,我以为你在跟我搭讪。"

马牛掏出警察证,给他看了一眼,然后收了起来。老外脸上露出不解的表情。

"请问怎么称呼?"

"我叫迈克尔。警官同志,你们中国人是不是这样称呼的?同志,你找我有什么事吗?"

他的普通话很不错,可见在北京待的时间不短。但马牛并不喜欢他说话时的那种腔调,于是开门见山。

"迈克尔,上个星期六晚上,就是在那个位置,"他指着角落里的座位,"你和一位女士聊天喝酒,我想知道你们的关系。"

迈克尔眯着眼睛看着我,好像在思考该怎么回答。

"你说的是谢雨心吗?"

"对,就是她。"

"她是我的客户。"

"客户?"

"对,"老外掏出一张名片,递给马牛,"我是干这个的。"

马牛看了一下名片,上面写着"移民顾问"。

"移民?"

"对。"

"她要移民吗?"

"应该是吧,她找我咨询这方面的事情。"

"仅仅是咨询?"

"当然,上次我和她是第一次见面。你知道,现在要办移民并不容易,尤其是去美国。"

"应该还是有门路的吧?"

"有钱能解决一切。我跟她说,需要非常多的钱。"

"她怎么说?"

"她说她正在卖房子。"

马牛脑海中闪过那天去过的常营黄天的家。根据门口中介给出的价格,他粗略估算了一下,那套房子大概值四百万。

"她怎么了?犯法了吗?"迈尔克问道。

"很抱歉,我们不能透露。"

"同志,如果有情况,你一定要告诉我。一旦她有什么问题,尤其牵涉到违法行为,我得提前知道,这对能否成功移民非常有影响。"

"好的。再见。"

从酒吧出来,不知道是喝了酒还是得到这条信息的缘故,马牛感觉有点兴奋。一个女人,丈夫刚死,就急着卖房子移民,这多少有些反常。不过听迈克尔的意思,即使她卖了房子,移民的费用可能依然不够。

马牛在街上暴走了一圈后,情绪开始冷静下来。这些其实也说明不了什么,事实上谢雨心目前所做的一切都是合法的,她既有权利处置丈夫的尸体和汽车,也有权利处置自己的财产,以及决定自己留在北京还是移民海外。马牛感到有点累了,于是在路边找了个台阶坐下来。

"大哥,大哥……"

马牛转过头,看见一个四十多岁的中年妇女,穿着职业装,手里拿着一沓文件,站在他旁边。她明明比他岁数大却叫他大哥,一看就是有求于人。

"什么事?"

"大哥,请问你买保险了吗?"

马牛摇摇头。

"我有社保。"

"社保现在哪够用啊!要不要我给你介绍一下我们公司新推出的商业保险?"

"不用了。"

"不买也没关系,我跟你介绍介绍。现在保险的种类很多,什么都可以保。"

马牛掏出警察证亮了一下。这是他穿便衣时对付街头骚扰常用的办法。一般人看到亮闪闪的警徽都会退却，没想到这位大姐更来劲了。

"警察啊，这职业好啊，更应该买保险了。你想啊，你每天在外执勤，经常会碰到危险，什么歹徒啊，罪犯啊，黑社会啊……"

"北京没有黑社会。"

"当然，我只是打个比方。你想啊，要是出个什么事，能给家人留点保障，也是应该的。"

"我还没结婚。"

"老人家总有吧。说句不好听的，万一……"

马牛瞪了她一眼。她终于退缩了。

"好吧，算我什么也没说，再见！"

大姐说完准备溜走。

"等一下。"

"怎么了？"

"我问你，你刚才说什么都能保？"

"对。"

"猝死呢？像那种因为劳累导致的心源性猝死。"

"当然可以，这属于意外身故，只要医院确诊是猝死，有死亡鉴定书，基本上都能赔。"

"大概能赔多少？"

"别的公司我不清楚，我们公司，买一份意外身故险，最多能赔一百万。"

"那多买呢?"

"多买多赔。怎么,你要买吗?我给你介绍介绍?喂,警察大哥,怎么走了啊?"

马牛已经不管她了,站起身来,边走边给王维打电话。电话接通后,他还没开口,那边就说了起来。

"我正想给你打电话。车牌查到了,你猜是谁的?"

"常乐。"

"你怎么知道?"

"只是验证了我的猜测而已。先不管这事儿,还有件事情需要你帮忙查一下。"

"又来?这都几点了?我还没吃饭呢。"

"抱歉抱歉,就一个,非常重要。帮帮忙,搭档。"

"服了你了。说吧,查什么?"

"我想知道,黄天生前有没有买过意外身故之类的商业保险。查到后,立即给我打电话。"

挂了电话没多久,王维就回电了。

"我查过了,黄天生前果然买了意外身故险,而且保额巨大。"

"多少?"

"他买了那种一份就能赔付一百万的险。"

"不止一份吧?"

"聪明!说出来你可能要吓一跳。"

"快说。"

137

"二十份。"

"受益人呢？是谢雨心吗？"

"不是。"

"那是谁？"

"是他们的儿子，黄佳。"

18

王维今年才二十八岁，但自觉心态比三十八岁的女人还要老。她不爱打扮，不爱逛街，对化妆品、名牌包、漂亮首饰一点兴趣也没有。她的衣柜里除了几身警服，只有一些从淘宝上随手购买的衣服。她爱好不多，除了偶尔看几集韩剧和综艺之外，就是读读书（仅限死去的作家）、练练书法。她也觉得自己的个性和生活实在乏味，但又没兴趣做任何改变。她甚至对谈一场热烈的恋爱都毫无热情。她确信自己对爱情的所有热情在几年前的那个夜晚已经被彻底消灭掉了。如今她的内心一片荒芜，寸草不生。

现在回想起来，她也搞不清楚自己为什么会那么蠢，对一个根本不喜欢自己的人表白。她把一切责任都推给了酒精。她事后分析，要不是喝多了，她肯定不会拉下脸去做这件丢人现眼的事情。但无论怎样，事情已经发生了，而马牛看起来似乎对此很无辜，好像他才是那个受害者。她知道他前女友的事情，但那都过去多少年了，她不明白这个男人脑子里是进水了还是怎么回事。她气得不行，甚至在自己卧室房门上挂着的飞镖盘上贴了一匹马和一头牛的打印图片(这样即使妈妈看见也不明所以),每天睡觉前一顿乱扎,情绪发泄完才能入睡。

这种怨恨在马牛找了个漂亮的女朋友后达到了顶峰。之前,她还以为马牛是因为放不下前女友才拒绝她的,现在她知道了,他是嫌自己不好看。这让她对男人这种生物产生了绝望的看法。不过,她有时候也会反省,自己到底哪里不好,以至从小到大都没有男生主动追求自己。想来想去,她意识到是身高。她遗传了曾经是职业篮球运动员的父亲的基因,长成了一米七八的个子。她觉得有胆量和自己站在一起而不自卑的男人并不多。这个发现令她倍感沮丧。她开始走路驼背,而且越来越驼。她知道大家在背后都叫她"维秘姐",并且明白其中的讥讽含义。她为这个外号伤心不已。

黄天案之前,她以为自己这辈子都不会原谅马牛了,但随着两人在一起的时间越来越长,她隐约感觉到自己内心那坚固的冰雪堡垒开始融化。她知道自己还是喜欢他的,但出于自尊,她暗暗发誓一定要克制住自己的情感,绝不主动展露,除非马牛主动。情感的回归让她开始发生改变,寸草不生的心灵荒漠逐渐露出新芽,消散多年的女人味又回到了她身上。

她发现自己对买衣服重新产生了兴趣。她虽然不去商场,但花在淘宝上的时间比以前多了好几倍。她重新爱上了日剧,爱上了迪士尼的公主电影,并对即将上映的《冰雪奇缘2》充满期待。

几天前,她路过一家MINI车店,一激动竟然走了进去。买一辆MINI轿车是她的梦想,但一直没打算去实现,而那天,她只花了不到十分钟时间，就贷款订购了一辆粉红色的MINI。当她在购车合同上爽快地签下自己的名字时，满脑子都是马牛坐进副驾驶座时的惊讶表情。

所以，当马牛给她打电话，让她帮忙查一些信息时，她是非常开心的。她几乎第一时间就查明了那辆车的车主是谁，但故意不回电话，她不想让自己在他面前显得傻乎乎的。当第二个电话打进来的时候，她才慢条斯理地告知了结果，并接下了第二个任务。这一次，她飞快地回了电话，给出答案。

晚上上床睡觉前，她把飞镖盘上马和牛的图片撕了下来，揉成一团扔进了床头的垃圾桶。

城市的另一边，马牛躺在床上久久无法入睡。

谢雨心不仅卖房，还是巨额意外身故险的间接受益人，并且有移民倾向，她的"杀人动机"（钱）已经浮出水面。目前看来，如果黄天真是被谋杀的，谢雨心的嫌疑毫无疑问最大的。凶杀案中，凶手是死者的妻子或者丈夫的比例相当高。

但谢雨心真的会为了骗保杀死黄天吗？

通常这种情况，要么她债台高筑，走投无路，要么她是那种职业杀夫骗保的"红蜘蛛"，能不带任何感情地杀死同床共枕的伴侣。可问题是，她和黄天的关系并不是这样。他们自由恋爱，一起在北京打拼了多年，结婚生子，还买了房，按道理这种相濡以沫的夫妻关系感情是很深的——至少从那天她对自己与黄天情感经历的叙述来看，他们之间是有真感情的——有多大的矛盾或是诱惑需要下毒手杀人？债台高筑也不太像，黄天工作一直顺风顺水，正处于事业的上升期，貌似不缺钱，谢雨心也不像那种滥赌成性的女人，真有什么债务危机不能一起商量解决吗？何况他们还有一个七岁的孩子。

退一步，就算是她杀的，她是怎么下手的呢？

从表面上看，按照医生的说法，他死于心脏骤停，也就是所谓的心源性猝死，而他死前那两天的工作强度，也确实为这种猝死提供了依据。那么反过来说，如果他不是猝死，那又是什么样的杀人方式能让人看起来像是猝死呢？一个念头瞬间出现在马牛的脑海中：毒杀。只有毒杀才会让人不露痕迹（至少没有外伤）地死去，唯有进行解剖才能发现其中的原因，但谢雨心迅速处理了尸体让一切可能化为乌有。不过，马牛当时就在现场，他看过车内，没有发现任何可能下毒的工具。

最后，也是本案最大的谜团：凶手杀完人之后到底是怎么逃走的？难道真的是从车底下逃走的吗？又或者，黄天服下的是一种慢性毒药，凶手用剂量控制时间，让他恰好在那个时间段死亡，这样就可以制造自己不在场的证据，但慢性毒药不太可能制造猝死的假象，也很难十分精确地控制死亡时间。

无论如何，现在最有嫌疑的人依然是谢雨心。与此同时，那个七岁男孩的脸又从马牛眼前飘过。父亲被杀，母亲是凶手，这种真相可能会摧毁这个孩子的一生。巨大的精神压力又一次罩在了马牛

141

的身上。

此外，也存在其他的疑点。比如，为什么常乐要说谎？当时他明明就在案发现场，却说自己在大兴录节目，这样的谎言太容易被拆穿了。

再比如，黄天究竟知不知道自己是被谋杀的？如果不知道，他为什么要在临死前写下马牛的名字？如果知道，那他心里应该清楚谁是凶手，他为什么不直接写凶手的名字呢？

调查还得继续。

他的手机突然响了，一看，是王维发来的短信，问他明天去哪儿查案，想和他一起去。马牛想了想，还是不回复她了。在这条路上他走得有点远，如果领导怪罪下来，那也是他一个人的责任，别给她添麻烦了。

当马牛到达黄天位于望京的公司时，已经接近中午时分了。

望京位于北京东北四环的位置。十年前，马牛到这边的中央美院找一个朋友，当时这里看起来还非常荒芜，如今却是全北京最炙手可热的商务区。宽阔的马路，顶级的写字楼，满大街穿着西服的白领人士，房屋中介公司门口广告牌上令人咋舌的房价……

两位大妈与他擦肩而过，一阵韩语飘到耳中。据说望京的韩国人非常多。亚洲经济危机时，韩国人大量拥入，在这里创业生活，因为这里生活成本很低。没想到，现在这里快成了北京生活成本最高的区域。

电梯带马牛来到黄天公司所在的楼层。马牛走向前台，亮出身份，表明想见公司老板。前台立刻打电话通报了情况。从这点看，这位年轻漂亮的姑娘并不大适合做前台这份工作，至少她在没有任何阻拦的情况下就暴露了老板的行踪。

很快，一个秘书模样的人从玻璃门后面走了出来。她冷冷地瞪了前台一眼，然后迅速换上职业化的微笑，将马牛领进了公司。

这家公司叫"普天大喜"，是一家大型的影视节目制作公司，在业内赫赫有名，黄天是这家公司的元老之一。当年，他正是在这里的某个会议上"背叛"了曹睿，从助理编导翻身成了节目编导，然后一待就是十多年，一直做到如今的制片人，不可谓不成功。谈到黄天，公司老板董家铭感慨万分。

"小天这个人啊，那叫一个拼命。我还记得第一次见到他时的情景。"

董家铭身材高大，长发，戴着金丝眼镜，看起来像个文化人而非企业老板。他的普通话带有南方口音，会在一些字的发音上 F 和 H 不分。马牛猜他是福建人。说起黄天，他滔滔不绝，完全没有任何隐瞒的意思，至少看起来是这样。

"那是二〇〇五年的夏天。有一天常乐到办公室来找我，常乐你应该知道吧，对，就是那个主持人，他之前也在我们公司。他说有个小伙子感觉挺不错的，想把他转正成编导。那时候我们公司已经很大了，手下养着几百号人，通常助理编导都是他们各个小组编导自己招的，不必经过我，但一旦转正成正式编导，作为老板，我每个人都要见见。这是我管理公司的风格。

"后来黄天就来了。他当时很羞涩,穿着T恤衫、牛仔裤,头发很乱。我当时还想,怎么这样就来见我了,也不收拾收拾?

"当时,我看他的简历写的是来自湖南某大学的新闻系,毕业两年多,曾经在电视台实习过,想来应该不错。湖南人嘛,你也许不知道,但我们业内对湖南人是很欣赏的,也许是长期被当地娱乐环境熏陶的缘故,他们都很拼,也很有娱乐精神,被称为'电视湘军'。于是,我就在转正协议上签了字。

"但留下不到三个月,我就想开掉他了,因为他实在太内向了。怎么说,做我们这个行业的人,内向是不行的。开会的时候,他不说话。做节目,要与各个工种沟通,他也不说话。这怎么行!很多人反映这个人不好相处,不大愿意跟他干活,所以我一直想找个机会把他打发走。但因为是常乐推荐的人,怎么说,他是我们公司的王牌,总得给他点面子吧!

"不过,后来有一件事情使我改观了。当时,我们正在策划一档脱口秀节目,那是中国第一档脱口秀节目。他交上来的稿子把我们都乐坏了,这家伙有前途啊,虽然闷声不响,但他是有幽默感的。这让我想起很多喜剧明星,都是非常内向的,甚至自闭,但从另一方面讲,这类人愿意挖掘内心,善于观察。于是,我就把他留下了,让他也别做什么编导了,他不是那种性格,可以写稿子,做节目策划。他一直做得很出色。"

"后来呢?"

"后来他逮着一个机会,打算跳槽。"

"啊,不是说他一直在这边工作吗?"

董家铭摇摇头。

"常乐离开公司之后,他就一直蠢蠢欲动。当时我们的节目火了,很多同行都在问文稿是谁写的,他就在这个时候提出了辞职。"

"我能问一下常乐为什么离开公司吗?"

"我问过他,他没说,但我猜可能和当时的举报事件有关。"

"举报事件?"

"是这样的。有一次他在私人饭局上说了一些对某个历史人物不好的评价,结果被人用手机偷偷录了,发到网上,引起了一些争议。他可能怕给公司带来不好的影响,主动选择了离开。"

"知道是谁干的吗?"

"不知道,不过……"

"不过?"

"他离开之前,让我小心黄天。"

"说回黄天吧!你说他准备跳槽?"

"是的,常乐离开后不久,黄天来到我办公室,提交了辞职信。"

董家铭的眼神中闪过一丝愤怒。

"他没走,对吗?"

"对。在他的要求下,我不仅给他涨了三倍工资,而且还答应提拔他当制片人。"

"原来他是这样当上制片人的。"

"后来我四处打听，想知道哪家公司这么缺德，要挖同行的墙角，你猜怎么着？根本就没人挖他，一切都是他自己编出来的。"

"他倒是挺聪明的。"

"他的问题就是太聪明了。"

"就算这样，你也一直把他留在公司？"

"当然，钱对我来说不算什么。这小子干活还行，我干吗不留着，不过我也不傻。"

"哦？"

"那次我跟他签了一份超大的合同，给了他眼前想要的利益和看上去充满梦幻的未来。他被诱惑了。"

"你开出来的条件是？"

"二十年。今后二十年，他都得替我工作，我把他彻底签死了。我通过不断地给他安排工作，层层加码，直到把他身上的价值吸干为止。我说到做到。"

"他要是违约呢？"

"绝对不敢，那是一个他无法承受的代价。"

马牛不说话了。董家铭的直白让他震惊。

"不过，现在他人都死了，也没什么好说的了。我看到网上说什么他这么拼命导致猝死，一定是公司压榨造成的。这种言论也真是好笑，怎么没人想想他是怎么走到今天这一步的？在北京有房有车，活得有头有脸，他要是不拼，能行吗？"

马牛犹豫了一下,还是问出了那句话。

"你难道对他的死没有一丝后悔和怜悯吗?"

董家铭冷冷一笑。

"我只是个商人,还是让上帝去怜悯他吧!"

马牛沉默了一会儿。

"我想去黄天的办公室看看。"

事实上,黄天并没有办公室。公司像黄天这样的制片人不下十个,每个人管理着五六个人的团队,每个团队各自占据着偌大办公区域的一小块地方,有点军阀割据的意思。黄天的团队在一个比较隐蔽的角落,马牛看见那里只坐了两三个人,正埋头在电脑前忙着什么。马牛找到了最靠里侧的黄天的工位。

办公桌和他的车一样,被收拾得非常干净和整洁,桌上没有任何书籍和文件,只有一个笔筒里放了几支签字笔。没有电脑。旁边一名员工解释,公司是不提供电脑的,每个人都用自己的个人笔记本办公。

随后,马牛和在座的几个黄天曾经的手下聊了聊。大家的说法比较一致,都认为黄天是个能力很强的电视制作人,工作狂,拼命,也逼着手下跟着一起拼命。不过大家对他基本持正面的看法,认为干这行就得拼命,否则很难出成绩。但马牛怀疑他们内心是否真的这样认为。

随后,他还去参观了一下公司的机房。据说死亡当天下午,黄天曾在机房审过片子。后期技术员在肯定黄天的同时,也抱怨他太严苛了,每次跟他干活都"差点累死"。

除此之外,再没有什么收获。

从黄天的公司出来,马牛感到有点压抑。他想,黄天即使活着也要面对如此残酷的人生,指不定哪天还会因为太过劳累猝死。

他到马路对面的便利店买了份盒饭。便利店的盒饭永远是那儿种,宫保鸡丁、豆角烧肉、番茄鸡蛋,但实在没吃的,来一份也还算不错。马牛坐在靠窗的吧台椅子上,望着落地窗外面的风景。

就在这时,他看到有人拎着一盒生日蛋糕从窗前经过,突然想到一件事:那盒被他拿回警局的蛋糕哪儿去了?他这几天把它给忘了。

他又进一步想到,如果当天黄天是从公司下班回家的话,他为什么要去国贸取蛋糕?这座写字楼对面就有一家蛋糕店,他完全可以在这里订蛋糕,然后下班去取,直接从京密路上五环,很快就能到达他在常营的家,而不用绕到最拥堵的国贸桥去。难道他去国贸有其他的目的?

手机的振动声把他唤回现实中,是王维。她没有发短信而是打电话,说明有紧急情况。

"哪儿呢?"

"望京。"

"怎么跑那儿去了?你昨晚为什么不回我的短信?"

"我……"

"行了,别说了,赶紧去医院吧!"

"怎么了?"

"周清醒了。"

19

马牛赶到医院的时候,看见王维已经在跟周清的家人在交涉了。他听见那男孩的妈妈说了一句"只给你们十分钟",然后看也不看他就走开了。马牛准备推开病房门时,王维抬手阻拦了他。

"我来问。"

"为什么?"

"他弄成这样我们也有责任,我们应该……温柔点。"

虽然马牛不明白为什么他问就看起来不够温柔了,但还是识相地闪到一边,跟在她身后走了进去。

周清半躺在床上正在玩手机游戏。他投入的样子与那天那个大叫"我的宝马"的悲惨男孩判若两人。他的一只脚打了石膏,被悬挂在半空,看上去就像跟他本人无关似的。马牛和王维一直走到床边他也没有抬起头来看一眼。

"周清。"王维叫道,声音果然比平时温柔不少。

"说。"他依然埋头打着游戏。

"我们是朝阳分局刑警大队的,我叫王维,他叫马牛,我们有一些话要问你。"

他抬头扫了他们一眼,然后视线又回到了手机上。

"你们是来道歉的吧?"

"什么?"

"难道不是你们把我弄成这样的吗?"

"哦,对不起,确实是我们的责任,不过你自己……"

"出去。"

"我……"

"出去!"

周清恶狠狠地看着他们。

"我不想看到你们,滚出去!"

"请你……"

不等王维说完,马牛一步上前,夺过周清手上的手机,关掉正在进行中的赛车游戏,并把它夹在他悬挂着脚的绑带上。

"喂,你干吗?"他非常不满地大叫了一声。

"闭嘴。"马牛把王维拉到一边,然后坐在了床边,用一种非常严肃的眼神盯着周清。他看见床头柜上放着一杯要排很久的队才能买到的奶茶。

"听着,我不管你爸妈是做什么的,多么有钱,给你安排这样豪华的单间病房,排队买你喜欢喝的奶茶,任由你这个小兔崽子躺在这里玩手机,对警察说'滚出去'。你今年多少岁?二十一?二十二?有没有上过大学?没有是吧?放心,以后你再也没有机会了。你也许还不明白,你这辈子都站不起来了,从现在到你死,对,接下来的几十年,你都得坐在轮椅上,去哪儿都要被人推着,上厕所还得有人帮你拉开裤子拉链，也许还得时时刻刻带着这玩意儿……"

他指了指挂在病床栏杆上的导尿管。

"你骗人，我妈说……"

"你妈说！噢，我的宝贝，没事的，你的腿没事，过段时间就可以出院了，你还可以继续骑你的摩托车，再给你买一辆，让你继续在北京二环上疯狂，然后再把另一条腿也摔断，对吗？别傻了，孩子，你妈是骗你的。那天晚上我看见你的腿摔成那个样子我就知道你完蛋了，你这辈子都别想开车了。孩子，是时候有人告诉你一些实话了。"

"胡说！"他突然激动起来，"那天要不是你们在后面追我，我肯定……"

"照样摔，没有我们，你照样摔，也许会更惨，不是那天，也会是另一天。也许你不是躺在这里跟我斗嘴，而是躺在棺材里。"

周清瞪大眼睛看着马牛。马牛清楚从来没有人跟周清说过这样的话，这孩子被震惊到了。这些可怜的飙车党从来没有想过自己有一天会失手、残疾或死亡，他们一直活在自己不断用速度超越他人的幻觉里。王维一直在旁边听着，没有来打断或制止他。

"现在我们可以合作了吗？"

"你们想知道什么？"他看起来有些悲伤。马牛打算速战速决。

"上周五晚高峰的时候，你是不是骑摩托车路过国贸桥？"

"上周五……"他开始回忆起来，"哦，是的，那天我们在玩障碍计时赛。"

"障碍计时赛?"

"就是在北京晚高峰绕三环跑一圈,越过那些障碍……我指的是汽车,看看最后花多长时间。我们私下里有一个榜单。"

"我们?"王维插嘴问道。

"我不打算出卖朋友。"

"嗯,"马牛看了王维一眼,转脸面对周清,"我们也不是来抓交通违章的。这么说,你在这份榜单里还处于挺靠前的位置?"

"还凑合。"他露出了一丝骄傲的笑容。

"那么,你仔细回想一下,路过国贸桥时,有没有看见什么?"

"看见什么?大堵车呗,还能是什么。"

马牛从包里拿出那张打印出来的案发现场的监控截图,指着上面一闪而过的摩托车。

"这是你吧?"

他盯着看了一眼,点点头。

"是的。"

"旁边这辆红色森林人你还有印象吗?"

"完全没有,也不可能有,我当时专注于破纪录,哪有时间去看别的车。"

"真的没有?"

"我都这样了,还能骗你们不成。"

马牛失望地站起来。弄了这么大一圈,什么线索都没有找到。

"你们是不是在调查国贸桥上的那起猝死事件?"

"哦,你知道这事?"

"朋友圈都在转,怎么可能不知道。"

马牛朝王维使了个眼色,意思是可以走了。王维心领神会,上前开始施展自己的温柔。

"那今天就到这儿吧,你好好休息,你妈那儿有我的电话,你如果想起什么随时跟我们联系,好吗?"

他点点头。他们转身朝门口走去。

"等一下!"

他们停住脚步。

"我想起来了,有个人。"

"什么人?"

马牛和王维对视了一眼。

"男人,他一直在高架桥内侧走着,我就是因为他分散了注意力,才没有破纪录。"

"你还记得他长什么样吗?"

"不记得了,当时速度太快,没工夫去注意那些。"

"他和你同方向吗?"

"不是,我当时往南,他往北。他在隔离带另一侧。"

"还记得大概在什么位置吗?"

"什么位置……"

"我这么问吧,你是在路过国贸桥之前看见的他,还是在国贸桥之后？"

周清闭上眼睛想了想。

"应该是之前。"

"确定吗？"

"确定。就是因为被他干扰了之后，我的注意力才分散了，当时还特意抬了一下头，看见'大裤衩'就在我的左前方。"

马牛点点头。

"这个信息非常有价值。"

"警察同志……"

"嗯？"

"谢谢！"周清诚恳地说道。

走出病房，马牛看见周清的母亲正在角落里打电话。她没有注意到他们。他和王维悄然离开了医院。

从医院出来已经临近下班时间了。雾霾在落日下显得有些肆无忌惮。马牛突然感觉很疲倦，不知道这样下去是否真的能找到线索，但又不想就此放弃。

"现在我们去哪儿？"

"先回局里吧！我想再看看交通监控录像。"

"你真的觉得他说的那个人有价值？"

"不知道，但我觉得任何线索都不要漏掉。"

回到局里，马牛留意了一下，发现那盒蛋糕确实不见了。他问了一圈同事，没有人见过。徐一明也不在，可能出去吃饭了。于是马牛和王维点了份外卖，重看那份监控录像。很快，他们在录像中看到了周清所说的那个男人。他出现在案发前五分钟。因为人太小且一直沿着高架最内侧走着，而之前他们的注意力都在车上，所以把他给忽略了。

因为他们拿到的监控只有国贸桥上的固定镜头所拍摄的内容，因此马牛又给胡枫打了个电话，想让他帮忙查一查当天这个男人的行踪。胡枫恰好在交通监控中心办事，不到半小时就给了回复。

"那是一名乞丐。"

"乞丐？"

"是的。监控显示他一直走到农展桥才下了三环，后来就不见了。有两种可能，要么去了三环外的亮马桥或者朝阳公园，要么去了三环里的使馆区。抱歉，我只能查到这些了。"

"谢谢。改天吃饭啊！"

"你欠我可不止一顿饭了。"

"一定补上。"

"等你电话。"

挂了电话，马牛看了看时间，已经接近傍晚六点了，外面还没有全黑下来。他站起身。

"走吧！"

"去哪儿啊？"

使馆区在东三环农展馆附近,这里是北京最好的地段。三环上车水马龙,非常热闹,而马路另一侧的使馆区却异常安静。使馆区里是一个接一个的小院,每一个小院墙头上都会插着各自国家的国旗,门外则有武警站岗。

"你怎么确定那个乞丐不是去了三环外呢?"王维说道。

他们正好路过加拿大使馆区,门口的武警看了她一眼。

"我也不确定,直觉吧!"

"又是直觉。"

"走着看吧!"

"咱们最好走快点,穿着警服在这里晃来晃去,容易引人注意。"

他们沿着使馆区的小路往北走,沿途异常安静,的确让人不太自在。他们穿过使馆区,来到了新源里地区。

又走了一段,新源里市场出现在了前方。这个菜市场非常有名,因为靠近使馆区,老外常来买菜,久而久之,供货越来越高档,顾客越来越高端。小贩们人人都会说英语,白领和明星偶尔也会跑来这里买菜,如今更是成了网红打卡点。

"是不是他?"

王维用胳膊肘顶了顶马牛的肚子。他觉得她使的劲有点大了。

"哪里?"

"那儿。"

马牛顺着王维手指的方向看过去,很快就发现了那个乞丐。他躺在墙根下，正在悠闲地啃着苹果。马牛走过去，在他面前蹲了下来。

"你好。"

"我不好。"

"怎么了？"

"你挡住我的光了。"

马牛尴尬地往旁边挪了挪。

"对不起，我是警察，有些问题想问你。"

"警察管不了我，我的问题归城管管，但城管不敢管我。"

"你误会了，我没有要管你的意思，就是想问几个问题。"

"那就是找我算命了。"

"算命？"

"我知道的事情全是天机。这个世界太浮华了，缺少敬畏。"

王维把马牛拉到一边。

"你确定他就是你要找的人？我怎么感觉他是个疯子。"

马牛想了想，重新蹲了下来，这次他手里拿着一张百元大钞。

"够打听一下天机了吗？"

乞丐眼睛一亮，迅速把钱夺了过去，然后对着微弱的光线查看钞票水印。

"问吧，随便问。"

"你前几天有没有走上三环主路？"

"前几天？我天天都走上去。"

"上去干吗?"

"散步啊!"

"散步?"

"对啊,我喜欢在热闹的车流中漫步沉思,这样才能让我保持清醒。"

他说这句话的时候,马牛感觉他其实在装疯卖傻,他很聪明。

"那上周五呢?晚高峰,在国贸桥上,你有没有看见什么?我是说你……散步的时候。"

"你是想问死人那天的事情吧?"

"看来散步确实有助于你头脑清醒。"

"我看过网上的新闻,胡扯,全是胡扯,那人不是猝死的。"

马牛一边在想他到底是怎么上网的,一边对他下的结论感到兴奋。

"不是猝死,那又是怎么死的?"

"他是被人谋杀的。"

20

大家好,我是马牛,马德华的马,刘德华的牛。

跟大家说说我最近在办的一件案子……怎么?今天有新来的观众是吗?不知道我是个警察?有法律规定警察不能说脱口秀吗?没有对吧?那就好好坐着。放心,我已经下班了,不抓人。

这个案子呢,很奇怪,它有死者,但没有凶手,很可能是谋杀，但没有凶器。好不容易找到一个目击者，却是个疯子。你知道他是怎么对我说的吗？（模仿疯子）"我以我爷爷的名义起誓，真相只有一个，那就是……"他突然不说话了。我着急啊，问他，那就是什么？你们猜他说了什么？他说啊，这个时候应该有人给他的脖子后面来一针麻醉，然后他躺倒在椅子上，真相自然就会有人说出来了。敢情他把自己当柯南了！

大家别笑，这种情况在我们破案的过程中太普遍了。记得我最初当警察的时候，有一段时间到110报警台去实习，处理一些报警电话。我跟你们说，那真是什么奇葩都有。有一次，我接到一个电话：

你好，这里是110报警中心，请问有什么可以帮你？

110啊，请问120的电话是多少？我家老爷子中风了……

我估计他家老爷子就是被他的蠢儿子给气中风的。

还有一次是这样：

喂，110吗？

对，这里是110，有什么可以帮你？

你真的能帮我？

希望可以，请说出你的诉求。

假期快结束了，我的寒假作业还没做完，你能帮我做吗？

总而言之，各种骚扰电话层出不穷。现在想想，110话务员真不容易。到后来，做了刑警，同样也常常遇到一些奇葩事。

有一回，报警中心交过来一个案子，有人打电话报警，说他们家发生了密室杀人案,让我们赶紧过去看看情况。到了现场,才发现是一个空巢老人独自在家看日本推理小说,书中写到了密室杀人案,他解不开,就想到了给警察打电话。我们当时真是哭笑不得,但又觉得老人家实在是可怜,就帮着他解了一晚上的谜,最后趁老人上厕所的工夫直接翻到小说的结尾部分才破解了密室谜团。

我们这个"卤煮"脱口秀俱乐部其实在北京也算小有名气了,前不久有个电视节目制片人跑来看演出,完了之后说要给我们弄一档脱口秀节目。好家伙,把我们高兴坏了,后来,他得知我是真警察——他一直以为我是在舞台上表演警察——马上就反悔了,也不说原因。前段时间我在一档法制节目中看到了他,穿着囚衣,戴着手铐,接受记者采访——涉嫌洗钱进去了。现在我终于知道他反悔的原因了:要不是为了洗钱,谁吃饱了撑的做一档脱口秀节目啊!

谢谢大家,我是马牛,一个爱说脱口秀的真警察。咱们下周见!

21

十一月十日。

马牛起了床,发现父母已经出去了,客厅的桌上放着油条和豆浆。他记得这已经是连续第二十三个早晨吃一样的早餐了。这就是跟老人住的坏处之一,也可以说是最大的坏处。他们喜欢循规蹈矩,害怕变化,因此每天都在重复——重复的早餐,重复的出门(肯定又去公园遛弯了),然后在重复的时间买重复的菜回家。好像只要一天不这么重复着，他们的生活就全乱套了，乱意味着错，而经常犯错意味着自己老了，不中用了，只能等死。机械重复，是他们逃避衰老的最佳办法。

马牛硬着头皮把油条和豆浆吃完了（不吃他们会伤心），并把没洗的碗放在水池里，然后披上外套，出了门。

案件已经过去一个多星期了。

自从见过那个疯疯癫癫的乞丐之后，马牛就彻底进入了死胡同。那个乞丐说了一通神秘莫测的话之后，就不搭理他了，然后回过头去在身后的墙上乱写乱画。马牛仔细看了一会儿，发现一个字也不认识。他问乞丐在写什么。那个乞丐看了他一眼，好像他问了一句特别蠢的废话。马牛见时间差不多了，就站了起来。这时乞丐终于开口了：

"我在发明新的文字。"

马牛又看了看，深感自己不具备理解这种新文字的能力，便和王维离开了。他清楚，不管这个乞丐是天才还是疯子，就算上了法庭，他的证词也是无效的，不应该再把时间浪费在他身上了。

于是，嫌疑又回到了谢雨心身上。她充分的杀人动机以及不合常理的行为都能说明一些问题，但怀疑终究是怀疑，没有证据，意味着这依然是一起猝死事件。当然，这几天走访的几个人也都疑点重重：被"背叛"的曹睿、被"要挟"的董家铭、被"举报"的常乐……随着调查的深入，这份可疑名单在逐渐扩大。

还有黄天在微博上留下的最后一句话："今天又是新的开始。"

到底是什么意思呢？

马牛突然想到，也许黄天的微信朋友圈会有一些有价值的信息，虽然朋友圈通常都是一种表演，但或多或少会记录死者一些生前的信息。事实上，现在很多刑事案件被侦破都是从被害人的社交网络挖掘出的线索。唯一的问题是，死者的手机已经被烧掉了，如果要通过内部数据查看，可能会相当困难。

但也不是完全没有办法。

到了警局，大多数人都还没来上班。他拿起电话，用内线给信息部门拨了个电话。然而刚听到对方的声音，马牛心里就凉了一截。

"嘿，璐璐姐吗？"

"你谁啊？"对方显然听出了他的声音，但假装不知道。

"马牛。"

"哦……"一阵长长的拖音后，就听见那边传来"嘎哒"一声，接着是打字的声音，她把电话搁在桌面上了。

"璐璐姐，你还在吗？"马牛尽量让声音大一点，但对方似乎并不打算搭理他。他看了一下时间，上午八点四十分，还没到正式上班时间，于是把没挂断的话筒放在桌上，朝外跑去。信息部门在办公楼的十一层，而他在一层。他快速冲进电梯，终于在一分钟之内跑到了张璐的办公室。马牛进去的一刹那，正好看见她把话筒挂上。

"璐璐姐。"

"别叫得这么亲切，我们不太熟，"张璐一脸不快，"另外，有什么事情打电话，不要这样跑来跑去，影响我的工作。"

"我想让你帮我查一个人的微信。"

"对不起，我在工作，不帮闲杂人等查询私人内容。"她把"闲杂人等"几个字咬得很重。

"我来就是为了工作。"

"是吗？那你为什么不去填份申请表，让领导签完字，再来找我？"

"领导这会儿还没来，我不是着急吗？"

张璐摊开手，表示无可奈何。马牛拖过一条凳子，坐在她旁边。

"璐璐姐，那次是我不对，我不该拿你男朋友调侃。不过说到底，那只是玩笑……"

马牛说的是有一次他在俱乐部说脱口秀，恰好张璐带着他男朋友路过，就进来看了一段。马牛一时兴起拿她和她那好不容易相亲看上的男朋友调侃，大意是说他胆儿真大，居然敢找一个警察做女朋友，今后每次说甜言蜜语，她都会来一句"你的每一句话将会作为呈堂证供"。其实这种拿现场观众砸挂的搞笑方式再正常不过了，但遗憾的是，那个男朋友好像没什么幽默感，一生气就和张璐掰了，从那以后张璐和马牛就结下了梁子。

"玩笑是吗？好啊，你继续去开你的玩笑，做什么警察啊！"

"真对不起，是我嘴贱，我真诚地向你道歉。"其实马牛已经道歉过很多次了。

"别说了。马牛，我告诉你，只要我坐在这里一天，你就别想查什么微信。我就纳闷了，徐一明怎么会允许这种情况发生，换成我早就……"

"等等，"马牛露出恍然大悟的样子，"我明白了。"

"明白什么？"

"是你在徐一明那儿打了我的小报告。"

"是又怎么样？"

"老鼠。"

"你说什么？"

"你知道我在说什么。"

在警察内部，他们管那些打同事小报告、告密的人叫老鼠。通常警察之间是非常团结的，他们有着相同的理想，承受着相同的压力，甚至面临着相同的困境，因此往往他们会视自己为一个共同体。在这种情况下，出卖队友的人显得特别可耻。

"你在酒吧说脱口秀人尽皆知。"

"但并没有人去上级那里打我的小报告。"

"谁叫你那样调侃我，我也是一时气不过……"她的声音开始有点不自信了。

"黄天。"

"什么？"

"就是我要查的人的名字。"

"我说了，我不会……"

"你先听我说完。黄天，就是上周五死在国贸桥上的那个人，你应该听说过吧。所有人都说他是猝死的，但我发现一些，怎么说，不太对劲的地方，我怀疑他是被谋杀的。"

马牛一边说，一边观察张璐的表情。她似乎听进去了。

"我现在只要查一下他死前朋友圈的更新情况，看看能不能找到线索。璐璐姐，你也是一名警察，一名好警察，你应该不会因为跟我的私人恩怨而让一桩谋杀案就这样沉没下去吧？"

"你为什么不去说服领导？"

"领导正在专注于下个月的国际会议，没空搭理我。"

"对不起，我不能破坏程序。"

马牛站起身，从张璐的办公桌上拿过一张空白纸和签字笔，然后写下一串数字。

"你干吗？"

"这是黄天的手机号码，"马牛放下笔，"上次的事，是我不对，那这一次，是你欠我的。"

说完，马牛转身走出了信息部门的办公室。他一直期待她从身后叫住自己，但是并没有。

回到刑警队，大多数同事已经来了，包括徐一明。他问马牛病好点儿了没有，后者心虚地点点头，接着，他招呼大家去会议室开会。马牛想到又要开安保会议就头痛。

"最近发生了一起案子，上级转到了我这里，让我们紧急处理一下。"

"什么案子?"

"一起性侵案。"

"性侵?"

"嗯。有市民报警说,最近丽都附近晚上有色魔出没,经常对独身女性下手。一开始呢,我觉得这是一起小案子,但领导说,马上就要举行国际会议了,这些治安问题得提前铲除,所以我答应领导,三天内抓到这个色魔。"

徐一明说着挺了挺胸,深色的警服被他健美的身材撑得鼓鼓的。

"三天?"

"对,就三天。马牛,你最近正好没事,就由你负责吧!"

"可是……"

"没有可是。你上次要调查国贸桥的那起案子,我也给了你三天,于情于理你都得答应。这是案件材料,你先拿去看看。我还得赶去市局开会。"

说着,徐一明把一份材料扔在马牛面前。

"王维,你继续协助马牛。"

王维看了看马牛,露出无可奈何的表情。

徐一明走后,马牛刚翻开这起"丽都色魔案"的材料,就收到了一条微信,打开一看,是张璐发来的一个文档。

"阅后即焚。"后面还带着一个生气的图标表情。

马牛笑了笑，回复了一朵"玫瑰"。

接下来的整个上午，他都在查看黄天的微信记录和朋友圈。他的通讯录人非常多，差不多有四五千人，都被他分了组，有朋友（朋友又分为普通朋友和重要朋友），工作（又分为节目组、摄制组、主持人组、编导组、后期组、演员组等等），无关人士（大概是一些不知道什么时候加的人），其他（看起来不知道怎么分类的）。

黄天几乎每天都发朋友圈，但说话的方式很不一样。马牛仔细看了一下，才发现他设置了分组可见。有的话看起来比较励志，就分给了工作组；有的像是炫耀生活，就分给了朋友组；还有一些自我吹嘘的，就给其他无关人士看。马牛发现，黄天几乎很少发那种所有人都能看到的朋友圈。他的脑海中顿时浮现出了一个画面：黄天坐在椅子上，手里拿着手机，精心编织每一条朋友圈，然后小心翼翼地进行分组，发完之后，他有事没事都上去看一眼，享受被人点赞评论时的愉悦。

马牛觉得黄天活得好累，仿佛每天戴了无数的面具，不断地变换，但转念又想，难道大多数人不都是这样的吗？朋友圈这种东西，就是具有这样的魔力，让人不知不觉戴上各种面具去表演。

随着中午的临近，马牛开始将注意力集中在了黄天最近一周的消息上。除了谢雨心（最后一条消息是她发的，内容是"你什么时候回来"），交流最多的是一个工作群。群里面有五个人，除了黄天（制片人），还有一名导演、一名制片人、两名编导。群的名字叫

"《我们的医疗》节目组"。马牛看了一下,大概是一档通过采访一些医生以及病人、试图探讨国内医疗水平发展的纪录节目。黄天死的当天下午,还有一名编导把新一期台本放在了群里,黄天希望大家看完之后进行讨论,之后就再也没有更新。黄天死后的第二天,他就被群主移出了群。

马牛看了下时间,已经快中午一点了。他一转头看到了王维,原来她一直坐在座位上等他,他把她给忘了。她起身朝他走来,然后顺手扔给了他一根香蕉。

"肚子饿了吧?给!"

"你扔香蕉的感觉好像我是一只猴子。"

她笑了起来。他剥开了香蕉皮。

"你一早上偷偷摸摸在看什么?"

"没什么。"

"连我也信不过?"

马牛盯着她看了一会儿,然后跟她说了实话,他也不想让王维觉得不被信任。她听完后,想了想。

"你有没有看看他的互动?"

"什么意思?"

"微信有两种互动,一种是你发朋友圈,别人来给你评论和点赞,还有一种是你看别人的朋友圈,你给别人评论和点赞。我说的是后面一种。"

"你这么一说,我倒是真忽略了。"

马牛打开材料,继续看了起来。他发现一个现象,黄天动不动就给别人点赞,偶尔还会评论,其中不乏一些有名气的人。他在里面看到了常乐。常乐发了张一杯咖啡的图,什么文字也没有,黄天也点了赞。

他继续往下翻,翻到了一个名叫"小虫"的朋友圈。小虫发了一首诗歌,黄天在下面留言说"我就不去了"。马牛重新回去翻黄天的微信信息,找出他和这个小虫之间的对话。他们之间最后一次对话是那一周星期二的下午,最后一句是小虫问黄天去不去"徽龙",黄天没有回复,看来朋友圈的那句留言就是他的回答。他上网搜了一下,得知徽龙是一家徽菜馆的名字,地址在十里堡。接着,他又把两人的对话记录往前翻了翻,发现每周三的聚餐是他们一群朋友的固定聚会。

今天才星期一。

"我建议你先去见见这个人。"王维将一张纸扔到他面前,上面有一个地址和一个名字。

"丁静?这个人是谁?"

"那辆特斯拉的车主。"

"特斯拉?"

"你不是让我去查当时黄天前面的车吗?"

"对啊,前面的辉腾是常乐的。"

"我顺便把他右边的和后面的一块查了。"

"右边好像是辆奥迪A8。"

"A8的车主是一个叫蒋静珠的女人，五十三岁，北京人，无业。"

"无业居然能开得起奥迪A8？"

"我开始也很好奇，就顺手查了一下，发现她名下有十几套房。"

"难怪！她跟黄天有关系吗？"

"没有任何信息显示她和黄天认识。"

"然后就是那辆特斯拉的司机？"

"没错，你记不记得当时就她下车了，而且，她是第一个接触黄天的车和报警的人。我对她的职业有点好奇。"

"什么职业？"

"和黄天一样，也是一名制片人。"

22

作为一名朝阳刑警，马牛真的很少去海淀，原因只有一个：太远了。北京巨大无比，而且交通极为不便，从一个区到另一个区，好像是从一个城到另一个城，需要花费大量的时间和精力在路上。但不管怎样，马牛决定还是去见一见这个丁静。之前常乐说过，电视圈其实很小，同为制片人的丁静很可能认识黄天。

因为是出去干私活，马牛建议不要用队里的车，改乘地铁，但刚进入地铁站他就后悔了。地铁里人多得要死，加上路途遥远，马牛和王维一路站了差不多一个小时。地铁上，站在他前面的姑娘一直在手机上看《奇葩说》。因为被挤得不能动,马牛只好被动跟着看。这一期的辩题是:"生活在外地,过得不开心,要不要跟爸妈说?"马牛很奇怪地在想,如果黄天作为辩手来参加节目,他会怎么处理这个辩题呢?

出了海淀黄庄站便是中关村,马牛和王维走在大街上,一种宽阔而萧瑟的感觉迎面扑来(也可能是刚从拥挤的地铁出来的缘故)。此时是下午两点左右,大街上的人并不多(至少远不如朝阳区那么多),显得十分冷清。中关村曾经被称为"中国硅谷",这里汇聚了大量的IT精英,往北更是北大清华的所在地,按理应该不缺活力。马牛上次来中关村还是五年前,当时为了配一台电脑,逛遍了各大电脑城。他清楚地记得当时这里满大街散落着发传单的小年轻、各类推销盗版碟的眼镜男以及穿着背上印有"某某数码中心"的打工仔。如今这些人全看不见了,他们都去哪儿了呢?马牛不禁想起了曹睿。

很快,他们找到了丁静公司所在的大厦,上了楼,才发现这里并不是一家电视制作公司,而是视频网站。一名挂着工作牌的工作人员领着他们走进公司,穿过一片有数十名员工安静埋首在电脑前工作的区域,来到一间两面是落地窗、两面是透明玻璃的小型办公室。做完介绍,工作人员出去了,丁静关上门,将面对工作区域的两面透明玻璃上的百叶帘放下,这才问马牛他们为何事而来。

马牛仔细打量了一下这位穿着灰色职业套装的女强人。她三十五岁上下,个子高挑,长相靓丽,外加一头清爽的黑色短发,显得十分干练。除了眼角的细微皱纹和被化妆品处理过的黑眼圈，实在无法将她与这种拼死拼活、整天熬夜的电视工作者联系在一起。马牛一眼就认出了她是那个监控中下了车用力拍打黄天的汽车前盖的女人。

"我们来是想向你了解一下黄天的事情。"

来之前，马牛和王维商量好了，这次由她主问，他负责记录和观察。马牛同意了她的提议。有时候说得太多，的确容易忽略掉很多细节，尤其对方还是一位美丽的女性。

"我没认出来。"

"什么？"

"我知道你们想问什么。你们要喝点什么吗？"在得到否定的答案后，她接着说，"那天在国贸桥上，我是真没认出车里的人是黄天，后来看新闻，才知道死的人是他。"

"也就是说，你承认你跟黄天认识？"

"认识，当然认识，而且不仅仅是认识。"

"哦？"

"我们是同行，也是对手。"

"对手？"

"工作中的对手。"她停顿一下，仿佛在权衡要不要说出下面的话。

"黄天这个人特别卑鄙。"

听到这话，马牛和王维面面相觑。

"觉得奇怪是吗?人都死了,我还在这里说他的坏话。"

她走到落地窗前,望着窗外。

"但我说的都是实话。怎么说呢?听到他死了,我心里居然有一种快乐的感觉。警察同志,我这么想不违法吧?"

大概是四年前,丁静去参加一个视频网站的提案会。当时正是网络视频兴起的时候,网络节目非常火,因此提案的制作团队不少,竞争到最后,剩下两家,除了丁静,另一家正是黄天的团队。

"当时我的感觉是,我赢定了,"丁静说,"我们的提案是一档音乐类节目,有点像早年的选秀,只是我们主打的是少女团,少女团这个概念在日韩非常火,但在国内一直没有做起来,于是我们就做了方案。黄天的团队提的方案是真人秀,体育类,请的是娱乐明星与篮球明星共同打篮球、玩综艺。其实体育节目很不好做,受众看起来非常多,到节目层面却非常少,体育最精彩的部分是直播,谁愿意花时间看那些明星耍宝呢?而选秀节目一直是收视率的保证。然而……"

"你们输了。"

"是的。"

"为什么?"

"黄天是个卑鄙小人,"丁静端起保温杯喝了口水,接着说道,"那天,我们团队提前半小时到了会议室。过了一会儿,黄天的团队也来了。他们进来以后,就一直在聊天、抽烟。我有点受不了,就带着我们团队的两个小姑娘去楼下买咖啡了。然而，我们犯了一个重大的错误。"

"什么错误？"

"我们把电脑留在了会议桌上。等我们回来的时候，会议正准备开始。首先是我们陈述方案，结果，我发现我们三个人带来的电脑都开不了机。"

"什么原因？"

"一开始我们也不知道，事后去修电脑，才发现我们的电脑都被植入了木马程序，导致一直黑屏。我们全军覆没了。"

"你怎么就那么确定是黄天干的呢？"

"不是他还能是谁？结果是他成功了，我们失败了。"

"不能找甲方重新谈一次吗？"

"去了，可对方老板说已经晚了，他和黄天签约了。最让我气愤的是，那位老板似乎也认可这样的方式，他认为兵不厌诈是商业战场的常态。真是什么人和什么人凑一块。我也不想再和他们合作了。"

"能透露是哪家公司吗？"

"你们过来。"

马牛和王维走到她旁边。她伸出手指，指向窗外。

"看到了吗？"

马牛顺着她手指的方向看过去，对面大楼的楼顶上悬挂着四个大字：神马视频。

"我加入了他们的竞争对手,并且很快做到了今天的位置。我每天都会看一眼对面的楼,作为激励自己的方式。我要打得他们落花流水,满地找牙。"

马牛一言不发地望着窗外中关村的风景。灰色的天空下,钢铁丛林中的弱肉强食让人触目惊心。

"能说说那天在国贸桥上的经历吗?"

"那天下午我正好在东边见一位客户,之后要赶回公司开一个会,结果路上遇见了大堵车。你们应该能理解当时我的心情吧?"

马牛和王维同时点了点头。

"本来就烦,结果还碰上一个人开车在大马路上睡着了——我当时的确是这么认为的——你们说我气不气?我下车过去敲车窗拍车子,结果里面的人不理我,我只好报警了。后来警察一来,我就走了。事后我才知道是有人猝死了,而死的人竟然是黄天,真是没想到。不好意思,我的眼睛有点不舒服。"

她说完,拿起桌上一个绿色透明的小眼药水瓶,仰起头在两只眼窝里分别滴了几滴药水,然后眨了眨眼,让药水充分滋润眼眶。

"做我们这行的,经常用眼过度,容易眼睛疲劳,所以眼药水是必备。"她解释道。

"太巧了!"马牛还是忍不住开口了,"我是说那天在国贸桥上的事。"

"是太巧了。不过你想说什么?"

"没什么。"

"等等,我不明白你们今天为什么来问我这事,他不是猝死的吗?"

"是吧!"

"是吧?"

"我们就是来了解一下情况而已。"

"是不是有什么隐情?"

"没什么。"

"真没什么?"

"今天就到这儿吧!谢谢你的配合,我们不打搅了。"

说完,他们离开了她的办公室。经过大厅的时候,望着那些脖子上挂着工牌、埋头工作的员工,马牛想到他这辈子也没机会在这样的写字楼里工作了。做一名朝九晚五的白领是什么感受呢?以前他还挺好奇,现在算是见识过了。

"你觉得怎么样?"

刚走出大厦的旋转门,王维就开始发问。

"什么怎么样?"

"她说的话。有没有可能在撒谎?"

"所有人都可能在撒谎,包括曹睿、常乐,还有董家铭。"

"我觉得有点不太对劲。"

"哪方面?"

"从女人的直觉来讲,我觉得她每次提到黄天并没有恨,或者说,那种恨是她刻意强调出来的。按理说,一个女人不太可能对一个非爱恋对象的男人产生恨意,恨的反面往往就是爱。"

"是吗?这我倒是第一次听说。"

"你也许没有仔细看她的表情。当她提到黄天的死时,眉头皱了一下,我认为那是伤心,非常隐蔽,一般人不太可能发现。"

"所以你不是一般人!"

"别嘲笑我。反正吧,我觉得他们不像是仇人。"

"要不要证明一下她说的是真是假?"

"怎么证明?"

"跟我来。"

马牛领着王维穿过马路,来到对面的大楼。根据大厅的指示牌,他们上了二十一楼。电梯门一开,"神马视频"四个大字就出现在了他们眼前。马牛向前台姑娘出示了警徽,并说想见他们老板,很快,他们被告知老板正在开会,并领他们去了接待室。又一个不太适合做前台工作的姑娘。

在等待的过程中,马牛下载了一个神马视频的App,并搜索了神马总裁潘子强的相关资料。

潘子强上世纪八十年代末出国,九十年代中期从美国回来后,创立了神马影视,并且凭借自己的见识和社交能力,在中国的电视领域开疆拓土,并牢牢占据了前三的位置。五年前,他再一次展现了自己卓越的远见,停掉了所有的电视业务,转而成立现在的神马视频,正式进军网络视频领域,结果大获全胜,一度做到中国最大的视频网站。不过随着市场的繁荣,对面的刺猬视频也冒出了头,并逐步对神马视频实现了赶超。依照网络上搜到的照片，马牛觉得潘子强应该是一个气质非凡、富有远见的企业家，然而，当见到他本人时，他吃了一惊。

潘子强个子矮小，资料上说他才五十多岁，却显得很老，秃顶，气质不佳。不过从他对两位警察客套得有点过分来看，这人肯定混得很开。

"你们别听丁静胡说。"一提到对面的那个女人，潘子强满脸不屑。

"你的意思是，丁静在撒谎？"

"绝对的撒谎！她那天和黄天一起来竞标，她的方案我们之前看过，还不错，就让她进入了最后一轮，可是她突然莫名其妙在会议上说自己的电脑打不开了，我说用我的电脑，她说她把方案做了修改，只能用她的电脑，但就是打不开，我只好让黄天先陈述了。"

"她说是黄天陷害她，弄坏了他的电脑。"

"怎么可能呢？她就是故意的。"

"她为什么要故意这么做？有机会不争取吗？而且我听她说后来又找过你，但你说已经和黄天签约了，而且还对黄天的不择手段表示认可，说兵不厌诈。"

"笑话，我和黄天签约是因为黄天的方案确实好，而她又拿不出方案。扯那些没用的做什么！我是个商人，评估方案只有一条硬标准，能不能赚钱？"

"你有没有去看那天会议室的监控视频？"

"我为什么要去看监控视频？吃饱了撑的吗？她就是故意的！"

"可是，她为什么要这么做呢？"

"这你就得去问她了，不过我估计她不会说真话。不过，有一条消息我可以透露给你们。"

"什么消息？"

"她和黄天是情人。"

"啊？"此话一出让马牛和王维大跌眼镜。

"这话是黄天亲口跟我说的。他说那个女人喜欢他，他们有过关系，但后来被他给甩了，所以丁静怀恨在心，故意污蔑他。"

"你相信吗？"

"当然。黄天是有家庭的人，他这种事都能拿出来跟我说，说明他很信任我，我当然也要回报他的信任。不过这事千万别让黄天的老婆知道，人都死了，过去的就让它过去吧！"

如果之前的了解只是不喜欢，那么这次让马牛对黄天产生了一种极度厌恶的情绪。无论他的说辞是真是假，这个人都是一个人渣无疑。

"最后我想问一下，你对黄天是什么印象？"

"挺好的，不过我们其实来往并不多。我是这家公司的老板，而他只是代表董家铭的公司来和我们谈合作的。他的团队也就和我们合作了那一次，之后就没有来往了。"

"你知道他死了吗？"

"知道。不过做我们这一行的，这种事情我见多了，没什么大惊小怪的。"

"嗯，差不多了。谢谢你的合作。"

"别客气，警民合作是应该的。对了，要不要一起吃个饭？这边有家不错的海鲜餐厅，我叫秘书订个包间？"

"不用了。谢谢！"

"那就不耽误二位了。"

他们再次走回了中关村的大街上。此时已经临近下班时间，中关村大街上的人多了起来。人们总是躲在写字楼里，活在互联网中，他们只有从虚拟空间下线，走回现实，世界才显得像那么回事。然而，面对眼前的热闹，马牛却觉得心情压抑。他现在只有一个想法，就是尽快离开这里。

23

马牛来到餐馆包间的时候，里面已经坐了一个人。

今天已经是星期三了，从徐一明那里揽下"丽都色魔案"过去了三天，这个案子一点进展都没有，连那个色魔的毛都没摸着。徐队自知面子上挂不住，在会议上发了一通莫名其妙的脾气之后，逼着马牛和王维从今天开始晚上去丽都蹲点，不抓到那个该死的流氓就别想休息。马牛跟王维约好晚上九点在丽都汇合，然后提前下班回家，换了身比较休闲的牛仔服和球鞋，照着徽龙的地址找了过去。

这家装修极为普通的徽菜馆位于十里堡某条不起眼的巷子里，要不是熟客估计很难找到。包间在二楼，十几平方米，一个大圆桌就占了大半个屋子。提前到的那位坐在最里侧的角落里，默默地抽着烟。他看上去很瘦，长发，蓝黑色格子衬衫，戴着一副大大的黑框眼镜。马牛进去后，跟这个男人点了点头，算是打了招呼，然后在他对面的位子坐下。他打算在别人开口之前绝不先说话。

"抽烟吗？"男人突然问道，但手并没有去碰摆在他面前的香烟盒。

马牛看了看，发现是红塔山，便摇摇头，从口袋里掏出刚从巷子口买的中南海，撕开包装，自顾自地点上一根。他平时并不抽烟，但想到这样的聚餐环境，抽烟可以掩饰一些不自在。

"你是南方人吧？"马牛问。

"你怎么看出来的？"他笑了笑。

"一是口音，二是香烟。南方人爱抽烤烟型，而北京人则习惯混合型的中南海。"

"这么说来，你肯定是北京本地人了。"

"哦？"

"只有北京人在举例的时候才会只提北京人，而不是北方人。"

"哈，偏见，绝对的偏见。"

"我叫小虫，写诗的。"那人自我介绍道。

"原来你就是小虫。"

"哦，你听说过我？"

马牛一惊，差点说漏嘴，于是脸上堆起了笑，连忙解释。

"我读过你的诗，在网上。"

小虫点点头。马牛看来赌对了,通过之前黄天与小虫的微信聊天记录,可以看出这个小虫是一名诗人。

"你呢?怎么称呼?"

"马路,写小说的。"马庄主写了这么久的小说,笔名终于派上用场了。

"马路?这个名字似乎有点耳熟。你写哪一类小说?纯文学吗?"

"不是,消遣文学,"马牛见他还有疑惑,补充了一句,"侦探小说。"

"哦。"

接下来,两人陷入了沉默。离约定的时间只剩十分钟了,却依然没有人再走进包间。

"今晚都有谁啊?"马牛假装若无其事地问。

"我也不清楚,凑合着喝吧!"

马牛点点头。他以前也参加过类似的酒局,通常在座的大家相互之间可能都不大认识,相聚一场,有酒就喝,喝着喝着就认识了,反正最后总会有一个人出来买单。

"咱们边喝边等吧!服务员?"小虫喊道。

服务员走了进来。

"点菜吗?"

"先来几个凉菜和两瓶啤酒。"

"什么凉菜?"

"拍个黄瓜,再来个老醋花生。"

"酒呢?要什么牌子的?"

"就普京,最便宜的那种。"

"好的。请稍等!"

很快,酒上来了。两人一人一瓶,外加两只玻璃杯。

"哥们自己倒啊!"

他说着,先给自己斟满。他独自干了一杯,又立马满上了。马牛则抿了一小口。他想,得悠着点儿,没准晚上还有一番大战。

"咱们走一个。"他提议道。

"好啊!"

于是两人干了一杯。也许是有了酒的润滑,他们之间稍微拉近了一点距离。他告诉马牛,这个星期三的饭局是几个写作的朋友提议的,大家在北京平时都比较忙,但联络感情还是很有必要的,于是挑了这么个前后不靠的日子(周末要陪家人或者休息),每周相聚一次,聊聊近况,谈谈文学和写作,喝个大酒,轮流买单,就当缓减压力。

过了一会儿,其他人终于陆陆续续来了。他们也不打招呼,坐下就要酒喝,看见马牛也没有感到意外,可能以为是某个写作的同行。很快菜上来了,两箱啤酒被搬进了包厢,大家纷纷举起酒杯,喝了起来。

有几个人端起酒杯跟马牛喝,有的会问他姓名,他就说叫马路,问他写什么,他就回答写小说。对方点点头,也不再问了。没有一个人问马牛是做什么的,他自然也不能问对方,仿佛这是一个大家心知肚明的规矩。这个包间如同一个抽空一切世俗因素的真空空间,大家非常纯粹地在聊天、喝酒。

马牛一直在等待,他相信他们之间一定会有人提起黄天。他学着他们打了一圈(即从左手开始,顺时针和每个人喝一杯),这才感觉自己慢慢融入其中。

终于,有人提起了。

还是那个小虫。他给自己倒满了一杯酒,然后站了起来。马牛很佩服他,喝了那么多酒(至少五瓶了吧),居然面不改色。他说道:

"咱们是不是应该敬黄天一杯?"

一直等到他们都喝高了,马牛才听到自己想要的信息。他知道,人一喝高,就开始怀旧,开始回忆从前的事情,用一种伤感的口吻。先是一个叫康康的诗人喝着喝着,突然哭了起来。大家一开始还在聊天,后来因为他哭得太大声,大家不得不停下来,望着他不知所措。没有人问他为什么哭,因为大家都清楚,这种伤感的气氛是由黄天造成的。

"我比你们都要先认识他,"康康哭完之后说道,"那时候,他还没来北京,网名叫纯子,我们都在同一个网络论坛上写诗。慢慢的,我们就成了好朋友。后来他来北京,第一个找的就是我。那时候我住在单位宿舍,他和我挤一张床,睡了大半月才搬出去。那段时间，我们天天喝酒、聊诗歌、想发财。"

康康自己喝了一大杯，就不再说话了。

"你们后来还有来往吗？"马牛问。

康康用通红的眼睛看着马牛，说道："你是谁？"

马牛说他是黄天的朋友。

康康说："其实，我们已经半年多没有联系过了。"

"为什么？"

康康想了想，说："算了，不说了。"

"他不说我说。"旁边一个叫王子的人开口了。根据之前的了解，这个王子是个写散文的，经常在期刊和报纸副刊上发表散文，出过一本散文集，马牛是没听说过，但也许业内还挺有名。

"你也别说。"康康试图阻止。

"我就要说。他做了那种事情，为什么不能让人说？"

"他做了什么事情？"

"王子，他已经死了，再说这些有什么意义呢？"康康说道。

"是啊，他都死了，有什么不能说的。"

康康不说话了。王子开始讲了起来。

"大概半年前，黄天和康康就闹掰了。一开始我们也不知道原因，后来有一次康康喝多了，跟我们说了实情，原来黄天有一次私下里找到康康，让他帮忙写一篇小说，然后以黄天的名义，发表到《首都文学》上。"

"康康不是诗人吗？怎么也写小说？"

"他早就不写诗了,现在在写小说,小说的稿费多。"

"黄天为什么要让康康帮他写小说?而且《首都文学》也不好发表吧?"

"一般人想发表的话,是比较难,但康康没问题。他前妻是《首都文学》的编辑。"

"黄天为什么要发表小说?他不是做电视行业的吗?"

"这你就不懂了,他需要身份。"

"什么身份?"

"这么说吧,黄天虽然是做电视行业的,说得好听点,是一名电视工作者,说难听点,就是一个打工族。他写诗这么多年,一直写得很差,从来没有在正规刊物上发表过。可能他自己也知道,所以每次来参加聚会,他从不称呼自己是诗人,而是电视制片人。后来,他说自己不写诗了,要去写小说,但我们从没有见他拿出过作品来。我们怀疑他根本就没写,或者写了觉得太差,知道自己并不是那块料,有点自卑。所以,他才找到康康,让他代笔,弄出个作品,给大家看看,获得这个圈子内认可的身份。他以为这样就不自卑了,真是笑话!"

"挺于连的吧他!"一个叫阿怪的小说家搭腔道,"瞧瞧他,本来什么也不是,到了北京后拼命想往上爬,又做什么制片人,又买房买车,还想不劳而获当作家,人模狗样的。我还听说他一直在打听怎么买个北京户口。"

"别说了,这样说一个死去的朋友不太好。"康康皱起了眉头。

但在马牛的心里，这些故事进一步加深了黄天"人渣"的形象。

"这位哥们，马路是吧，你说你也写小说？"阿怪突然发问，把马牛弄得一愣。他说道："我也就业余写写。"

"哦，你们看，他这样说，说明不在意自己是不是有个小说家的身份，"阿怪接着说，"黄天要是像你一样，也许就没事了。"

"看样子你们都挺了解黄天的。"

"要说了解，还得问小虫。是吧，小虫？"

马牛看向小虫。他已经很长时间没说话了，但他显然没有喝多，而是在刻意保持沉默。

"哦，我刚才忘了，其实小虫比我先认识黄天，他们一起在东莞待过。"康康说。

"东莞？"

"我们以前一起在东莞的工厂里打工。那都是十几年前的事情了。"小虫终于说话了。

"我们都是南方人，他是湖南的，我是广西的。我高中毕业后就去了东莞一家玩具厂打工，在厂子里认识了黄天。我们住在同一个宿舍。后来我干不下去了，就回了老家，今年才来的北京。我打听到黄天也在北京，就和他取得了联系。是他带我来这个饭局的。"

"那时候你知道他写诗吗？我是说在工厂打工的时候。"

"知道。他常常拿他写的诗给我看，我也是受他影响才开始写诗的。"

"小虫不错,他的诗很有灵气,我们都喜欢他。"康康插话。

"嗯,改天拜读一下。你对黄天怎么看?他们把他说得挺不堪的。"马牛开玩笑地问小虫。

"没什么看法,我不喜欢评论别人。"

此话一出,气氛变得有点尴尬。最后还是康康举起了酒杯。

过了一会儿,马牛看时间快到九点了,想着还有任务,就找理由先走了。路过前台时,他顺手把单买了。

24

从饭局出来,马牛打了个车,去丽都附近与王维会合。他们今晚的任务是在这里蹲点抓色魔。事实上,他们前两个晚上也在这附近,但没有遇见什么可疑人物。他们还去找了两个受到侵害的女孩,可惜的是,她们都以工作太忙为由拒绝再被牵涉进来。对此马牛表示理解,他不能强求受害者那鼓起勇气站出来。

现在最大的问题是,他并不知道那个色魔究竟长什么样,会不会现身。就像他并不知道黄天究竟是不是被谋杀的,到底有没有凶手。但无论如何,工作还是要做,也许这就是一名警察的责任。

马牛看见那辆黑色的大众捷达——局里用来执行任务的车依然很老旧,也许是故意的,怕引起注意——停在路边的停车位里,便走过去,拉开车门,坐进了副驾驶座的位置。

"你怎么才来?"王维坐在驾驶座上,一脸不悦。

"和一群人吃了顿饭。"

"喝酒了？一身酒味。"

"喝了点儿。"

"你最好别让徐队知道。"

"你不说不就完了。"

"行吧！你说那个混蛋今晚会出现吗？"

"希望吧！"

马牛望着窗外。才九点多钟，街道上已经没什么行人了，显得有些冷清。丽都周围没有大型商场，热闹程度跟三里屯没法比。

"给你看一样东西。"

王维说着，拿出手机，点开了一张图片。马牛凑近一看，发现是一张新闻图片，上面有两个人。

"这是谁？"

"仔细看。"

马牛盯着照片上的人看了看，发现那个男人是董家铭，旁边挽着他胳膊的女人与他年纪相仿，没见过。

"我今天在网上搜董家铭时搜出来的，这是他携妻子参加某电影开幕式时的照片。"

"我不是太明白。"

"照片下面有说明文字。"

"普天大喜总裁董家铭携太太蒋静珠……等等，这个名字好像在哪儿听过。"

"奥迪A8。"

马牛眼前一亮。

"你确定是同一个人吗？"

"你来之前我已经打电话核实过了。这个董太太就是那个名下有十几套房、开奥迪 A8 的车主。"

"这么说来，这辆车在案发时出现在黄天车的右侧就不是巧合了。"

"绝对不是巧合。你说有没有可能，那天开车的不是董太太，而是董家铭本人？"

"看来还得再会会这个董家铭，"马牛停顿了一下，"这个案子真是诡异。"

"是的，所有人都在说谎。常乐在说谎，董家铭在说谎，丁静在说谎，曹睿本身就是个谎话精，就连黄天的妻子谢雨心也在说谎，计划移民。在一个案子里有这么多说谎者，实在太不寻常了。"

"也许他们每个人都有自己的目的。"

"不过说来说去，还是谢雨心的嫌疑最大，但不知道为什么，从女性的角度来说，又觉得她是最不可能的那一个。为了骗保而杀人，这也太明显了。如果真的是她干的，难道她不应该做得更低调一点吗？再说了，他们毕竟还有个孩子，生活得也不差，孩子才刚上小学，要是知道他妈妈做出这种事情，他们将来如何相处呢？"

"有道理。不过人心难测，很多人犯罪的动机匪夷所思，犯罪手法也极其低劣。这是现实，不是推理小说，并不是所有罪犯都是高智商。"

"但奇怪的是,即便如此动机明显,我们依然找不到任何证据,甚至连黄天到底怎么被杀的都不知道,难道真的是猝死吗?"

"不知道,但随着调查的深入,我越来越不相信所谓的猝死之说了。你知道这起案子最让人费解的地方是什么吗?就是当时把死者包围的三辆车竟然都是死者的熟人,而且他们都对当时的情况表示不知情,这可能吗?是不是也太巧了点?而且,我去问询他们的时候,他们都表现得异常直白,一点隐瞒和不配合的意思都没有——这跟谢雨心给我的感觉很类似,非常矛盾,又无懈可击。"

"你说会不会是他们合伙把黄天给干掉了?我看过一本小说,里面所有的相关人士都是凶手,他们之间相互做伪证,给警察破案制造迷雾。"

"不排除这种可能。"

"最可怜的还是孩子,这么小就没了爸爸……"王维或许又想起了自己的身世,有些伤感。

"也许我们需要见一见这个孩子。"

"见孩子?有必要吗?"

"他已经上小学了,也许会知道点什么,比如他爸爸和妈妈的关系到底如何。"

"可是,你不觉得这样有点残忍吗?爸爸刚去世,他就要接受警方的询问,他还是个未成年人。"

"他需要知道自己爸爸死去的真相,否则会困扰他一辈子。再说吧,我也不确定。"

王维不说话了，她显然对马牛的这个提议不是太赞同。

过了一会儿，王维问："你还在想着她？"

"谁？"

"真真。你对她的死一直耿耿于怀，记得你说过，如果你陪她去汶川的话，也许结果会不一样……"

"我不想谈论她。"

"你在逃避。"

"没有，我没必要逃避。"

王维把脸别了过去，看上去有些生气。

接下来是一段长时间的沉默。马牛体内的酒精渐渐起了作用，他开始犯困。这世界上有两种喝醉后的表现：一种是话特多；一种是犯困，倒头就能睡着。马牛属于后者。于是，他将头靠在座位上，慢慢闭上了眼睛。

也不知道睡了多久，他突然被一阵怪异的叫声惊醒，猛地睁开眼睛，发现自己竟靠在了王维的肩膀上，于是立马坐直了身子。

"不好意思，我……"

"别说话，"王维示意他闭嘴，"我好像听见有人尖叫。"

"我也听见了。"

"会不会是……"

马牛马上来了精神，酒也醒了一大半。

"你在车里等着，盯着马路。"

说着，他推开门下了车，站在路边一动不动地仔细倾听。一辆出租车从马路上飞驰而过。就在这时,那个叫声又响起了。他确定是从某个女人嘴里发出来的。

声音好像是从前方路边绿化带里传出来的,马牛立刻朝传来的方向跑去。他不断靠近,突然想起自己下午回家换了身牛仔服,没带枪和手铐,但已经顾不得那么多了。他朝那片发出声音的树丛挪了过去。

"警察!我数三声,里面的人给我出来!"

没有回应。马牛看见地上有一根树棍,心想是不是应该捡起来当个武器。

"一!"

还是没有回应。

"二!"

话音刚落,他明显感觉到树丛后面动了一下。管不了那么多了,马牛连"三"都没数,就直接冲进了树丛。

他看到一名女性穿着全套深色的运动服,四仰八叉地躺在草地上,上身衣服凌乱,下面的紧身裤被脱到了大腿的位置,一只运动鞋甩在一边。马牛走近一看,发现女孩双目紧闭,额头被砸破了,血流不止,似乎被打昏了。

身后传来了沙沙的脚步声。马牛猛地一回头,发现是王维。王维脱下外套给女孩披上,然后掏出纸巾给女孩的额头止血。马牛则半蹲身体,通过草地上被踩踏的痕迹,迅速起身向前追去。一路上,他不断用手拨开细小的树枝,手背被划破了几道小口子。终于，他听到了前方的脚步声。

"站住！"

对方没有任何要停下来的意思。接着，马牛看见一个黑影一闪，冲出了树丛，逃到了马路上。马牛跟着也冲了出去。

借着昏暗的路灯，马牛看见了他。他深色的帽衫罩住了头，只能看到背部，帽衫后背上是一条大大的鲜红舌头。他个头不高，但四肢看起来非常粗壮，跑得很快。没工夫细想，马牛拔腿追了起来。

这里是午夜过后的北京东四环。沿着京密路，马牛和那个人一前一后地跑着。气温有点低，大量的冷空气通过他的嘴巴进入体内，逐渐降低了他的速度，不过他并不打算就此放弃。要论绝对速度马牛可能跑不过前面那个"大红舌头"，但要拼耐力，他这警校耐力王可不是盖的。就这样，全速跑了大概两三千米之后，那小子终于慢了下来，而马牛依然能保持匀速。只有在跑的时候，他才觉得自己这个名字真是没有白取。终于，在靠近大山子的地方，马牛追上了他，一个鱼跃将他扑倒在地。

他把那人的帽子扯下，掰转过身来。那家伙戴着黑色大口罩，看不到样貌。马牛试图将他擒拿住，但发现对方力气大得像头牛。他们扭打在了一起。这个人个头不高，但非常结实，也很灵活，马牛个头比他高，反而在摔跤上吃了一些亏。对方抱住他的腰，用头顶着他的下巴，他有点使不上劲。

两人摔跤的地方在大马路旁边的人行道上，几米外就是来往的汽车。遗憾的是，所有过路的司机都对这两个抱在一起的男人没有丝毫兴趣（马牛没穿警服），也许在他们眼里，是两个喝多了的醉鬼在闹着玩。

马牛渐渐占了上风。对方不过是个普通人，而他是受过专业训练的刑警，对方即使力气再大也终究不是他的对手。终于，他把对方压在了身下，一把扯掉了他的口罩，一张丑陋的面孔露了出来，皮肤有些黑，嘴唇上方有一颗大痣。马牛想，这下即便烧成灰也能认出他来了。

就在这时，马牛的酒劲突然上来了。也许是之前吸了冷空气的缘故，一阵恶心的感觉让他想吐。对方逮住了机会，猛地往上一顶，就把马牛从身上顶翻了下去，并且由于惯性，马牛滚下了人行道的台阶，一直滚到大马路上。

还没来得及反应，一辆土方车就朝马牛冲了过来。土方车开着大灯，晃得他什么都看不见了。一种前所未有的恐惧感陡然而升，他闭上了眼睛。

巨大的声响朝马牛碾压而来，又轰然离去。片刻之后，他睁开眼睛，意识到自己没死——刚才躺下来的那一刻，他正好处于土方车的轮子间，侥幸躲过一劫。但他还没来得及庆幸，一辆黑色的轿车又朝他直冲了过来。

马牛赶紧奋力朝旁边一滚，侧身撞在了马路牙子上。他感到肩膀生疼，不过这种疼痛也证明他还活着。他站了起来，望向那个刚才跟他斗成一团的家伙。出乎意料，刚才差点撞到他的那辆黑色轿车停在了不远处,而那个男人拉开车后门迅速上了车。这辆没有牌照、后车窗上贴着一张变形金刚贴纸的黑色雪佛兰轿车飞快地消失在了北京的夜色中。

马牛回到案发现场,发现那个女孩已经清醒了,王维正陪在她身边。

"你怎么样?"

女孩默不作声。

"抓住了吗?"王维问。

马牛摇了摇头。"不过我记住了他的样子。先送这位姑娘去医院。"

女孩还是不说话,看上去应该是受到了严重的惊吓。

十多分钟后,他们到了医院。简单的处理和包扎之后,他们开始给女孩录口供。

女孩说自己最近在健身,几乎每天都会夜跑,今天因为加班回家比较晚,所以出来跑步的时间也比较晚。这条路她跑过无数次,非常熟悉,从没想过会遇到色狼。

"而且我学过一点跆拳道,自认为挺厉害的,结果发现完全不是这个臭流氓的对手。"

"其实对抗主要看的还是力量,学那么一点跆拳道没太大用。你俩力量悬殊太大了。"说话间,马牛看了一眼王维。他觉得自己打不过她,不管是力量和搏击技巧都差她一截,心想如果之前让她去追那个色魔,也许会是不同的结果。

"我真没想到会出现这样的情况。怎么会允许这种下三烂出来害人呢？"那个女孩愤愤不平地说道。

"对不起，是我们的失责，没有保护好你们的安全。"

"现在几点了？"她问道。

"两点多了。"

"哎呀，我得赶紧回去了，明天还要上班。"

"要不明天请个假吧？好好休息一下！"

"不行，明天公司有个重要的项目，请不起假。"

"这样啊……那如果到时候抓到那家伙，可能还需要你来警局配合指控。"

"这点你们放心，只要能抓住他，我一定会配合的，随叫随到。这个混蛋我是不会放过他的。"

马牛听了有点吃惊。眼前这个女孩跟之前两个受害者的态度完全不同。

"你挺勇敢的。"王维说道。

"我一个人在这个城市拼搏，需要的就是勇敢。一旦你们抓住他，我必须站出来指控，让他坐牢，免得其他女孩再受到伤害。"

"好。那我先送你回去。"王维说着，准备去开车。

"等等，我还有一个问题。"马牛说。

"请问。"

"你还记得他当时是用什么东西砸你头的吗？也许我们再回现场找一下凶器，能查出他的指纹。"

"我想想,"女孩伸手摸了一下被纱布包住的头部伤口,"当时太黑了……"

"没关系,说一下形状也可以。石头吗?圆圆的,还是尖尖的?"

女孩痛苦地摇晃着脑袋。

"算了,我看还是先别问了。"王维说道。

"好。你先回家,等想起来再给我们打电话。"

"噢,我想起了,"女孩突然提高了音量,"是一把手枪的枪托。"

"等等,"马牛愣住了,以为自己听错了,"你说什么?枪托?"

"是的,他脱我裤子的时候,我尖叫了一声,然后他用枪托砸了我的头……"

"你确定是枪托吗?"

"对,就是枪的金属手柄。"

"玩具枪吗?"

"不,我感觉像是真枪,要么就是仿真枪,因为很硬,像是铁制的。"

马牛和王维迅速对视了一下。

"你的意思是,你头上的伤口不是被石头砸的?"

"不是,是枪,"她似乎有点生气了,"你们怎么不相信我呢?真的是枪。"

"这么确定?你见过真枪?"

"当然。我在影视公司工作,有时候也会去剧组。有一次拍警匪片，我们副导演从公安部门借了把真枪过来，我亲手摸过。"

"即便如此，你也说了，光线那么黑，而且只是一瞬间的事情，你怎么这么确定那就是枪呢？"

"因为我还看到了枪口，黑洞洞的。虽然我的头被砸了，有点晕，但我看到的就是枪。后来我就昏过去了，直到醒来看见你们。"

"好吧！"

马牛在笔录上记录下了这些信息，然后让女孩在上面签了字。

"王维，你送她回去吧！"

"你呢？不一起走吗？"

"我想一个人待一会儿，好好想想。对了，姑娘，有件事还得拜托你一下。"

"什么事情？"

"今天的事情请你暂时不要发到网上。但凡涉及刑事案件，我们都会通过官方平台发布最准确的消息。"

"知道了。"

"没想到你的思想觉悟还挺高的。"王维讽刺了他一句。

马牛耸耸肩。

"我是不想让徐队再找咱们的麻烦。去吧，送完她你也回去休息。"

"你呢？"

"我扛得住。"

望着她们出了门，马牛在医院的长椅上坐了下来，开始重新查看这份口供。枪？真的吗？当警察这些年，他极少见过涉枪的犯罪。也许只是一把仿真枪，被那个家伙拿来吓唬这些被他侮辱的女孩，逼她们就范。如果真的是枪，那就是另外一个级别的案子了。

接着，他给负责嫌疑人画像的老陈打了个电话。

"喂，老陈，睡了吗？"

"马牛？你这么晚给我打电话做什么？"

"有个嫌疑人的样子，我想请你帮忙画一下。"

"老天，明天一早不可以吗？我这正睡觉呢！"

"明天我怕我忘记了。"

"你是认真的？"

"当然。"

挂了电话，马牛叫了一辆出租车，直接去了局里。到达局里时已经是半夜三点多了。他给自己冲了一杯浓茶，试图让自己保持清醒，然后不停地在脑海中回想那个人的样子：皮肤很黑、大眼睛、方脸、厚嘴唇、嘴角上方的大痦子……

没多久，他看见老陈骂骂咧咧地进来了。

25

上午十点，那个丽都色魔的画像已经传遍了整个北京城。人像不仅发送到了警察内部系统每个人的手机上，还发给了一些群众，他们都是一些对社会秩序怀有热心肠的大爷大妈，最大的优势是可以渗透到这个城市最基层的各个角落，并且不露任何痕迹地调查和搜寻。

然而，即便这样，依然没有那个长相非常显著的家伙的消息。现在警方知道，这人有车，有同伙，也许还有枪，是个危险人物，但就是找不到他的踪影。难道他已经离开北京了？

此外，交警也在排查那辆黑色雪佛兰轿车，同样没有任何收获。

就这样过去了一个星期。面对毫无进展的案情，徐队的心情一天比一天差，怒火越烧越旺，动不动就骂人。现在追查这个色魔已经不仅仅是马牛和王维两个人的工作了，几乎整个北京警方都在四处找线索，但案情还是停滞不前。

在这期间，马牛试着联系过一次董家铭，想让他就他的妻子蒋静珠的奥迪A8为什么会出现在事故现场给一个解释。但董家铭的秘书告诉他，老板去韩国参加电影节了，不知道什么时候回来。马牛知道对方在逃避，但无计可施。

这天上午，他接到了一个电话，竟然是谢雨心打来的。

"现在有空吗？一起吃顿饭。"谢雨心的声音听上去有些沙哑。

马牛看了时间，已经临近中午十二点了。

"我可能没多少时间……"

"我把地址发给你。"

说完，她就挂断了电话。紧接着，马牛的手机上收到一条短信。他轻轻地叹了口气，起身去拿挂在椅背上的警服，手伸到一半又停住了。他想起上次换下来的牛仔服还在沙发上放着，于是走过去拿起换上。刚到门口，撞见王维从外面进来。

201

"去哪儿?"

"去见个人。"

"谁?"

"谢雨心,"马牛停顿了一下,觉得没必要瞒着她,"她约我中午一起吃饭。"

"我和你一起去?"

"不用了。"

马牛用一种不容商量的语气拒绝了她,然后走出了警局大厅。

谢雨心约他在女人街附近的一家日式烧烤店见面。到了以后,他发现这家店特别小,进去以后,要下一层楼。她在一个隔间里冲马牛招手,随后,拉上了布帘。

"这里好小。"

"我以前和黄天常来。"

"是吗?"

"他第一次发工资就带我来这里吃烤肉。"

一时间马牛不知道说什么好。因为空间很小,他和她挨得很近,这让他闻到了她身上那种好闻的香水味。和前几次一样,她今天又换了一套造型:黑框眼镜,卡其色的长风衣,浅色修身牛仔裤,长筒靴,头上还戴着一条丝质的印花头巾。不得不说,她穿什么都很好看。马牛拿出手机放在桌面上,点亮屏幕,刚过十二点。这里一点信号都没有。

"找我什么事?"

"因为我下午在这里办事,离你不远,就给你打了个电话,纯粹是为了感谢。"

"不必这么客气,我又没帮你什么忙。"马牛突然意识到她在这附近办什么事了。

"你下午办签证吧?"

"不愧是警察。"

"你最近在办移民,而美国大使馆就在这附近。"

"你在查我。"她微微一笑,似乎并不生气。

"我是在查你。"

"查到什么了吗?"

"有一些,但不多。"

"恐怕你得抓紧时间了。"

这时,帘子拉开了,服务员把切好的牛肉和配菜送了进来,然后装上铁盘,点上火,开始往铁盘上夹肉。

"我们自己来。"

谢雨心从服务员手中接过铁夹子,服务员欠了欠身,退出去了。门帘重新被拉上。谢雨心手法熟练地烤着肉。

"你计划什么时候走?"

"下个月吧!签证下来就走。"

"是不是有点太着急了?"

"我知道你在想什么。急着把尸体火化,急着把车报废,急着卖房，急着移民，或许你还查到我儿子黄佳是黄天生前巨额保险的受益人，而我是他的监护人。你在想，这个女人是不是谋杀丈夫的凶手？"

"我没有……"

"别不承认，我不傻，"她停顿了一下，"其实我只是想早点摆脱这一切，这种不安的生活，这段痛苦的回忆，还有这座城市。"

她看着马牛，眼里全是忧虑。

"我想忘记这里的一切，彻底忘记。在北京生活了这么多年，最大的一个感受就是，这里就像一辆巨大的、高速行驶的、无情的汽车。我和黄天刚来的时候，以为自己是汽油，是推动汽车前进的动力。在这里，我们挥洒着自己的青春和激情。你看看北京这些年的变化，十几年前，四环外还是一片荒芜，现在呢，已经进化成了所谓的国际大都市。我认为是我们这些外来者参与建设了这一切。结果到头来，我们什么都没有。我们燃烧了自己，结果却变成了尾气，被排出车外，飘在空中，没有任何价值，还污染环境。

"我们有很多朋友都是这样离开北京的。在身边，还有大量的朋友离开。他们在这里找不到归属感。我和黄天也计划过两年就离开北京，但没等到那一天，他死了，他是被逼死的。"

"你是不是有什么话要跟我说？"

"没有，"她收起了真诚，重新戴上了微笑的面具，"吃肉吧！都烤煳了。"

她把一块烤熟的牛肉从铁盘上夹到马牛的盘子里。马牛再也忍不住了。

"你真的了解你丈夫吗?"

"你这话是什么意思?"

"我最近见了一些人,与你丈夫黄天有过接触的人,工作中的,生活中的,在他们眼里,黄天是……"

"人渣,对吗?我知道外面的人怎么看他。"

"哦?"

"我根本不在乎别人怎么看他。每个人的立场不同。别人眼里的他为了成功不择手段,但在我看来,那只不过是他为了生存、为了家人而做的努力。我和他生活了十多年,没有人比我更理解他,他是一个可怜的好人。他受过苦,也遭受过巨大的伤害。也许他曾经懦弱过,间接伤害过一些人,但这次他全部还清了。"

马牛仔细琢磨着谢雨心的话。作为一个土生土长的北京人,马牛是和黄天截然不同的一类人,他对生活没什么要求,对世界抱有虚无态度,对成功一点兴趣也没有,因此他不太能理解黄天努力奋斗的动机。他不明白,像黄天这样的人为什么一定要往上爬,一定要留在这里,拼死拼活,结果搭上了自己的性命。他想,他要是黄天的话,没准早就把房子卖了,开着车带着媳妇和儿子回到湖南,找个小城,一家人快快乐乐、没有压力地过一辈子。这就是人生观的差异。他突然想起一件事。

"孩子呢?跟你一起走吗?"

"我先过去,等安顿好了再回来接他。"

"那他在这边谁照顾呢?"

"一个亲戚。"

"黄天的事情,你是怎么跟孩子说的?"

"实话实说。我对他说,你爸是为了保护我们才死的,我们为他感到骄傲。"

"孩子能听懂吗?"

"当然,他已经七岁了。"

"对了,如果你不介意的话,我想跟孩子谈谈。"

"最好不要去打搅他。"

"可是……"

"不要!"她突然大叫了一声。马牛感觉帘子外面有人靠近,想必是服务员以为里面发生了什么事情。过了一会儿,服务员又走开了。他顿时觉得自己应该走了,但她先开了口:

"我还是走吧!很抱歉,请你吃饭却变成这样子。"

"没事。下次再约。"

"恐怕不会有下次了。"

马牛明白她的意思,点点头。

她站了起来,准备出去,突然,回过头来望着马牛,嘴巴张了张,想说什么,但最终还是没有说出口。

马牛爬上楼梯,刚走出烤肉店,就有电话进来了,是王维。

"你跑哪儿去了?"

"我不是说过……"

"手机怎么打也打不通,我都快急疯了。"

"出什么事了?"

"找到那个色魔了!"

"是吗?"马牛一阵兴奋,但很快感觉到了不对劲,"不会吧……"

"对,他死了,你快回来吧!"

26

在座的各位,今天有多少人是开车来的?谢谢,把手放下……(摇头)我想说,你们这是有多想不开。

在北京开车需要极大的勇气。因为实在是太堵了,堵得人意志消沉,堵得人精神错乱,堵得人怀疑人生。

北京到底有多堵呢?前几天一美国朋友给我打电话,说他要去赌城玩。我的第一反应是,什么?"堵城"?你这是打算回北京吗?

别笑,不信你们去三环上看看,就知道这个城市有多堵了。毫不夸张地说,那简直就是一个大型停车场。现在不是不好找地方停车吗?我建议大家上三环,绝对有车位,也没有交警贴条,关键是还免费!

我不怎么开车,我讨厌开车,因为我没车。我摇不上号,连续试了几次,放弃了,还是把机会留给其他想买车找罪受的人吧!祝他们早日摇上号,过上每天堵在大马路上的"幸福生活"。

不过对很多人来说，堵车也是一件好事。我一哥们，平时没时间学习，只能在堵车的时候学学英语单词，结果一年下来，整本《牛津高阶英汉双解词典》他都能背下来了。

还有个哥们，本来准备和老婆离婚的，结果开车去民政局的路上被堵在了三环上。上三环之前，两人还吵得不可开交，等下了三环，他们又恩爱如初了。可以说，堵车挽救了不少即将破碎的家庭。

现在好多人说大城市的节奏太快，想回到乡下或者小城市去过所谓的慢生活。这绝对是一种误会。想追求慢生活根本不用去远方，来北京好了，买一辆车，开车上路，大家可以在车上看书，喝茶，焚香，抄经，吟诗作画，种草养花，要多慢有多慢。反正你堵着也是堵着，想快都快不起来。

开车很难，难道我们这些不开车的人就不难吗？出行同样需要巨大的勇气！北京实在是太大了，每次去一个地方都要鼓足勇气，因为很可能要花费好几个小时在路上，而且人多得让你随时崩溃。

比方说坐地铁，有时候挤得根本没法动，只能跟着拥挤的人群动。他们动，我动，他们不动，我自岿然不动！

如果你是一名男性，前面恰好又站了一名女性的话，这个时候，你的手得这样（高举双手）……看什么看！我是清白的！

被挤着的时候，前面这位还在用手机看网络小说。我闲着无聊，当然也跟着看（手还是举着）。过了一会儿，我忍不住说：下一页。她看太慢了。

如果她看的是侦探小说,我会用一种沉稳而充满磁性的男中音告诉她:那个戴帽子的就是凶手。

后来,她烦了,不看书了,开始和她男朋友发微信。她说自己不太舒服。她男朋友回答,多喝点热水。我看见了,摇摇头,说:唉,还是分了吧!

今天就到这里。我是马牛,咱们下周见!

27

尸体是在通州发现的。因为超出了朝阳区管辖的范围,一开始,通州警方也没打算通知朝阳刑警大队,只是在验尸的时候,有人说了一句"这人怎么跟前段时间被通缉的那个丽都色魔长得有点像",但因为脸被打烂了,无法对着画像验证,于是将电话打到了徐一明这儿。于是徐队就让王维通知马牛,意思是最好去一趟,毕竟他才是曾经离这个色魔最近的人。

到了通州公安分局,一名负责对接的警员肖虎领着他们去了太平间。马牛只看了一眼,就确定是他——那个跟马牛在大马路上玩摔跤的家伙。他嘴唇边上那颗恶心的大痦子,牢牢印在了马牛的记忆中。只不过,他的脸确实烂得有点可怕。

"枪杀,"肖虎介绍说,"有人从正面对着他的脸开了三枪,所以,就成这样了。"

马牛立即想起来上次那个受害女孩做的口供。当时她说,那个色魔是用枪柄敲破了她的额头。这两把枪会是同一把吗?

"从弹头看,是 7.62mm 口径的枪,我的同事还在现场寻找弹壳,所以暂时无法通过弹道实验来确定枪的型号。"那名警察继续说。

马牛点点头。撞针撞击火药雷管,子弹从枪口射出去的一刹那,不同的枪会在弹壳和弹头上留下不同的特征。如果子弹的弹壳能找到,通过弹道实验,很容易就能推断枪的型号。这项技术非常精准。沿着枪的来源去搜查,范围会缩小很多。毕竟在中国,获得枪的渠道非常少。

"是在什么地方发现他的尸体的?"

"潮白河的岸边。"

"潮白河?"马牛感到有些不解。据他所知,潮白河是北京与河北的分界线,河的西边是北京的通州,东边是河北廊坊的燕郊。

"一个常年在河边钓鱼的市民发现了尸体。当时他就那样面朝下趴在泥里,身上什么衣服都没有。"

"也就是说,现场没有找到任何能证明他身份的东西?"

"没有,除了尸体,什么也没有。当然也有可能被河水给冲走了。"

"DNA 呢?"

"已经提取了,并与全国 DNA 数据库进行了配比,但没有查到。指纹也查了,同样没有收获。目前只能说,这个人身上没有任何犯罪记录。"

"这还挺麻烦的。"

"是啊,现在只能看法医解剖尸体后能不能有一些有价值的信息。不过既然涉及枪,这起案件的级别恐怕得往上调。"

马牛的眼前立即浮现出徐一明听到这个消息后那张眉头紧锁的脸。

这时,肖虎的手机响了。他说了声抱歉,然后走到一旁去接听。过了一会儿,他回到马牛身边。

"有发现。刚才我在现场的同事打电话来,说找到了一辆车。"

马牛一阵兴奋。

"是不是一辆黑色的雪佛兰?"

"没错。要不要一起去现场看看?"

半小时后,他们站在了通州与顺义两区交界的潮白河畔。河水潺潺,自北往南奔流而去。河滩已经围上了警戒线,仍然有一些警察在仔细搜查可能遗漏的线索。马牛站在堤岸上,发了几秒钟的呆。

"走吧,车在那边。"

他们驾车来到离尸体发现处两千米的一处荒地。此地的杂草差不多有一人高,汽车隐在里面不太容易被发现。马牛走近,一眼就看到了后车窗上的变形金刚图案。几名鉴证科的同事正在车上细心取证。

"我们在尸体发现处动用了三架无人机,在方圆三千米内的空中搜索,结果找到了这辆车。是你们在找的那辆吧?"肖虎问道。

"是的。我们在北京市内布下了搜查网,这帮匪徒估计也知道这车不能再用了。"

"既然车扔在这儿，没准这帮人就住这附近。"

"有可能。得派人在这附近好好搜一搜。"

"当然。"

"另外，咱俩留个联系方式吧，我想第一时间知道这辆车的检查结果。"

"没问题。"

又是一个多小时的车程。他回到了朝阳分局，然后跟徐一明汇报了情况。徐一明听完后陷入了沉默，显然在思考什么重大的问题。从他最近没有好好修理拉碴的胡子可以看出，国际会议把他折腾得够呛。过了一会儿，他开口了。

"说说你的看法。"

马牛想了想。

"我推测，也许是他的同伙把他干掉的。"

"理由呢？"

"我跟他交过手，他身上有一股不要命的狠劲。可想而知，他的那帮同伙也不是什么善类，这样暴力的杀人方式比较像他们的做派。另外，在他身上没有找到那把枪，很可能是被人拿走了。我想不出除了他的同伙还能是谁。"

徐队点点头。

"而且我一直在想，他可能是因为我才被杀的。"

"因为你？"

"没错，他在丽都作案，结果遇到了我，并且差点被抓住。最关键的是，第二天他的画像就在全市的警察系统里出现了。这个爱惹事的色魔成了同伙的累赘，所以才会被痛下杀手。"

"想多了吧？他不就是个色魔？就因为他耍流氓被人发现就要把他干掉？说不通。"

"他们不是普通的流氓，哪个在街边非礼女孩的流氓身上带着枪？"

徐队不说话了。过了一会儿，他又说道：

"说说你接下来的打算。"

"还是得先确定死者的身份，应该把画像传到全国的警察系统，看看会不会有人认出他来。另外，我建议沿潮白河沿岸搜索，看看有没有人见过死者。他们弃了车，应该走不了多远。"

"就按你说的做。另外，你要盯着通州那边的搜查进展，国际会议开幕的日子越来越近了，咱们任务艰巨啊！"

马牛点点头表示明白。

接下来的一个星期，马牛一直坐在电话前，不停地接听来自全国各地警方的电话。他们找到了不下一百个与死者相似的人，但照片发过来以后，马牛发现都不是他要找的人。这有点出乎他的意料。中国虽然人多，但几乎所有人都在出生时就登记了户口，所以，理论上来说，中国境内只要有这个人，就一定能在户籍资料库中找到。更何况死者的脸部特征这么明显，没道理一点信息也查不出来。

当然,也有另外几种可能:这人整过容,或者他来自某个不通网络的地方,那边的警察没接到消息或者接到消息后也没尽心去查。总之,他们始终没有查到这个人的身份。案件再次陷入了僵局。

与此同时,关于黄天的话题不知怎么在网络上火了起来。

起先,是一个知名自媒体写了一篇文章,大体内容是以一个外地人的身份谈在北京生活的种种艰辛。

这篇文字前半段几乎把在北京所能遭受的一切屈辱和不适都吐槽了一遍。之所以说前半段,是因为后半段作者猛然来了个大转折,"但是",虽然北京有种种不好,但是他并不想离开,为什么?因为这个城市大而包容,远离家乡,没人在意自己,而他不想被人在意,想独立,想自由,相比那些生活上的不适,精神上的独立他看得比命还重要,在这样一个城市,他痛苦而快乐着,伤感而坚持着。换言之,除非有更好的去路(比如移民),否则他就一辈子不走了。

结果是可以预想的。这篇文章很火,反正朋友圈都被刷屏了。有的人被作者风趣的转折给逗乐了,有的则被作品中有关外地人的经验所打动。也许是北京外来人口很多的缘故,这样的话题永远有效,而且每次都能像针一样准确地刺到很多人的神经。

这样的文章经常有,倒也没什么可说的。但问题是热点一来,真是挡也挡不住那些蹭热点的。其中有篇回应的文章,揪出了文章中的一个点展开论述，引出了另一个话题——外地车。

这位仁兄自称是北京人，说自己之前从来不开车，都是坐公共交通，或者打车，也乐得自在。只不过前几年因为家里生了孩子，逐渐感觉出行不太方便，于是想买辆车，但死活摇不上号。但问题是，路上并没有因为限制摇号而交通畅快起来，反而越来越堵了，这位老兄仔细观察了一下，发现外地牌照越来越多。也就是说，这样的摇号政策并没有限制住外地车，反而限制住了他这样想买车却摇不上号的守法公民。他认为导致这种现象最大的原因是惩罚力度太低了。这样一来，他感到了巨大的不平衡，不明白这样的政策到底是为谁准备的。限制好人吗？他在文章的结尾呼吁，有关部门要不要改变一下车牌政策，或者学学上海，实行拍卖制度？非常可惜的是，这篇文章很快被微信删除了。

这篇文章在删除之前，被转到了马牛这边。因为作者在文章的开头，引用了马牛正在调查的这起案件。他重提了之前那起国贸桥猝死事件，并且声称死者开的正是一辆外地牌照的汽车。

马牛开始思考另一个问题：死者黄天，看上去在北京取得了一些成就，有车有房，却开着一辆外地车牌的车。他没有北京户口，是否也会像第一篇文章中提到的那样，充满身份感缺失的焦虑呢？

答案是肯定的。马牛记得上次和谢雨心见面时，她同样提到了这一点，并且说道，如果黄天不死，他们计划过两年离开北京。恰巧在这样一个时间段，黄天死了，而且死得那么蹊跷。这么多不合理的巧合，到底是为什么呢？

现在回过头来再看这件事,马牛会感觉其中充满了象征的意味。一个在北京拼搏了多年的人,为了往上爬(姑且这么说),或者说为了留下,不择手段去伤害他人,最后在北京最繁华的地段,猝死在一辆外地车牌的车上。这太戏剧性了。这种死亡方式仿佛在告诉全世界:我死得多么像一块纪念碑。

刻意的死亡,做作的象征,不自然的猝死事件。

一切都指向了谋杀。

他决定再去见一次谢雨心。从动机和事后行为来看,她依然是最有嫌疑的那个人。上次在她家,他总觉得有什么地方不太对劲。也许再去一次能抓住那种不适的感觉。

不过当他和王维来到谢雨心家,不断地按门铃,却没有人出来开门。他试着拨打她的电话,发现也关机了。门上贴着一张水费单,日期表明是上周贴上去的,而那天正是他和她在那家烤肉店见面的日子。难道从那天开始,她就没有回来过吗?马牛突然有一种不祥的预感。

在楼下,他们遇到一个挂着胸牌的中介领着一对夫妻的人经过。马牛灵机一动,叫住了那名中介。

"哦,你说的是那个房东啊,我已经很长时间没见过她了。"

"她不是在卖房子吗?"马牛很清楚,某个小区有哪个房子在卖,门口的中介肯定知道得一清二楚,即使他们之间存在强烈的竞争。

"是啊,我也搞不懂。她明明在我们店里挂了房源,每次我们找到一个客户，联系她想看房，却一次都联系不上。"

"电话打不通吗？"

"有时候不通，有时候不接，有时候刚响了一下就被挂掉了。也不知道她到底要不要卖房子！"

马牛沉吟了一下。

"知道了。谢谢你。"

回到警局，马牛想出各种办法试图找到谢雨心，但均无果。她之前在电台做过主持人，但自从生完孩子后就辞职了，跟之前的同事基本断绝了来往；她老家是东北的，打电话过去，家里的老人说她没联系过他们，解释了半天才打消他们的误会；她的朋友没人认识，更无从查起；上次那个帮他办移民的老外倒是说前几天和她通过电话，但只聊了会儿公务，不清楚她在什么地方……他现在担心的是，谢雨心很可能找了个地方躲了起来，然后一直待到下个月出国，一飞了之。

到那时候，他可能永远也找不到她了。

28

马牛重新梳理了一下黄天猝死事件的时间线。

十月三十一日下午五点三十分左右，黄天的红色森林人停在国贸桥最内侧的车道。此时，他的前面是常乐的大众辉腾，右侧是蒋静珠（董家铭）的奥迪A8。

下午五点三十五分，丁静从后面的特斯拉上下来，走到副驾驶座的一侧敲车窗,然后绕到车前愤怒地拍前盖,打电话报警,回到车内等待。整个过程差不多花了五分钟左右。与此同时,常乐和董家铭的车都已经开走了。

下午五点四十六分,胡枫出现。他同样试图"叫醒"黄天,无果,于是呼叫拖车,同时开始疏通交通。大概又过了五分钟,特斯拉才脱离困境,离开现场。

下午六点零二分,拖车来到现场,并把森林人拖到了车上,然后在胡警官的指挥下,从最内侧车道移到最外侧应急车道,再开到三角停车带。这个时间点是下午六点十八分。此时,森林人仍在拖车的车身上。

下午六点二十五分,交警开始破窗,一分钟后,他将黄天抱出汽车,并对其实施了现场急救。

下午六点五十五分,120来到现场。与此同时,马牛出现。

从时间线上看,黄天应该是一开始就死了。如果是谋杀,因为"密室"的存在(汽车从内部锁死),那么按照之前的推断,极有可能凶手当时就在车上,杀完人后从车底离开,然后从另一辆车的车底上去,逃离现场。完成这样的谋杀凶手要具备三个条件:一、与死者黄天相识;二、训练有素,可以赶在两分钟之内完成(堵车期间交通停滞的最长时间为两分钟);三、有隔壁的车作为接应。第一条无从查起,第二条也很难确定怀疑对象,第三条倒是可以排查一下。

目前来看,将黄天的车前、后、右包围起来的车的车主都是与黄天认识的。丁静的特斯拉因为底盘很低，首先可以排除，剩下的辉腾和奥迪A8倒是可以作为接应车，只不过需要确认一下，这两辆车的底盘是否被改装过。

另外，还需要确认的是，什么样的杀人方法能不留任何痕迹让死者看上去像猝死而非谋杀？马牛当时就在现场，他检查过车内，没有发现任何凶器和血迹，死者身上也没有伤口，所以，极有可能是下毒。

马牛查看了一本有关毒药的工具书，他根据形态、药性、发作时长、症状等因素一一进行排查。

强心苷类药物，如西地兰、地高辛，症状上像猝死，但需要大剂量，不大可能在短时间内毒杀人。像氯化钾一类的平衡电解质类的药物，则需要静推。

二噁英是一种毒性极强的毒药，一个成年人只需要五十微克就能致死，但它的作用相对而言会慢一点，时间上不符合，死亡症状也和猝死不一样。

最有可能的是氰化物。因为毒性巨大，药效很快（最快五秒，比较符合堵车时瞬间的毒杀），症状上像猝死，且无色无味，很有隐蔽性，但因为属于管制类化学物品，一般人不太容易搞到。

现在的问题是，尸体已经被火化，无法通过尸检来确定毒药。此外，就算是毒杀，凶手又是怎么下毒的呢？水？注射？还是口服？现场没有任何证据（例如水瓶、注射器、药品等）能支撑这样的判断。

一切又回到了原点。

另外还需要确定作案的时间。除了那三辆车的车主，有巨大作案动机的谢雨心已经消失了，连同唯一能证明她没有作案时间的孩子也一起失踪了。

"该下班了。"

王维打断了马牛的思路，指着墙上的钟。

噢，已经六点半了。马牛站起身，开始收拾桌上的资料。

"你今晚有空吗？"

"嗯？"

"我在想，要不要一起吃顿饭，然后，去看场电影……"

"我还有许多资料要看……"

"今天是我生日。"

"哦，是吗？几岁？"

"什么叫几岁啊？我又不是小孩子。"

"那……好吧！去哪儿？"

"去世贸天阶吧！"

"这个点坐地铁会不会太挤了点？"

"开车去。"

"借警车出去恐怕不太好吧！"

"谁说要借车了？"

她笑着领马牛来到大院，然后掏出一把遥控车钥匙一按，嘟嘟两声，一辆粉色的MINI瞬间亮起了灯。马牛瞪大眼睛看着她。

"没想到你是白富美啊!"

"贷款买的。上车吧!"

马牛坐上副驾驶座的位置,关上门。一股好闻的香水味扑面而来。一抬头,发现后视镜上挂着一个皮卡丘玩偶。MINI,粉色,香水,皮卡丘,这完全颠覆掉了王维在他心目中的女汉子形象。

"意外吧?这才是真实的我。"

她说这话时一脸傲娇,好像在宣布什么重大的秘密。

"走吧,希望待会儿看的电影不是《冰雪奇缘2》。"

"啊,你怎么知道我们要去看这部片子?"

说完,两人哈哈大笑起来。

出大门的时候,王维朝车窗外的门卫挥手打招呼。马牛看见车窗缓缓升了上去,突然闪过一个念头。

"等一下!"

马牛大叫一声,把王维吓得一个急刹车,惯性使得他俩整个身体往前冲了一下。车就这么停在了警局的大门口。

"怎么了?"

"你的车窗……"

"车窗?"王维莫名其妙地看看车窗,又看看马牛,"怎么了?"

"我知道了。"

"知道了什么?"

"开车,送我去一个地方,有两件事情我需要确认一下。"

"可是电影怎么办?"

"不好意思。我答应你，等了结这起案子，一定陪你去看一次电影。"

"好吧！去哪儿呢？"

MINI 轿车停在了常乐家小区对面的咖啡馆门前。马牛让王维在车里等他，然后下了车，朝对面走去。十几分钟后，马牛回到了车上。

"继续出发。"

从董家铭家所在的小区出来时，已经是晚上九点了。马牛有点筋疲力尽，但依然显得很兴奋。

"怎么样？"

"和我想到的一样。"

"要不要跟我说说？"

"暂时还不行。"

"切，嘚瑟。"

"不是，还有一些信息需要核实。你明天有空吗？"

"干吗？"

"早上九点来我家接我，可能要忙一天。"

"行吧！"

"真是太感谢了。"

"得了吧！记得你欠我一场电影。"

回到家，马牛无视桌上牛夫人准备好的饭菜，直接进了房间，反锁上门，他需要彻底安静下来。打开电脑，他把微信里胡枫发来的现场照片全部导进相册，然后一张张点开，放大，重新查看。

"吃晚饭吗？"牛夫人在门口喊。

"不想吃！"

"吃一点儿吧，别饿出病来了。有你最爱的红烧鳊鱼。"

"不要！"

"就吃一点……"

马牛冲到房门口，猛地一把拉开门。牛夫人穿着围裙站在门口，被这突如其来的一下吓愣住了。

"妈，我现在要工作，不想被打扰。如果你们闲着没事，吃完饭就下楼去遛遛弯吧，行不行？"

说完，马牛不等牛夫人回应，就关上了门，重新回到了电脑边。过了一会儿，他听见了客厅大门关上的声音，他们出去了。

现在他终于获得了想要的安静。关上窗户，拉上窗帘，屋内只有台灯和电脑屏幕的反光。他盯着照片，一张一张，反复看反复看。时间一秒一秒地过去，终于，他发现了之前遗漏的地方。

打开卧室门来到客厅，马牛被一种极度的安静感染到了情绪。餐桌上的菜盘扣上了碗，显然是父母担心饭菜冷掉而这么做的。他有点后悔之前那样对牛夫人说话，于是坐到桌边，独自就着温热的菜吃掉了一大碗饭。随后，他起身开门走了出去。

到达东坝汽车报废厂的时候，已经快接近晚上十二点了。他完全可以第二天再来，但那种急迫而兴奋的情绪使得他不得不在这个点使劲敲打报废厂的大铁门。还是上次那个男人来开的门。

"警官，你怎么又来了？"

他穿着背心和秋裤，显然是刚从床上爬起来，但脸上只有委屈，没有愤怒。

"我要找一样东西。上次那辆报废的车还在吗？红色森林人。"

"早卖掉了。你来的第二天汽修厂的人就来了，把有用的零件全拖走了。"

"车体还在吗？"

"也卖掉了。那辆车很新，又是进口的，所以被卖得一干二净。"

"车窗玻璃呢？"

"玻璃？"

"对，那车运来的时候，后排的车窗玻璃应该都碎掉了。"

"你这么一说我想起来了，除了玻璃没人要……"

"在哪儿？快带我去。"

那男人带着马牛来到了后院靠墙根的地方。那里一片黑漆漆的，什么都看不见。

"我都堆在这里了。警官，你要不明儿一早再来？现在这么黑你没法找。"

"有照明设备吗？"

"有倒是有……"

"快拿过来。"

"可是……"

"快去啊，愣着干什么！"

男人摇摇头，走开了。马牛望着暗黑的角落，一言不发，就像面对一个黑洞。这么多天过去了，他不确定自己还能找到想要的东西。

用来夜间室外照明的大灯被拖来了。灯光打亮，整面墙瞬间由黑色变成了亮黄色。在一面斑驳的红砖墙下，靠立着几块车窗玻璃。马牛走了过去，蹲下。他看见了自己要找的东西：

那块已经满是灰尘、写有"马牛"两个模糊不清的字的前挡风玻璃。

29

第二天早上九点，王维开着她那辆 MINI 准时出现在了马牛家小区门口。上了车，他们直奔国贸桥。

半小时后，马牛和王维站在国贸大厦的旋转门外。

"你确定要这样做吗？"王维问。

"确定。"

"可是，这会不会像大海捞针一样？"

"不试试怎么知道呢？"

"好吧！谁叫你是马牛呢，倔脾气，认死理，而且还是那种苦逼兮兮的劳碌命。"

"你还挺了解我！"

"那是。"

"王维，其实你不用陪我的，这件事……"

"不，谁叫我们是搭档呢！"

说着，王维先马牛一步朝国贸大厦里走去。马牛笑着摇摇头，跟了上去。他的计划是，走遍国贸桥西北、东北、东南、西南四个方向的四幢大型建筑物，一家家去询问，看看到底有没有人恰好在那天看见了什么。现在一切都清晰了起来，只需要有一个目击者来证实他的猜想，所有的谜团就将被解开。但正像王维说的，这无疑是大海捞针。

光探访国贸大厦就花了他们一上午的时间，因为受到了各种阻挠。虽然他要去的只是五层以上的房间（以下是看不到国贸桥上面的），但大厦体量庞大，涉及太多部门，所以并不顺畅。尤其是酒店客房部分，因为有客人入住，原则上是不能打扰到客人的（其实价值也不大，毕竟已经过去半个月了，客人早就换了无数拨），他只能尽量找工作人员问话，内容基本是"十月三十一日这天的晚高峰，有没有人恰好往楼外看到在国贸桥上发生的事情"，得到的回答无外乎四种：没有，不知道，没看见，不记得了。

就这样，一个上午过去了，一无所获。马牛和王维坐电梯来到国贸商场的负一层吃饭。这里正值午餐高峰期，他们好不容易在一家茶餐厅找了个位置坐下，只能挤在角落里，而且还是和人拼桌。同桌的两个穿职业装的白领女性一直在聊她们的客户有多么傻，马牛听了半天也没听出她们到底是做哪一行的。他和王维就这么埋头吃饭,一句话也没有说。

"化验结果大概什么时候出来?"

吃完饭,来到路面,过街等红绿灯的时候,王维问道。他们计划中的第二个目的地是国贸对面的中服大厦。

"不知道。实验室的人说因为时间有点久了,上面积了灰尘,再加上液体挥发的因素,未必能提取到有价值的信息。他们说只能先试试看。"

"你把一整块挡风玻璃都搬过去了?"

"是啊,不然怎么办?"

"你怎么就觉得那两个字是死者用有毒的液体写的呢?"

"毫无疑问,黄天是被毒死的,但现场没找到任何跟毒物有关的东西。我一直觉得死者临死前想留下点信息,写我的名字是为了把我拉进来,但应该不仅如此。"

昨晚马牛去常乐和董家铭家楼下的车库检查了他们汽车的底部,并没有发现有改装过的痕迹,因此凶手杀完人后从车底逃走这一说法已经被排除了。这点在来的路上,他已经跟王维说过了。

"所以你怀疑黄天在中毒后来不及打电话报警,用手指沾毒液写字是最快的传递信息的方式。"

"我猜是这样的,所以需要进毒物实验室进行痕迹检验。等结果吧!"

这时绿灯已经亮了。两人迈步走下台阶,朝马路对面走去。刚走到一半,王维的电话响了。她一看来电显示,对马牛使了个眼色，然后按下接听键。马牛继续朝前走去。

等两人都到了马路对面，王维已经打完了电话，露出一副无奈的表情。

"徐队让咱们立刻回警队开会。"

"什么事？"

"不知道。他还指名要你跟我一起回去。"

"他怎么知道我们在一起？"

"你们到底在搞什么？"

一进门，徐一明就劈头盖脸对他们训斥起来。他有点生气，现在国际会议迫在眉睫，通州枪杀案没有一点进展，手下两个负责办案的刑警却在上班时间，连个影子都见不到！

"这案子是人家通州分局在主导，我们只是辅助查案。"

"查个鬼！马牛，你以为我不知道你在干什么吗？今天国贸大厦公关部的人给我打电话，说有两个警察到他们那里说在找什么目击证人。请问二位神探，为什么通州潮白河边的杀人案需要到国贸大厦找目击证人？你们是在找千里眼吗？"

"徐队……"王维试图解释。

"闭嘴。你也是的，我让你帮我盯着这小子，你倒好，和他一起来耍我，是吗？"

"跟他没关系，都是我的问题。"

"当然是你的问题！我……"

徐一明的手机上收到一条信息，他拿起来看了一眼，就放下了。

"现在也不是追究责任的时候。从现在起，你俩每天早上八点准时来上班，每天跟我汇报通州枪杀案的调查情况，清楚了吗？"

"清楚了。"

"去吧！不到下午六点不准下班，听见了吗？出去后帮我把门带上。"

这天下午，马牛又接了几个从全国各地打来的电话，看了一些传真过来的照片，没有一个是那家伙。他还打了电话到毒物实验室，对方告诉他暂时没有结果。到了下班时间，他收拾完东西，跟王维打了个招呼，就离开了。

回到家，马牛看见桌上摆满了饭菜。马庄主正坐在桌边一脸馋相，牛夫人穿着围裙刚从厨房里出来，双手端着一碗热汤。

"哟，儿子回来啦！"

"今儿什么日子啊？搞得这么隆重。"

"你先坐。我们正好有话跟你说。"

马牛将外套挂在衣架上，然后坐到桌边。他看见马庄主面前摆着一小块奶油蛋糕。

"有谁生日吗？不对啊，二位都不是今天生日。"

"今天是我和你爸结婚三十周年的纪念日。"

"哇，大日子。来，我先敬你们一杯。"马牛说着，端起桌上一杯果粒橙饮料。

"先放下。"

马牛放下杯子,不明所以地望着他俩。

"怎么了?"

"我和你爸结婚已经三十年了。你知道我们当时为什么结婚吗?"

"因为爱情。"

"因为你。"

"我?"

"对啊!那时候你妈我还是电视台的主持人,经常主持大型晚会,也许再坚持几年,没准有机会主持春晚。"

"真的假的……"

"你别打岔,听你妈说完。"马庄主不耐烦地说。

"结果肚子大了。领导虽然没有直说,但事实上,那些重要活动的主持人名单上,再也没有了我的名字。"牛夫人停下来咽了一下口水,仿佛咽下了多年积压在心里的委屈,"那时候我和你爸还在谈恋爱,完全可以选择把孩子打掉,但我心里只有一个念头,就是把孩子生下来。"

"多谢母后不杀之恩……"

"我不顾家里人的反对,和你爸领了证,后来,你就出生了。为这事,我跟你外公外婆闹翻了,好几年都不来往。后来我想出了一个办法,让你每隔十年就把姓改过来,跟你外公姓,他们才原谅了我。"

"难怪我叫外公也叫爷爷。这事我亲爷爷没意见吗?"

"我跟你妈结婚的时候,你爷爷已经去世了。"马庄主回答。

"哦。"

"等到你差不多一岁的时候,我回台里上班,但因为这一年多的缺席,台里的人事关系早已更张,新的主持人上来了,像我这样的'老人'只能主持一些无关紧要的节目,再也没有机会站上最重要的舞台了。就这样,我一直熬到了退休。"

"妈,您今天跟我说这些,该不会是来找我算旧账的吧?说实话,我也很被动,是你们选择让我来到这个世界上的,不能把人生的不如意都推到孩子身上。"

"我不是那个意思。因为今天这个日子,我才会跟你说这些。呃……"牛夫人犹豫了一下,"其实我想说的是,你来到这个家已经三十年了。"

马牛突然明白父母要说的话是什么了。

"吃完这顿饭,你呢,去房间收拾一下。从明天开始,你去外面租个房子。这里有两万块钱,"牛夫人正说着,马庄主十分配合地将一个鼓鼓囊囊的信封放到马牛的面前,"你已经长大了,该独立自主,去过自己的生活了。"

马牛望着那个装满钱的信封不发一言。他明白牛夫人说的是对的,但一时间还是有点不太适应。

"要不这样,孩子他妈,"马庄主对牛夫人说,"租房子也需要

231

一些时间，要不三天，哦不不，一个星期，让他慢慢找房子，找到之后再搬也不迟。"

"不用，"马牛站了起来，"我可以今晚就搬出去。"

"牛牛……"

"你们是对的，我的确应该自己去生活了。这些钱呢，你们还是自己拿着吧，钱我有。我这就去收拾东西。"

说完，马牛朝自己的房间走去。

"吃完饭再收拾吧！"

"你们吃，这是你们的结婚纪念日，好好享受！"

马牛回到房间，拿出旅行包，随便找了几身衣服塞进去，然后环顾了一圈这间住了三十年的房间，转身出去。

"你要不别走了？这都晚上了，你去哪儿？"

"我去单位凑合一宿。爸，妈，这样挺好的。我过我的生活，你们也不用整天围着我转。我也许就在这附近找个房子，没准走路上咱还能碰见。北京才多大，对吧？再说，你儿子是警察，没什么好担心的。"

"可是……"

"老马！"牛夫人喝住了马庄主，"让他去吧！迟早会有这一天的。找到地儿告诉我们。"

"嗯。"

马牛朝他们点点头，转身出了门。

来到小区门口，他才突然意识到自己其实无处可去。发小倒是有几个，但要么住得远，要么已经结婚生子，不太好去打扰他们。刑警队倒是可以，那里有张沙发，对付一晚没问题，只是他担心明早同事到了后会问东问西的。他不喜欢把自己的私生活摆在别人面前。真真已经不在了，如果她还没死的话，可以收留自己，可现在……一种尖锐的孤独感朝他直刺而来。

一辆公交车停在了离他十米远的公交站台。马牛只犹豫了一秒钟，就冲了过去，在关门那一刹那上了车。现在时间尚早，他想先转转，公交车带他去哪儿就去哪儿，看看这座城市的夜景，顺便想想今晚去哪儿住。

公交车沿着三环辅路一路往北。车上的人不多，晚上的空荡与白天的拥挤形成鲜明的反差。马牛坐在后排高出来的位置，穿着牛仔夹克，抱着一个行李包，茫然地望着车窗外，像是初来乍到的异乡人。他已经很多年没有坐公交车了。因为住得离单位近，他常常走路上班。要去远一点的地方，要么坐地铁，要么坐警车，公交车是一种被他无意中忽视的交通工具。这种缓慢的速度、不挤的空间和近在咫尺的北京夜景，让马牛的心情稍微好了一点。城市就是有这种魔力，一会儿让人孤独，一会儿又让人充盈。

在光华桥下等红绿灯的时候，马牛看见了燕子。她坐在一辆保时捷的副驾驶座上，车窗开着，她旁边是一个看起来起码有五十岁的中年男人。那男人一直在说着什么，燕子却沉默着，看起来满脸疲惫。车就停在马牛窗外的隔壁车道，燕子与他相隔不到两米。他祈祷燕子不要转身，不要看见自己，但很遗憾，燕子终于还是发现了他。两人的目光交会不到三秒钟,燕子就把脸别了过去,同时脸上绽放出了笑容,开始跟那个男人热烈地聊了起来,配以夸张的手势和笑脸。红灯灭绿灯行,保时捷冲向了前方,把公交车远远甩在身后。马牛心中泛起一丝淡淡的惆怅和释然。

汽车猛然进入了一片霓虹绚烂的世界。马牛抬起头朝窗外看去,那种孤寂的感受顿时被一阵喧闹抱住了。又到了三里屯。仿佛做梦一般,兜兜转转,痛苦,寂寞,离去,死亡,三里屯就像一个永不灭灯的中转站,时时刻刻守在那里,召唤着马牛无处安放的灵魂。没有犹豫,他跳下了车。

他挎着旅行包来到太古里中间的广场,坐下休息。天气转凉,喷泉已经不开了,来往的行人并不见少。马牛看见一个长得漂亮的女孩在街角不断摆出各种造型,让摄影师和他的助理拍摄,没多久她就消失了,等再次出现的时候,身上又换了另一套衣服,可能是在给某淘宝商家做街拍。

马牛想起了谢雨心。从第一次见到她起,她就像模特一样,不断变换造型,现在回想起来,感觉那些画面很突兀,但又说不上来为什么。接着,他想到另外一个问题:她会在哪里呢?是躲在某个角落等待着出国,还是遇到了什么麻烦?她真的会与黄天的死有关吗?他站起身,朝酒吧一条街走去。路过"So Raining"酒吧的时候,他特意往里面看了一眼,整家店生意萧条,几乎没客人,那个民谣歌手也不知去向。

他去了老书虫。出乎意料的是,老书虫居然没开门。门上的一则通告说明了情况：老书虫即将歇业关门。他感到有些不解，老书虫一向人气不错，为什么也会遇到经营问题？

从长长的铁制楼梯走下来，他遇到一位以前一起说脱口秀的朋友，他正在对着书店的外观拍照。马牛想不起他叫什么，但还是礼貌性地上前打了声招呼。他告诉马牛，因为租约到期，书店不得不关门了。

"现在买书的人越来越少了，实体店经营压力很大，而北京的房租又在快速上涨，尤其是三里屯这一块，除非特别有钱任性，否则这样的店实在扛不住啊！"那位脱口秀演员感慨道，"像我这样的人对老书虫是很有情怀的，但情怀有什么用。没办法，只能趁它的招牌还没摘掉之前，拍几张照片留念。"

马牛点点头。

"噢，对了，这周六老书虫要举办最后一场脱口秀演出，到时候北京大多数的脱口秀演员都会来参加。你也来吧！"

"有时间一定来。"

说完，马牛抬头看了一眼书店的门，转身离开了。

他在单位附近找了家经济型酒店。房间很小，一张双人床就占了大部分的空间，还有一股难闻的霉味，但价格便宜。他连衣服都没脱就躺在了床上。

马牛辗转反侧，无法入眠。

过了一会儿，他又从床上爬了起来，从挂在床头的上衣口袋里掏出那本"秘籍"。

他写段子一直写到半夜。

30

马牛第二天八点差一刻就已经坐到办公室里了。他倒不是忌惮徐一明昨天说的话，而是实在不想在那家经济型酒店的房间里待下去了。他一早退了房，把行李带在身边，下决心今天之内找到房子。

王维八点准时出现，给马牛带了一个猪柳蛋麦满分早餐。

徐一明直到早上九点才出现。他对自己的命令被两位手下严格遵守感到相当满意。

整整一上午，马牛都花在了上网找房子。然而没有这方面经验的他，在打了十几二十通电话之后，感到极为挫败。为什么在北京找一个合适的房子这么难？直到中午，他找房子的事情依然没有着落。想到晚上又得回到那个令他感到窒息的酒店房间里去，他有点烦躁。

一通电话打了进来，是毒物实验室的法医毒物专家许建。马牛的猜测得到了证实，许建从那块前挡风玻璃上提取到了氰化钾。这种毒药人只要服用五十到一百毫克，就会猝死。

"按照《危险化学品安全管理条例》，这种氰化钾是公安部门管制的，一般人不可能买到，除非有特殊途径。"

"比如呢？"

"比如认识某个实验室的科研人员，或者有相关权限的医生，但基本上不大可能，因为所有的管制化学品都需要登记的，一旦被发现饭碗就会丢掉。"

"知道了。谢谢你。"

"我可以多问一句吗?"

"什么?"

"你到底在查什么?这块挡风玻璃是从哪儿来的?"

"你问了两句。"

"喂,你一没办案手续,二没领导签字,我当你是哥们才帮你做这事。现在结果出来了,你总得告诉我是怎么回事吧?"

"我在查国贸桥猝死事件。"

"哦,我想起来了,就是上个月闹得沸沸扬扬的那个吧!竟然是被毒死的。"

"我怀疑是谋杀。"

"这你得跟你们领导徐一明反映。"

"我说过,他不相信。"

"现在有证据了。"

"嗯。谢谢啦!"

"回见。"

挂了电话,马牛在座位上踌躇了一会儿,朝徐一明办公室走去。徐一明不在,马牛给他打了个电话,被摁掉了。过了一会儿,他收到一条短信:"在开会。"马牛想了想,拿起外套,走到一直老老实实地坐在工位上的王维身边,拍了一下她的肩膀,扬了一下头,就出去了。

很快，王维跟了上来。

"去哪儿？"

"继续寻找目击者。"

在路上，马牛把化验的结果告诉了王维。后者摇晃着脑袋，表示不可思议。

"还真被你猜中了。这个黄天遇害前传递出了这么重要的信息。看来他没找错人。"

"现在就差一个目击证人了。"

"能告诉我你的推理到底是什么吗？"

"暂时还不行。"

"小气。对了，你说咱俩工作时间又跑出来了，徐一明知道了会不会气疯掉？"

"只要能找出真相，他怎么处罚我都行。"

说话间，王维的粉色MINI车已经接近了国贸。

与赫赫有名的国贸大厦比起来，中服的名气要小很多。事实上，这座楼也确实显得有点不起眼——尤其是身处这样一个地理位置。

不过在这里得到的支持也并不多。这里大多是私企，他和王维一家一家跑，不断说明来意，绝大多数都挺配合的。但这事已经过去大半个月了，谁也不能保证自己还记得当时的情况，大家都想多一事不如少一事，所以"不记得了"是最不惹事的回答。

好不容易走完了中服的大多数公司，已经下午四点多了，还是什么收获都没有。马牛和王维感觉快有点撑不住了。

"接下去，是去招商局还是去对面的银泰？"王维疲态尽显，说话也有点有气无力。

马牛想了想。

"招商局这个时候快关门了，应该不会有什么收获，而且银行是最难打交道的，很可能根本不搭理咱们。"

"那去银泰？"

"走吧！"

他们顺着人流过了人行横道。这个时候路上的车和人已经很多了。马牛往东看了一眼，很多出城的车开始排起了长龙。抬头，他又看见了那个过街天桥。如果那天晚上自己没有往上看那一眼，没有上天桥把黄天救下来，结果会怎样呢？

"想什么呢，快走。"

在王维的催促声中，他们来到了银泰。马路边上，有个男人在高声喊："燕郊，有没有去燕郊的？上车就走。"

站在银泰门口，马牛看见很多人从南面走过来，进入地铁站。他突然改变了主意。

"去建外 SOHO 吧！"

他们朝南走，来到一片白色的现代建筑群。这里就是著名的建外 SOHO，北京东三环最具特色的写字楼。

他们选定了面临三环的三幢楼，先坐电梯到顶楼，然后一层层往下搜查。这些写字楼里都是一些小型私企,各种类型的都有,做美甲的,做影视的,做外贸的,做淘宝的。这些小公司的老板对警察的到来没有太多抗拒,通常都比较配合。当然,因为流动性太大,很多公司并没有开门。

依然没有收获。

又过了一个多小时,天已经差不多黑下来了,他们也差不多走完了最后一幢写字楼。在这幢离国贸桥最近的写字楼的第五层,他们走进一家眼镜店。这是最后的希望,如果还是没有任何线索,那么只能宣告今天的调查彻底失败了。

马牛出示证件,说明了来意。店主摇摇头,表示早已不记得那天的事情了。马牛走到落地窗前,朝外看去。这里正好能看到国贸桥上的情况。桥上车与车之间头尾相接,三环又堵上了。现在是下午五点三十分,正好是那天案发的时间段。

"实在不好意思,帮不上忙。"

"没关系。谢谢。"

就在他们准备转身离去的时候,马牛看见一名顾客戴着一副新配的眼镜走到窗边,看向窗外。他旁边跟着一名验光师。

"感觉怎么样?"

"有点晕乎乎的。"

"没关系,新配的眼镜刚戴上都会这样。"

"好吧!帮我打包起来。"

马牛走到那名验光师旁边。

"你好,我就想问一下,上个月三十一号你在店里吗?"

"上个月三十一号,不是太记得了,我得看一下是星期几。"

"星期五。"

"那我肯定在。"

"这么肯定?"

"当然,我周一到周五都在这里,周末休息。"

"那你还记不记得这个时间段有顾客也在这个窗前试眼镜?"

"我想想。啊,被你这么一说,好像还真有。"

"哦?"马牛顿时来了兴致。

"有个外地的客人,在网上买了一副我们的镜框,顺便也让我们给他配了镜片。那天他正好来北京出差,就来我们店里取眼镜。我们这里应该有记录的。"

"请帮忙查一下。"

"好的。"

过了一会儿,她拿了一个记录本过来。

"没错,就是十月三十一日,这上面记得清清楚楚。"

"当时他也有试镜?"

"有的,所有的新眼镜顾客都要试一下。我记得他当时就站在窗边这个位置。"

马牛一阵兴奋。

"当时是几点,你记得吗?"

"应该是下午五点整。"

"记得这么清楚？"

"我们墙上那个钟到整点是会敲铃的。"旁边的店主指着墙上的那个石英钟解释道。马牛点点头。那个时间点黄天还没出事。

"还记得他有说什么吗？"

"有。他说，北京怎么这么堵。我还回答他说，是啊，这里是北京最堵的地方，现在也是最堵的时间段。"

"还说什么了？"

"后来他说，好像桥上出车祸了。这下惨了，不知道会不会堵车，因为他要赶飞机。哦，对了，他还借了我们店里的望远镜，说是要查看路况。"

"你们店里还卖望远镜？"

"对啊！"

"麻烦拿给我看一下，谢谢。"

很快，望远镜送来了。马牛接过来，举起，对准国贸桥。果然，桥上的情况看得一清二楚，就连有辆车尾上印着的"防止追尾"都能看清。

"因为他赶时间，所以当时我建议他不要打车，直接坐地铁更稳妥一点。"

"然后呢？"

"然后他就走了。"

马牛将望远镜还给店员。

"你们应该有他的电话吧？"

"有的。"

"麻烦给我。"

来到楼下,马牛开始给这位武姓的江苏苏州人打电话,但手机提示没有打通。王维看见旁边有家吉野家,拉着他走了进去,每人要了一碗牛肉饭。

终于,在尝试了多次拨号之后,电话接通了。马牛说明了身份和意图,那位武先生沉默了片刻。

"其实,我在网上也看到了这个新闻,当时还觉得挺奇怪的。"

"哦,有什么奇怪的呢?"

"因为网上说,他是猝死的,车窗车门都关闭着,我看了觉得不对。"

"怎么不对了?"

"因为当时我看见那辆车的车窗明明是开着的。"

"确定吗?"

"非常确定,我用望远镜看得一清二楚,绝对错不了。"

马牛轻轻地打了个响指。

现在,一切谜团都解开了。

31

常乐先到。

他今天穿着大风衣,戴着鸭舌帽、口罩和墨镜,好像生怕被人认出他来警察局了。其实这样的打扮反而更引人注意。他进来后告诉马牛，只有一个小时配合他，中午有个采访，十一点之前必须走。马牛告诉他少安毋躁，接着把他带往一号审讯室。在进门前，王维领着正在打电话的丁静出现在了走廊尽头。常乐和丁静对视了一眼，然后顺着马牛的手势，走进了各自的审讯室。

"常乐老师，您先稍等一下，我马上过来。"

"等多久啊……"

话音未落，马牛已经退了出去，关上了门。

随后，一辆奔驰驶入警局大院。董家铭从车后排下来，一副风尘仆仆的样子。他今天一早刚从韩国釜山飞回北京，一下飞机就直接从首都机场来到了朝阳分局。他朝大厅走的过程中，看见了停在角落里的银灰色辉腾和蓝色特斯拉。

"董总！"

刚进大厅，董家铭就听见有人在身后叫自己，于是转身，看见曹睿老远跑了过来。他不禁皱起了眉头，走也不是，停也不是。

"董先生，这边请。"

马牛的及时出现化解了他的尴尬。董家铭连忙回过身来，跟着马牛朝里面走去。后面赶上来的曹睿讨了个没趣，低声骂了句脏话，冲董家铭的后背竖了竖中指。

"你来啦？"

王维一脸严肃地站在了曹睿的身旁，后者不好意思地笑了笑。

"美女警官，好久不见。"

"走吧!"

他被带到了四号审讯室。

安顿好这四个人之后,马牛来到监控室。除了王维和两个技术人员,徐一明也被请到了这里。

"你觉得这招有用吗?"

徐一明盯着四台监视器发出了疑问。四台监视器分别对应四个审讯室:一号常乐,二号丁静,三号董家铭,四号曹睿。

"试一试。也许这是唯一让他们认罪的办法。"

"听着,"徐一明转过脸来,看着马牛,"虽然黄天的前挡风玻璃上检测出了氰化钾,但从定罪的角度而言,这没法把这起死亡事件与这四个人直接联系在一起。我之所以答应你用这种审讯的方式做最后一搏,完全是基于对死者的同情。"

"放心,徐队,我知道怎么做。"

"知道就好。你打算什么时候开始?已经十点了。"

"谢雨心来了吗?"马牛转身问王维。昨天马牛给她打了电话,关机了,于是不抱希望地发了条短信。

王维摇摇头。

"好吧,来不及了,咱们现在开始。帮我去冲四杯咖啡。"

二号审讯室的门打开了,马牛和王维走了进来。丁静冲他们点了点头,然后跟电话那头的人告别。

"……就这样吧,你做完了把方案发我邮箱,对,今天是最后

245

期限，再见！"

丁静挂掉电话，把手一摊，看着马牛和王维。

"你们把我叫过来到底是为了什么？"

"别着急，来，先喝杯咖啡。"

一杯热气腾腾的纸杯咖啡摆在了丁静的面前。丁静看了一眼。

"不用了，要喝咖啡我办公室里有最好的咖啡豆。说吧，大家节约点时间，我还得赶回去开会。"

"好。"

马牛和王维在丁静面前坐下。王维打开了录音设备。

"丁小姐，能不能麻烦你重复一遍那天的情况？"

让嫌疑人重复叙述事情的经过，可以比较两次的叙述内容是否一致。如果撒谎，对方很容易露出马脚。

"当时我刚见完客户，着急回公司开会，结果堵在了三环路上。"

"冒昧问一句，会议时间是几点钟？"

"下午六点。"

"可是你的公司在海淀，你应该知道，以周五晚高峰的堵车状况，你很难在一小时之内赶到会议地点的。"

"我也是没办法，前面见客户耽误了不少时间，出来已经晚了。"

"也就是说，你明知道时间晚了，还要走北京最拥堵的东三环？"

"那你教教我走哪条路？北京还有哪条路是不堵的？"

"不担心迟到吗？"

"不担心,这不是什么不得了的事。第一,在北京,要准时准点干点什么事情几乎不可能,迟到是大家的常态,都习惯了;第二,我是制片人,他们必须等我,否则谁说了算?"

"可你前面说你很着急?"

"谁被堵在三环上都急,我就不信你们没被堵急过?"

"好吧!请继续。"

"因为前面那车一直堵着不动,我一开始猛按喇叭,没用,于是就下车想去找对方理论。我敲了敲他的车窗玻璃……"

"左边还是右边的玻璃?"

"副驾驶座那边。"

"用手指还是手掌?"

"这有关系吗?"

"请回答。"

"手指吧!"

"当时车窗是开着还是关着?"

"废话,当然是关着的。开着我敲什么敲?敲空气吗?"

"你当时往里看了吗?"

"看了。"

"能描述一下你看到的情况吗?"

"他那车窗是深色的,看不太清楚。"

"大致描述一下。"

"有个人靠在驾驶椅上。"

"仰着头还是低着头?"

"仰着头吧!"

"手呢?放在什么位置?"

"不知道!"丁静突然怒了,"你们这是在干什么?审犯人吗?我可是百忙之中抽空来配合你们调查的,不是嫌疑人!"

"那么,你当时确定没有认出他的身份吗?"

"没有!我说过了,从车窗外看不清里面。"

"请继续。"

"我走到车前,因为当时已经很生气了,所以用力拍了两下车的前盖。"

"从前挡风玻璃看进去,你依然没认出来死者就是黄天?"

"没有。"

"而你其实跟黄天交往不浅。"

"算不上吧,有些工作上的……怎么说,过节。这些你不是之前都了解过了吗?"

"可据你的死对头潘子强反映,你其实是黄天的情人。"

"天哪,这简直是胡说八道!怎么可能!我恨不得……你都说了,潘子强是我的死对头。我猜到他会诋毁我,但没想到他这么无耻。再说,这些你都证实过了吗?人家都死了,而且有老婆有孩子的。你这样说,如果拿不出证据,我可要告你诽谤!"

"别生气,那这件事先放一边。就按你说的,你当时敲了车窗,拍了车头,然后报了警,就回车里去了。"

"是啊,我一直等到警车来,因为后面的车跟得很紧,没法倒退,出不去。"

马牛示意王维打开笔记本电脑,调出了一张照片。

"这是交警胡枫当时在现场拍下的一张黄天死时的照片,车门车窗封闭,从外面打不开,而黄天被人杀死在驾驶座上……"

"不是猝死吗?"

丁静显得特别震惊。

"我们一开始也是这样认为的,但你注意看,这块挡风玻璃上有一些水渍,我们怀疑这是死者临死前写的。"

"写的什么?"

"这不是重点,重点是我们把这块挡风玻璃拿去化验,发现上面留有氰化钾的痕迹。很显然,黄天是中毒死的。"

丁静一下子愣住了。

"这真是个不幸的消息。你们怀疑有人下毒?"

马牛点点头。

"知道是谁干的吗?"

马牛和王维默不作声。丁静望着他们,眼睛突然瞪大。

"你们怀疑我?"

马牛依然不说话,他在打心理战。果然,丁静怒了。

"开什么玩笑!我那天开车跟在他后面,一直到他车停下来,我被堵得实在受不了了才下的车。那时候说不定他已经死了。"

"所以你承认你那天是刻意跟在他车后面的?你认得他的车,

知道里面坐的就是黄天,对吗?"

"不对,我不知道,我之前已经说过了。何况当时他的车门和车窗都是关闭的,我自始至终都没进去过车里,怎么下毒杀人?"

"这得由你来告诉我。"

"我要告诉你的就是,我没有杀人。我为什么要杀黄天?就因为他曾经在工作中坑过我?这太扯了吧!"

马牛站了起来。

"你先休息一下。我希望你能主动交代事情的经过,如果你还是这种态度,由我来说出真相的话,性质就不一样了。"

说完,马牛和王维走出了二号审讯室。

"让她自己认罪恐怕不现实吧?"王维说道。

"当然,先让她想想,把最难啃的骨头放到最后。"

"好,接下去问谁?"

马牛直接走向四号审讯室,推开门。曹睿立马从座位上跳起来了。

"小马哥,您终于来了……"

"咖啡好喝吗?"马牛站在门口,指着桌上的咖啡。

"好喝,就是太甜了,呦。"

"还要吗?"

"还能要吗?那再来一杯,如果能配点饼干……"

"好,稍等。"

马牛将身子退出审讯室,关上了门。

"麻烦帮他再弄一杯咖啡。对了,我的抽屉里还有一包饼干,也给他拿来。"

"还真给他拿饼干啊!他到底是来接受审讯的,还是来喝下午茶的?"

"先给他点甜头吧!"

五分钟后,他们出现在了三号审讯室。董家铭冷冷地看着他们。

"我的秘书说你有极其重要的事情找我。说实话,我其实可以不搭理你们,但本着守法公民应尽的社会义务,我丢下工作,一大早从韩国飞回来,家都没回,公司也没去,就跑到这儿配合你们的调查。结果你们让我这里莫名其妙等了将近二十分钟,还给了我一杯巨难喝的咖啡,这是对待一个积极配合警方的公民的态度吗?如果你们不给我一个合理的说法,我会去你们上级那里投诉。我说到做到。"

"先别生气!"马牛微微一笑,"这次请你来,也是因为案情有了突破。"

"什么案情?"

"黄天被杀案。"

"黄天?被杀?我被弄糊涂了,他不是猝死的吗?"

"我们在黄天的车上提取到了毒药。"

董家铭脸色一变,但很快恢复了冷静。

"这跟我有什么关系。"

"那么,董家铭先生,你能解释一下,案发时你为什么也在那里？"

"在哪里？"

"黄天车的旁边。"

"不，我不在。"

王维打开电脑，调出一张案发现场的监控图，指着黄天车右侧的黑色奥迪 A8。

"这辆车你有印象吗？"

董家铭扫了一眼。

"没有。"

"我们查了车牌，发现这是你妻子蒋静珠的车。"

"哦，是吗？这种奥迪车满北京都是。"

"能解释一下，为什么她的车会出现在那里吗？"

"这我解释不了，你得去问她本人。我平时那么忙，还管得着她开个车到处瞎晃。"

"当时你在哪儿？"

"忘记了，也许在上班吧！"

"有人能证实吗？"

"你到底想说什么？"

"我想说，你能不能证明自己当时没在那辆 A8 车上？"

"我凭什么要证明啊。你如果认为我在上面，那也应该是你拿出证据来，我说得对吗？"

"丁静你认识吗？"

"认识。怎么了?"

"她现在就在隔壁的审讯室。"

"关我什么事。"

"她说她看见当时你就在车上。"马牛决定赌一把。

"她说的?"董家铭把脸凑近了一些,冷冷一笑,"马警官,乱说话我可是会告你们诽谤的。"

"我最后问一遍,你当时到底在不在那辆车上?"

"不在,"董家铭拿起了电话,拨号,"喂,刘律师吧,你现在立即来一趟朝阳区公安局。对,刑侦大队。来了你就知道了。"

说完,他挂了电话。

"从现在起,在我的律师来之前我一句话也不会说。"

马牛和王维对视了一眼,然后起身。

"你们去哪儿?我什么时候可以走?"

"等你律师来了再说吧!"

马牛和王维关上门,来到一号审讯室,正打算推门进去,徐一明一脸不快地走了过来。

"你在搞什么鬼?"

马牛赶紧把徐一明拉到一旁,离门远一点。

"你是不是疯了?马牛,丁静什么时候说过看见过董家铭了?"

"你先别激动,我这不是想把他们诈出来吗?现在唯一能赌的是,他们相互之间指认,否则以我们目前掌握的证据,很难扳倒他们。"

253

"可你有没有想过后果？万一他们提前串过供，你这招根本不灵，是会被投诉的，他们甚至可能找律师告我们诽谤。"

"投诉可能会，但诽谤，他们不敢。"

"为什么？"

"因为我确定就是他们干的。"

马牛用一种坚定的眼神看着徐一明。

"徐队，相信我。出了事，我承担所有责任。"

徐一明无奈地摇摇头。

"这个责任恐怕你承担不起。"

说完，徐一明头也不回地朝监控室走去。马牛看看王维，后者耸耸肩。马牛深吸一口气，推开了一号审讯室的门。

出乎意料，常乐相当配合，面带笑容，不急不恼，即使他已经等了半个小时。马牛意识到这块骨头可能是最难啃的。

"我记错了，"面对马牛出示的案发当时的监控截图，他轻描淡写地说道，"那段时间我一直在大兴录节目，所以印象中自己没离开过。可能是有一天中途有几个小时的休息时间，我便开车回家换身衣服，应该就是星期五这天。我一天到晚事情太多，记忆出错在所难免，这应该不算撒谎吧！"

"当然！"马牛关掉电脑，"只不过因为你的'记错了'，导致我走了不少弯路。"

"话不能这么说，马牛，我还是叫你马警官吧，你上次来找我，并不是正式的警方问话，我也是看在你妈妈的面子上才见你的。咱们像朋友一样面对面坐着喝咖啡聊天，很多话就是随口一说，而不是像今天这样坐在审讯室里。我是做主持的，什么样的环境说什么话，面对什么样的人说什么话，是我的职业本能。"

"但你一开始就知道我是警察。"

"那你也没有告诉我黄天是被谋杀的，对吧？我一直以为他是猝死的，如果你一开始就告诉我你在调查谋杀案，我说话的方式又会不一样，而且听你们的口气，好像我是嫌疑人似的。"

常乐虽然有些不满，但语气依然很平稳，让人不得不佩服他对情绪的掌控能力。马牛知道自己说不过他，决定直击要害。

"请问你当年为什么要离开'普天大喜'？"

常乐盯着马牛看了会儿，似乎想猜透他问这句话的用意。

"一定是老董跟你们说的吧？行，我也不隐瞒了。是，我是因为黄天才离开的。"

"能具体说说吗？"

"你们不是都知道了吗？"

"还是希望当事人自己再说一遍。"

"好。有一次我到一个朋友家吃饭，结果到了以后发现黄天也在，在就在吧，也没多想。你知道，我这个人到了什么环境就是什么状态，那种家庭环境下的聚餐很让人放松，也让我很有安全感。所以在席间，我喝了点酒，兴致来了就随口说了几句，内容可能涉及对某位逝去的英雄的不敬，具体是谁就不说了，反正是开玩笑。当时大家都很开心，这件事就过去了。结果第二天，我的助理跑过

255

来跟我说，有人把我唱歌的视频发到了网上，网友们疯狂攻击我，说我不尊重英雄，到处骂我，甚至还攻击我的家人。我最后扛不住这些攻击就把微博关掉了。再后来，我怕连累公司，主动辞职了。这事已经过去很久了，至今还有人跳出来为这事骂我。"

"你怀疑是黄天干的？"

"不是他还能是谁？从那个视频拍摄的角度看，只能是他。"

"你有问过他这事吗？"

"没有，没必要，大家心知肚明。"

"后来你们就没联系过？"

"没有。他也没找过我，可能是心虚吧！"

"再说说那张合照吧！"

"他可能也没料到我会再红起来，前两年在录影棚遇到，他主动过来打招呼，并且想要合影，我本来想拒绝，但一想，在这个行业，得罪一个人犯不着，尤其是黄天这样的小人，所以就答应了。没想到这小子从那以后又开始贴上来了，在外面到处跟人说我是他师父，没有我就没有他，诸如此类。我都懒得回应。他还好几次要找我做节目，都被我拒绝了。我不想跟这样的人再有任何联系。"

"我记得你上次说，他曾找过你帮他解决孩子上学的问题，这是真的吗？"

"真的，但我是不可能帮他的。"

"可是，按你的说法，你们来往并不密切，他为什么会为自己的私事来找你帮忙呢？"

"因为他打听到他家房子所划片区的小学校长是我的一个亲戚。"

"原来如此。"

马牛点点头。

"你现在还为这件事情恨他吗?"

"之前有一点,现在没了。人都死了,恨不恨的也没必要了。再说,我现在过得也还好,不是吗?"

"嗯。"

"问完了吗?我可以走了吗?马上十一点了。"

"不急,我想请大家见一见。"

"大家?都有谁啊?"

"董家铭、丁静、曹睿,还有你。"

"都来了啊?你把我们弄一块儿到底想干什么?"

"讲个故事。"

"马警官,我都等一个小时了,不带这么整人的?"曹睿不满地喊道。马牛冷冷地看了他一眼,他就立刻闭嘴了。

这里是警局的会议室。

常乐和董家铭坐在会议桌的右侧,丁静坐在左侧,曹睿独自待在会议桌另一端。马牛注意到,他们彼此之间没有任何交流。

"好啦,别浪费时间了,我一会儿真有个采访,想说什么故事就快说吧!"到了会议室的环境,常乐没有了之前的小心翼翼,表现得不耐烦起来。

马牛站在会议桌的前端，扫视了一圈，开始说了起来。

"故事从十月三十一日这天说起。星期五、晚高峰，黄天被人谋杀在北京东三环主路的国贸桥上。"

"什么？黄天真是被人谋杀的？"曹睿像刚知道这事似的叫了起来，但没有人搭理他。

"我在报废厂找到了第一案发现场——黄天车的车体。经过检查，车体下方是活动的，也就是说，凶手可以藏在后排，杀死死者后，从车体下方逃走。"

一张被拆卸的森林人车体照片投影在幕布上。

"这可是在北京三环上，怎么可能呢？"这次说话的是常乐。

"你说得没错。如果是平时，这种方法几乎不可能实现。但大家要知道，当时是周五的傍晚，下班晚高峰，北京最拥堵的东三环，汽车被堵住不动的最长时间为两分钟。两分钟，足够完成这一切。"

"可是上面这么多车，怎么可能没有人看见呢？"

"我当时也是这么想的，于是竭力去寻找目击者。我们找到了两个当时就在高架上的人，但一个摔断了腿，一个是个疯子。他们告诉我，什么也没看见。于是，我只能重新审视一切。我再次打开了当时的监控视频。"

投影上出现了当时的交通监控画面。马牛发现大家有点不安起来。

"这是当时的监控视频。在这段视频中,我们可以清晰地看到,黄天车的前面是常乐的大众辉腾,后面是丁静的特斯拉,右边是蒋静珠也就是董家铭夫人的奥迪 A8。刚才在审讯室,大家已经就自己为什么出现在案发现场给出了解释,目前看来,似乎没什么漏洞。"

马牛停顿了一下。

"为什么这么巧,在黄天猝死的那一刻,三个跟他有着很深过节的人会同时出现在他的身边,还是以这种半包围的方式?并且,你们每个人都在事后撒谎说当时没认出他来。"

"天底下就有这么巧合的事情。"常乐说道。

"好,"马牛点点头,"那我想再问一下丁静。依照你之前的说法,你当时敲车窗的时候,车窗是关着的,对吗?"

"对啊,到底要我说几遍?"

"因为从交通监控的角度,只能看到汽车的前、后和左三个侧面,而右侧恰好是监控盲区。在视频中,我们只能看见你俯下身敲车窗,但车窗究竟是开着还是关着,从头到尾只有你的证词。"

"你这话是什么意思?难不成我会做伪证吗?你可以去问问那个交警,他来的时候车窗就是关着的。"

"那他来之前呢?"

"也是关着的。"

"是吗?"

"你说这么多到底想说明什么?"

259

"我想来想去，只有一种可能，这不是个巧合，你们是有意同时出现在那个地方的。"

马牛盯着他们。

"如果黄天是被谋杀的，你们又恰好都出现在谋杀现场，且都与死者有仇，那么我在想，黄天有没有可能是被你们联合谋杀的呢？"

"什么？"常乐终于生气了，"联合谋杀？亏你想得出来！"

"马警官，你没有说到重点，"丁静说，"既然你认为是我们几个联合杀死了黄天，那就用你聪明的大脑给我们展示一下，说说我们是怎么在车窗和车门都关闭的情况下作案的。"

"问得好，这里的关键就是你。"

"我？"

"没错。接下来，我就为大家解开这个所谓的密室杀人谜团。"

投影幕布上出现了一张图，这是马牛昨晚连夜画的。上面是案发现场四辆车的位置：黄天的车靠最内侧车道，左边是护栏，前面是常乐，后面是丁静，右边是董家铭。

"起初，我一直以为，凶手当时可能在车上，杀了人之后，从车体下方溜走，然后从另一辆车的下方爬进去，神不知鬼不觉地离开。但这种方式我已经验证过了，不可行。丁静的特斯拉底盘很低，没有空间让人钻进去，而常乐的辉腾和董家铭的奥迪 A8，我前天晚上特意去二位小区的车库里查看了一下，车底没有改动的痕迹。"

"什么？你到我们小区去了？"常乐很不满，"你是怎么进去的？"

"我是警察，只要跟保安说一声就行了。"

"我要再说一句，那不是我的车。"董家铭说。

"这种方法被排除后，就只剩一种办法可以杀死死者了，"马牛继续分析，"目前最大的谜团就在于密室般的汽车。车窗和车门都是关上的，车内没有凶手和凶器，凶手只能是在车外进行杀人。这看起来似乎不可能，但我发现，其实凶手打了一个时间差和视觉差。视觉方面，因为右侧的角度正好是监控盲区，所以所谓'车窗是关着'的说法不过是丁静的一面之词。反过来讲，如果丁静也是凶手之一，那么她的证词就是假的。"

丁静正仰着头滴眼药水，听到这话，她冷静地盖上眼药水瓶，放在面前的桌上，但眼睛依然没有睁开，一滴眼药水从她的眼角滑落，仿佛流泪。

"交警呢？也是我们一伙的？"丁静说。

"这就是我说的时间差了。我只能说，在你下车敲车窗之前，车窗还是开着的，可等你敲完车窗，它就神奇地关上了。"

丁静终于睁开了眼睛。

"你刚才还说右侧是监控盲区，怎么就推测出来车窗是开着的？"

"的确，监控看不见，但人能看见。"

"人？"

"没错，我找到了目击者。"

接着，马牛提到了一下当时在建外SOHO那家眼镜店里用望远镜观察现场的外地游客,他的证词能证实车窗是开着的。

"这都是你的猜测。反正我去敲窗子的时候车窗是关着的。那你怎么解释交警看到的车窗也是关着的呢?"

"一键升降。"

"啊?"

"现在绝大多数车都有车窗一键升降的功能,包括黄天的那辆森林人。我昨天特意试了一下,只要人站在车门外,手伸进车内迅速按一下一键升降的按键,车窗就会自动上升,只要迅速把手撤回来,就能制造所谓的密室了。而那个时候,只有一个人接触过车窗,就是你,丁静。"

"编,继续编,"丁静明显失去了之前的冷静,浑身颤抖,"要你这么说,车内的按键上会有我的指纹。"

"当然有。可惜,报废厂后来把车处理掉了……"

常乐冷笑道:"所以就凭一扇没有关的车窗,你就能推导出我们联合杀人?你想象力也太丰富了吧!"

"接下来我说说具体的杀人方法,"马牛没有理会他的讽刺,继续说道,"很可惜,这个计划的主谋今天没有露面。没错,这个计划是由谢雨心女士一手策划的,因为只有她知道自己丈夫当天的行踪——下班后,去国贸取蛋糕。黄天在望京上班,楼下就有一家蛋糕店,而他却要去国贸取蛋糕,为什么?只有一个原因,就是为了让他取完蛋糕后,自然而然地上国贸桥。"

"那万一他走桥下了呢?"

"不会，因为当时桥下发生了车祸，比桥上看起来还要堵。一辆轿车不小心撞上了一辆共享单车，当然，'不小心'三个字打引号，因为从处理结果看显然是碰瓷——没有哪个被撞的人会不要赔偿，也不等交警来，就自己偷偷溜走的。所以，我调查了一下那辆共享单车的数据，发现那辆车是被曹睿骑走的。"

"我我我……"

"以你的性格，你不可能不要赔偿就走。只能说明你当时有更大的目的——比如，让黄天上桥，没问题吧？没问题那我接着说。

"黄天一上桥，一直跟着他的常乐想办法超了车，挡在了他前面，与此同时，丁静的特斯拉跟在了他后面，董家铭的车应该是从双井桥到国贸桥这段路，逐渐靠上去的。这样，就对黄天形成了包围。以周五晚高峰那样的车况，他是不可能离开这个包围圈的。

"就这样，你们一路围着他来到了案发地点。这个时候，也许是因为眼睛太过干涩，于是他随手拿起了放在一旁的眼药水，"马牛指着丁静那瓶眼药水，"丁静小姐，我记得你好像说过，做你们这一行因为眼睛长期盯着显示器，容易疲劳，所以很多人都会在手边备一小瓶眼药水，对吗？"

"并不是每个人都这样。"

"但我查过黄天的网购记录，他在死前，恰好买过一瓶和你这个牌子一样的眼药水。"

"那能说明什么呢？"

"幸运的是，我们找到了车的前挡风玻璃，并在上面提取到了氰化钾，凶手很有可能把这种毒药掺进了他的眼药水。"

"这跟我们有什么关系？"

"别着急，听我继续说。黄天眼睛干涩，拿起眼药水瓶，对着眼睛滴下了眼药水，很快，毒药发作，他就死了。不过，在临死前，他意识到毒药是在眼药水瓶里，于是蘸着眼药水在前挡风玻璃上写下了我的名字，向我求救，提醒我去调查他的死因。

"黄天中毒后的症状和猝死一样。接着，跟在后面的丁静出手了。你下了车，假装很愤怒地去敲车窗，实则迅速拿走眼药水，并利用一键升降功能关闭了本来开着的车窗，制造了所谓的'密室杀人'。当然，这一切都是在前面的车以及右边的车的掩护下进行的，否则很容易被人看见。也就是说，你们四个人都是这场谋杀的帮凶。"

"那谁是主谋？"

"没有来的谢雨心，只有她有机会在黄天的眼药水瓶里下毒。

"故事讲完了？"董家铭终于说话了，"你说了这么多，有证据能证明黄天是被毒死的吗？"

"没有，尸体已经被火化了，不过，前挡风玻璃上检测出了毒药。"

"你有没有找到那个被丁静拿走的眼药水瓶呢？"

"没有，应该早就被她扔掉了。"

"那我再问你，有任何证据证明我们四个，不，还包括谢雨心，坐在一起要合谋害死黄天吗？"

"也没有。"

"什么都没有,那你在这里干什么?"

"我知道暂时拿你们没办法。但我想告诉诸位,我是不会放弃的。即使你们现在能逃脱法律的制裁,但法网恢恢,我会一直盯着你们,寻找线索,直到将你们绳之以法。"

"开什么玩笑!那我可以走了吗?"

丁静站了起来。

"请便。"

丁静朝门口走去,走到一半,停住了,半转身。

"那瓶眼药水我不要了,你好好研究一下,没准能找到真凶。"

丁静大笑着出了门。接着是董家铭。

"我的律师已经到门口了,不过我让他不要进来了。对于你的无端指控,我无话可说。"

说完,他独自走了出去。接着是常乐,他已经重新戴上了墨镜、口罩和帽子。

"我也没什么好说的,马牛,我对你很失望,改天我得好好跟你妈说叨说叨你。另外,希望今天你这番胡说八道千万别传到网上去。"

马牛不说话,望着常乐走了出去。

"你呢?是不是也要走?"

还剩曹睿。

"不会只允许有钱人走吧?我当时甚至都没出现在国贸桥上。"

"上次让你自首,去了吗?"

"去了,拘了几天,又给放出来了。"

"你先走吧!记得随时回我电话,哪儿都不要去。"

"放心,我没地方去。"

马牛望着曹睿走出会议室的门。

32

徐一明终于忍无可忍地发飙了。

"这次我全看见了,然后呢?这就是你这段时间不听指挥私下调查得出来的一个结论?"

"对,就是这样。"

"狗屁!马牛,你是不是说脱口秀把自己说傻了?在外面搞笑就算了,居然跑到刑警大队来搞笑!"

"不要侮辱我的职业。"

"你什么职业?脱口秀演员还是警察?"

"我拒绝回答这么明显的问题。"

"你少在这里跟我贫嘴。信不信我现在就停了你的职?"

"徐队息怒。你不觉得我刚才分析得挺有道理的吗?"

"有什么道理?你是第一天当警察吗?我们破案讲的是证据,不是推理,我感觉那几个被你忽悠来的人都比你专业!"

马牛不说话了。

"总之,我最后说一遍,这件事彻底结束了,不准再给我整什么幺蛾子，听见没？那个枪杀案怎么样了？

"那我先去查枪杀案……不过现在没有一点线索，连死的人是谁都没查出来……"

"那也得查！再过半个月就要……"

"开国际会议了。明白，我都明白，你不就是怕……"

"怕什么？"

"没什么，不说了。"

马牛低头就往外走。

"等等，"徐一明叫住马牛，"今天的事无论如何都不要传出去，听见了吗？"

马牛不回答，直接走出了门。

回到座位上，马牛坐在椅子上闭目养神了一会儿，他感到疲惫不堪。也许这个案子真的要结束了。历史上有无数悬案，很多警察为此奉献了一辈子，一直到死也没有触及真相，带着遗憾离开人世。马牛不是那样的警察，也不想成为那样的警察，更何况这个案子连悬案都算不上，死者还是一个人渣，他何必这么坚持呢？

"接下来怎么调查？"王维凑了过来。

"还查什么？你没听见领导的话吗？现在的重点是那起枪击案。"

"怎么，又撂挑子了？我刚才在会议室可是亲耳听你说什么'我不会放弃'，你是随便说说吗？"

"我那是情绪上来了，自我感动一把，有问题吗？"

"没问题，你啊，就在这儿继续感动吧！"

王维说着，转身就走。

"喂，你去哪儿啊？"

"回家。"

"咱们还得查案呢，不是说好了搭档吗？"

"我没你这种搭档。"

马牛望着王维走出了房间，一脸苦笑。

接下来的半天，马牛都坐在椅子上发呆。虽然他口头上说不查这个案子了，但他就像被关在一间没有光线的屋子里，根本走不出去。他始终觉得有什么重要的东西被自己忽略掉了，但就是想不明白是什么。

他打开网页，看了会新闻，又起身倒杯热水，把"丽都色魔案"的档案打开，重新看了起来。中间，他去了趟洗手间，回来的时候路过徐一明的办公室，往里瞟了一眼，结果发现徐一明的目光像利剑般直刺过来，慌得他连忙收回视线，迅速回到自己的座位。又过了一会儿，他莫名其妙想起了王维，侧身朝那边看过去，才想起王维因为生气早走了，留下一把空荡荡的转椅。他想起自己还欠她一场电影，上次她说自己生日，本来都已经出门了，却被他临时爽约。也许应该再找时间请她。

等等，生日？马牛突然想起了什么，猛然站了起来，朝后退了几步，上下端详起自己的座位来。上次拿回来的那盒生日蛋糕去哪了？之前因为一直在忙案子，把它彻底给忘了。他想起自己之前找过一次，但没找到。

接着，记忆的探照灯飞速转到了谢雨心的身上，接着是她的家以及第一次访问她家时的情形。在那天离开之前，他曾问过谢雨心有关蛋糕的事情，谢雨心回了他一句"你如果嫌浪费，打开吃了吧"。当时他并没有在意，现在听起来却觉得十分怪异，按理说自己不想要了，直接让人帮忙扔掉就行，为什么说打开吃掉呢？

马牛眼前一亮，立即跑向徐一明的办公室。之前那次，他问遍了除徐一明之外的所有同事，没有人见过那盒蛋糕。

"我让保洁阿姨扔掉了。"徐一明若无其事地回答。

"为什么？"

"什么为什么？那几天上级领导来视察，我让大家好好收拾一下自己的桌子。就你的桌子上最乱，你人又不在，我就让保洁阿姨帮忙收拾了。"

"哪个保洁阿姨？"

"就是每天在我们这里的那个，一个姓王的阿姨……喂，你怎么了？"

马牛已经跑了出去。

王阿姨今天正好休假。马牛问保洁负责人要来了阿姨的电话。

电话接通后，王阿姨对刑警给她打电话这事一时间摸不着头脑，说话前言不搭后语。马牛好不容易弄清楚了她家的地址，决定直接上门一趟。

他趁徐一明不注意，偷偷溜了出去，上了一辆出租车。

半小时后,他来到了王阿姨位于东四环外石佛营附近的家。

王阿姨六十岁上下,子女都在外地,独居在一个老式的居民楼里。马牛说明来意后,王阿姨有点不满地说自己并不是一个贪心的人,在警局做了八年多的保洁,从来没有拿过公家一分钱的东西,哪怕是一卷卫生纸。

"放心,我不是来问你要回去的,我只是想看一眼。"

王阿姨将信将疑地领着马牛来到厨房。她解释说,因为舍不得,那盒看起来非常高级的生日蛋糕一直被她放在冰箱里,每天切一小块下来当点心,已经吃掉一半了。马牛一眼就看到了那个看上去至少有三十年历史的老式双开门冰箱。

打开冰箱,拿出蛋糕盒,摆在餐桌上。

此刻已经到了傍晚,屋内有点昏暗,马牛让王阿姨打开电灯。

灯下的世界昏暗依旧。蛋糕盒在灯光下像打了一层蜡。马牛俯下身,解开有些污渍的粉色丝带,小心翼翼地将拖着蛋糕的硬纸垫抽了出来。

终于,蛋糕面上被切掉一半的奶油凸字显露了出来。马牛眯着眼,仔细看了一下,没费什么心思就猜出了那三个英文字母:

"SOS。"

33

第二天,马牛刚到局里就发现出事了。

办公室里气氛诡异。所有的同事都用疑惑的眼神看着他,仿佛他刚从外星回来。他看见王维坐在工位上,本来想问问她怎么了,但后者看都不看他一眼,显然还在为昨天的事情生气。他刚坐下,就看见徐一明远远地冲他勾手指,让马牛去一趟他的办公室。

"怎么了?"

马牛刚进去,徐一明就让他把门关好,然后一脸严肃地看着他。

"你上网了吗?"

"还没来得及。"马牛说的倒是实话。他还没找到房子,这几天依然住在单位对面的那个经济酒店。酒店无线网络非常不稳定,总是掉线,所以他基本没怎么上网。事实上他觉得,除了查资料,一整天不上网都不影响他的生活。

昨天,蛋糕上的那个求救信号折磨了他一夜。他做了无数种假设,依然不明白它的用意何在。毫无疑问,那三个字母是黄天挤上去的。他一开始就知道有人要害自己,所以不仅在玻璃上十分明显地写下了马牛的名字,还在蛋糕上提前做了求救信号,看上去像是担心万一警方(马牛)无法理解玻璃上的信息而做的双重保险。这也从另一个侧面说明,猝死是不成立的,黄天一定是被谋杀的——只有身处危险中的人才会不断呼救。

可是,黄天既然知道有人要害他,为什么不选择报警呢?信不过警察,还是害怕没有证据警方不会受理?那他为什么又会找上马牛呢?马牛被这些前后矛盾的问题弄糊涂了。

唯一可以确定的是,谢雨心是知情者。她暗示马牛去打开蛋糕,在太平间有意让他送她回家,每次出现都精心打扮,这一切都是在吸引马牛的注意。在把马牛拉进来的计划中,她和黄天是同谋者。可为什么呢?她为什么不直说,而要拐着弯来提醒马牛?

也许找到她,当面问个清楚,是唯一的解决办法,但她早就不知道躲哪儿去了。马牛本来指望早上把昨天的发现跟徐一明汇报一下,没准后者心肠一软又答应他重新调查这个案子了。但照眼前的状况看,他知道自己最好什么也别说。

"到底怎么了,这是?"

徐一明在键盘上一阵敲打,然后把显示器的屏幕转向马牛,示意他自己看。马牛凑近一看,很快,他就瞪大了眼睛。

"这是怎么回事?"

"怎么回事?你干的好事。"

"徐队,你听我说,这绝对不是我干的,我有这么不专业吗?"

"那为什么会署你的名字呢?而且把整个过程写得这么详细,这么绘声绘色,和你昨天说的那一堆狗屁推理一模一样。"

"绝对不是我,我怎么可能干出这种事情?"

"那是谁?我,还是王维?昨天你在会议室里说的那些事情,除了你自己,就只有王维和我知道。王维已经问过了,她说没有,我相信她,那剩下的不就是你吗?"

"徐队,真不是我,我发誓。你想啊,要真是我,我会署自己的名字吗?我有这么傻吗?"

"也许你是故意耍这种小聪明呢!"

"我知道了,是他们。"

"谁?"

"不知道,反正是昨天四个人中的一个。"

"你的意思是,人家自己诬陷自己,还发到网上引起大家的关注?"

"我知道了,是曹睿,他为了出名……"

"行吧!好在他们没有进行投诉,至少现在还没有。"

"他们不会的。"

"他们不投诉,但不代表就没事。现在这事在网络上已经成了热搜话题,领导一大早就给我打电话,把我臭骂了一顿,让我给他一个交代。马牛啊,你说你干的这都什么事!一个简单的猝死事件被你说成是什么密室谋杀案,还是这么多人合伙干的。现在好了,案子没破,锅先背上了。人家当事人指不定还得来找我们的麻烦呢!"

"这本来就是一起谋杀案。我昨天去找那盒蛋糕……"

"闭嘴!"徐一明发怒了,"你怎么还执迷不悟呢?看来我一开始就错了,根本不应该允许你借用局里的地方,搞这么一场没有任何证据的审讯。作为你的上级,我早就应该及时把你那些天马行空的推理拍死在摇篮里。现在事情既然已经发生,后果只能由我和你一起来承担了。"

"怎么承担?"

"我会写一份检讨,详细说明这次事件的经过,交给领导。具体怎么处罚，领导说了算，要是让我这个刑警队队长降职，我也认了。"

"不至于吧……"

"我还没说完！你现在把警徽和枪先交上来，从现在起开始休假，发基本工资。等风头过了，我再想办法让你回来上班。"

"那潮白河枪击案呢？"

"你还记得这事啊？我还以为你给忘了呢！好了，别说了，我一会儿还得去领导那汇报，枪击案我先安排其他同事跟进。就这样，去吧！"

马牛垂头丧气地回到座位。他看见王维起身出门去了，连忙也站起来，追了出去。

"王维，等等我。"

"我不想和你说话。"

"我有话想和你说。"

"说什么？又想说你决不放弃吗？"

"还真是……"

"行了吧你。"

"等等，你听我把话说完好吗？我被停职了。"

"恭喜你，终于能事不关己地在家睡大觉了。"

"我无家可归，前几天被我爸妈赶出来了，说让我独立生活。"

"是吗？关我什么事！"

"当然，这些都是我自己的事。只是我有件事情一直想不明白，想请你帮个忙。"

"不帮。"

"你这样也太意气用事了。"

"说到意气用事,我可比不上你。"

"能好好说话吗?"

"不能。"

"好了,我认错还不行吗?"

"不行。"

"那你到底想怎样?"

"一起看电影。"

"啊?"

"《冰雪奇缘2》今天最后一天上映,你上次答应过我的。"

"行,我一会儿就去买票。现在咱俩恢复搭档关系了吗?"

"你想要我做什么?"

马牛把昨天蛋糕上的发现告诉了王维。王维听完后陷入了沉思。过了一会儿说道:

"你是想让我帮你找到谢雨心?"

"聪明。"

"可就连你这个神探都找不到她在哪儿,我又去哪儿找呢?"

"我怀疑她根本不在北京。我听你之前好像说有个叔叔在交通部门工作,或许可以帮我打个电话……"

"你这有点得寸进尺了吧!"

"帮帮忙，"马牛故作可怜状，"就算不帮我，也得帮帮死去的黄天，他都'SOS'了，还是平白无故地死的……"

"唉，真拿你没办法！"王维口气软了下来。她拿起手机给她叔叔打去了电话。对方答应帮她查一下，但需要一点时间。

"好了。快订票去。"

电影安排在晚上七点半。在此之前，马牛和王维在影院所在的商场负一层吃饭。整个过程都是王维一个人在说个不停，马牛则心事重重，几乎没怎么吭声。

"你投入一点好吗？陪人看电影，怎么一副很敷衍的样子？"

"好啊！"

"好什么？"

"'好啊'是一个情绪词，用来表达投入程度。"

"还看不看？"

"看，当然看，我答应你的。"

过了一会儿。

"还有一件事，我想不通。"

"说。"

"你说谢雨心和黄天的孩子到底去哪儿了呢？"

"我哪儿知道。"

"也许他们根本就没孩子。"

"胡扯吧！"

"还记得咱们第一次去黄天家吗?我当时总觉得有什么地方不太对劲,现在我知道是什么了。"

"什么?"

"屋子里没有他们儿子黄佳的照片,不仅单人照没有,就连全家福也没有。这对于一个年轻幸福的三口之家来说实在不太正常。"

"被你这么一说,好像确实是这样。"

"还有一次我和谢雨心吃饭……"

"哟,念念不忘的一顿饭。"

"别打岔。我是想说,那次我曾提出想去见一见她的孩子,可你知道吗?当时谢雨心的反应很大,大叫一声'不要',差点把服务员都叫来了。"

"为什么会这样?"

"要不咱们明天去一趟孩子的学校,了解一下情况?"

"可以是可以,但万一让徐队知道了,不得扒了咱们的皮?"

"那就别让他知道。"

王维的手机响了,她拿起来,示意马牛别说话。

"叔叔。嗯,查到了。是的,查案子。别问了。你说。嗯,好的,好的,知道了。谢谢叔。"

王维挂断了电话。

"怎么样?"

"你猜得没错,谢雨心离开北京了。"

"去哪儿了?"

"谢雨心半个月前上了去湖南的高铁。"

"湖南？具体哪儿？"

"衡山。"

"黄天的老家？"

"是的。"

"一个人吗？"

"两张实名票。她和她的儿子黄佳。"

"确定上车了吗？"

"这就不清楚了，只能查到她买了票。"

马牛不说话了。

"你打算怎么做？"

"去一趟湖南。"

"有必要吗？"

"反正我现在也停职了，闲着也是闲着。"

"打算什么时候走？"

"越快越好，明天一早吧！"

"那黄佳的学校呢？还去吗？"

"你帮我去一趟，咱们分头行动。"

王维假装叹了口气。

"唉，好吧！赶紧吃，电影要开始了。"

吃完饭，他们来到影院门口。离检票进场还有十五分钟，便找了个位置坐下来。

"你先坐一会儿,我去买爆米花和饮料。"

王维说完就离开了。马牛从口袋里掏出"秘籍"和笔,想写两个段子。这时,上一场的电影散场了,一大群人从影院出口走了出来。马牛抬头看向王维,她正在商品售卖处买爆米花。服务员将一大桶爆米花和两杯可乐递给她,她一手抓一杯饮料,再将爆米花桶揽在怀中,开始往这边走过来。马牛觉得这个画面太有喜感了。

突然,人群中闪过的一个人影引起了马牛的注意,确切地说,是那个中年男人穿的衣服——一件深色的帽衫,帽衫的背后印有一个大大的舌头。他想起丽都色魔也穿过同样的衣服,心里不由得产生了一种怪异的感觉。他盯住那个人的脸,非常陌生,却越看越觉得他和丽都色魔是同一个地方的人。那个家伙似乎刚看完电影,顺着人流朝前走去,眼看就要到出口了。马牛连忙把"秘籍"和笔收进上衣口袋,然后从座位上跳起来,跟了上去。有那么一瞬间,他脑海中闪过王维端着爆米花看到空荡荡的座位时一脸愤怒的表情,但注意力很快就放在了追踪上面。

出了电影院,马牛保持十米左右的距离跟着他。对方一开始毫无察觉,不过走了一段路之后,他逐渐变得警惕起来,一边走一边回头看。好几次,马牛以为他发现了自己,但很快那人又把头转了过去。就这样,他们从商场的五楼一路往下。那个男人的双手一直插在帽衫的大口袋里,马牛不知道他手里拿着什么。出于安全考虑,他决定选择一个人少的地方再想办法截住他。

终于,他们出了商场,进入地铁。这个商场的负一层是跟地铁六号线直接接驳的。因为没有背包,两人直接通过了安检。接着,马牛跟着他上了往东的地铁。他们之间只隔了半个车厢。路上,马牛的手机震动,看了一眼,是王维打来的,他摁掉了没接。

在六号线的草房站,那人终于下车了。一路上人还是很多,马牛跟着他从地下来到了地面,人群四散。马牛的经验是,越到这个时候越容易跟丢。果然,在某个十字路,那个人猛然回头,狠狠瞪了马牛一眼。马牛急忙掩饰,但已经晚了,等他再次抬头,看见那家伙已经跑了起来。

他被发现了。

没办法,马牛拔腿追了起来。

"站住!"

这一喊,那家伙跑得更快了。他们一前一后,相距依然是十米左右的距离。那个大红舌头一颤一颤。跑着跑着,耐力王的自信回到了马牛的身上,他坚信,只要再跑一小段路,就能抓住他了。

但他的判断失误了。那家伙突然改变方向,跑向一个公交车站,然后上了一辆正准备启动的大巴。当马牛赶到时,大巴的车门刚好关闭,开始滑行。马牛猛拍车门,车停了下来,车门打开。马牛站着没动。

"上不上啊?"司机一脸不耐烦。

马牛看见那个家伙的手里拿着一把枪,正对着侧面坐着的一个孕妇。大家的注意力都在马牛身上,没人注意到这一危险。

"快点上啊！"

"对不起，不上了。"

"什么毛病！"

车门再次关闭，大巴启动。马牛透过车窗死死盯着那个人，终于看清了他的样子：浓眉、细眼、高颧骨、厚嘴唇、阴冷的表情。马牛知道自己没有跟错人，而那个家伙同样回看着马牛。他竖起三根手指，做成一个枪的形状，缓缓对准马牛，扣动"扳机"，嘴上配合着"砰"的口型。接着，他得意地笑了起来。

马牛望着大巴越走越远，沮丧极了。

34

从北京西站出发一路往南，沿京广线，途经河北、河南、安徽、湖北等省，最后进入湖南境内。这一路的风景变化明显：起先是荒凉的北方平原，接着山开始多了起来，然后是河流。到了湖北，经过雄伟的长江大桥，就到了真正的南方。作为一个北方人，看到长江的时候马牛还是激动了一下，宽阔的江面上载货轮船十分壮观，江边的大型机器宛如巨兽般随风舞蹈，横跨南北两岸的桥梁就像仰卧在世间的佛身。马牛不止一次听南方的朋友说过南方有多好，但他们却依然选择留在北京。这里面貌似有一些可以编成段子的内容。他拿出笔记本来，记下了一些灵感。

昨晚他给王维回了个电话，说明了情况。王维无奈地表示理解，说她会去查一下那辆大巴，但希望不大，大巴车沿途有二十几个站点,那个家伙可能会从任何一站下车。马牛叹了口气,对电影没看成很抱歉,承诺下回一定补上,王维说想看的电影已经下线了。

进入湖南境内,山陡然增多,然后是无休无止的山洞。一开始,他还觉得新奇,那种一会儿黑暗一会儿明亮的感觉充满了乐趣,仿佛回到了钻防空洞的童年时光,但时间一长,不禁有点儿烦躁。他想起一个著名的FBI用来测试变态犯罪心理的题目:一个人坐火车去看病,痊愈后回来的路上火车经过一个隧道,这个人就跳车自杀了,为什么?答案是,此人原来是个瞎子,病愈后终于得见光明,经过隧道时一片黑暗,他以为自己又瞎了,绝望之下,自杀而亡。这个测试题顶多算个脑筋急转弯吧!不过它里面的道理听上去也合理:人从某种逆境中爬了出来,获得新生,结果那种黑暗突然间又重新回到自己身上,的确容易崩溃。

他在衡山站下了车,已是傍晚。在出站口,一名叫朱昊的民警举牌来接他。来之前,他联系了当地的公安局,于是这个朱警官被上级安排前来接待他。朱昊很年轻,大概只有二十出头的样子,长得很干净,也很精神。他先开车把马牛送到宾馆,办理入住后,非要一起吃饭。

"我们领导今晚正好有事,不能来作陪,特意让我好好招待你。"

马牛想了想,觉得当天可能也办不成什么事,就答应了。

他们就近在宾馆旁边找了一家小馆子。餐馆空间不大,人却不少，三五个人一桌，喝酒抽烟，说话声音大得像吵架。当穿着警服的朱昊和穿着便服的马牛走了进去，店内瞬间安静了下来。

他们在靠角落的小桌旁坐了下来，店内才逐渐恢复了之前的热闹。朱昊点了几个家乡小菜，点菜之前还特意问马牛能不能吃辣，马牛说能吃一点。朱昊开玩笑说在湖南想不吃辣都难，别说炒菜放辣椒，有时候汤里也放辣椒。马牛点点头，心里祈祷过会儿上来的番茄蛋汤里千万不要有一层辣椒漂浮在面上。马牛拒绝了对方"喝点儿"的提议。上次喝完酒后，他让一个带枪的色魔从手里逃脱了。

在等着上菜的过程中，朱昊给马牛介绍了一下衡山。衡山又被称为南岳，是中国著名的五岳之一，隶属于衡阳市。这里靠山吃山，最主要的经济产业就是旅游业，空气和环境都特别好。这点马牛在来的路上已经见识过了。

"听我们领导说，你这次过来是调查一起谋杀案？"朱昊认真地问道。

"是的。"马牛不想撒谎。他原本不想惊动任何人，但想到在一个从未到过的地方办案很可能需要帮助，于是打电话到这边的公安分局，报上自己的警员编号以及身份，告诉对方自己要过来调查一起谋杀案。电话转到一名姓柳的副局长那里。面对询问，马牛以暂时不方便透露案情为理由搪塞，原本以为对方会打电话到队里核实或者索要公函，没想到这位性格豪爽的副局长只是一个劲儿地说"欢迎欢迎"。

"很期待跟你们北京警察学习。说实话,我们这里很多年没发生过谋杀案了。"

马牛笑笑。他发现自己虽然自认为嘴皮利索,但其实并不擅长跟不熟悉的人聊天,还好这个朱昊倒是自来熟。

"明天有什么计划吗?我们先去哪儿?我提前去安排一下。"

"我其实在找两个人,一对母子。我查到他们半个月前在这里落脚了,但后来的行踪就不知道了。"

"嫌疑人?"

"还不确定。"

"唔……"朱昊若有所思,"这样,你把他们的名字和身份信息给我。我明天查一下这里所有的酒店和宾馆,看看有没有入住信息。"

"我一会儿短信发你。"

"有没有他们可能去的地方?"

"这正是我接下来要说的,死者是衡山本地人,我想去他的老家看看。"

"这容易,我明天陪你去。"

马牛点点头。过了一会儿,他想到一个话题。

"你看起来挺年轻的。"

"二十三了。"

"年少有为啊!像你这样留在本地的年轻人多吗?"

"很少。"

"为什么?这里不挺好的吗?"

"赚不到钱。我有几个同学出去了,在北上广深做生意,现在都发了大财,早就出人头地了。"

"出人头地很重要吗?"

"当然了。你是北京人,可能不觉得,但在我们这种小地方,一个人成不成功看的是什么,就是看你家是不是盖了新楼,在市里有没有买房子,要不就是换了什么新车。你别看这里好像个小县城似的,现在好多人都开奥迪宝马,即使没钱也要贷款买。谁家结婚,请了什么酒,摆了多少桌,抽的烟是什么牌子的,所有人都盯着呢。有一次我和一个亲戚聊天,平时不怎么来往的那种,你猜怎么着,她居然对我每个月的工资和奖金一清二楚,挺恐怖的,不是吗?"

"可能是你妈说的。"

"当然是,但一点办法也没有,他们就爱打听,那些在外面混的他们就没辙了,不了解只能瞎猜,各种传闻神乎其神。"

马牛点点头表示理解。

"不过你当警察应该是不错的职业吧?"

"不好也不差。收入稳定,但发不了财,还危险。最麻烦的是,亲戚朋友但凡谁家有点什么事,都会来找你帮忙解决,以为你是通天的。事实上,我们是纪律部门,哪能以公谋私。"

"说得没错。"

"在这里,最让人羡慕的,还是那些做生意发了财的,在很多人眼里，他们才是成功人士。但发财哪有那么容易。所以这样一来，很多年轻人宁愿去外地打工也不愿意回来，否则说都要被人说死。"

这时，菜上来了。马牛高估了自己对辣椒的承受能力，几口下去，舌头发麻，眼泪都要出来了。

"怎么这么辣？"

"我已经跟老板说了要微辣。"

说着，朱昊笑嘻嘻地吃了一口辣椒，像是在炫耀自己的能力。

"这还微辣啊！简直就是变态辣！给我来瓶冰可乐。"

勉强吃了一些，喝了很多饮料，马牛实在受不了了，最后只能表示菜虽然好吃，但无福消受。朱昊觉得有点不好意思，赶紧叫服务员来买单。

"我来买吧！"马牛大着舌头说。

"不用，我来，尽一下地主之谊。"

马牛光顾着喝饮料，也不再推托了。出了门，朱昊握住了马牛的手。

"实在抱歉，我得回去了，家里还有老婆孩子等着我。"

"啊？"在马牛眼里，朱昊长得还像个孩子，居然已经当了父亲。

"在我们这里就这样，没出去的，早早结婚生子，人生一眼能望到头。有时候，我也挺羡慕那些出去的人。好啦，先撤了，明天我开车来接你。要不先到一趟局里，见一见我们领导……"

"不用了。麻烦你跟你们领导说一声,我需要集中时间办案,这次就不去拜访了,还请谅解。"

朱昊愣了一下,接着连忙点头。

"行,行,我跟领导汇报。你早点休息。"

说完,他就开车先走了。马牛在宾馆门口站了一会儿,然后朝街上走去。他打算四处逛一逛,顺便找找有没有麦当劳。一个汉堡加一个甜筒冰激凌就能解决他饥饿和辣嘴巴的问题。

也许因为这里是政府重点打造的旅游区,街道建设得非常漂亮,干净整洁。街上的商店灯火通明,情侣成对亲密走过。这里和马牛想象中的不太一样。中国的城市化进程非常快,很多乡镇如今早已是城市的模样了。

转了一圈没找到麦当劳,马牛在一家名叫"詹姆斯炸鸡"的店里吃了一个非常不正宗的鸡腿汉堡,心情有点沮丧。他看见点单区后面的电子牌上有甜筒这一项,但没敢点。他怕破坏了甜筒在自己心目中的崇高地位。

回到宾馆,洗了个澡,看了一会儿湖南当地的电视,他发现这里的娱乐节目的确丰富多彩。他又想起之前听到过的那个"电视湘军"的称呼,里面透着一股子敢闯敢拼的狠劲。

躺在床上的时候,马牛看了下时间,才晚上九点。今天是星期六,"老书虫"有告别演出,他是去不了了,心里却痒痒的。说脱口秀会上瘾,哪怕是像他这种纯粹为了消解压力的业余脱口秀演员。在台上虽然只有几分钟,却很容易获得一种因为能把人逗笑而换来热烈掌声的满足感。在那一刻，他会觉得自己很充实，能暂时对抗一下内心深处那种孤独感。

第二天一早，朱昊就来了。马牛被他领着去吃了一顿湖南米粉（这次朱昊嘱咐厨师一点辣也不要放），浑身变得热乎起来。随后他们上了车，往目的地出发。

"我查过了，半个月前，谢雨心的确到了这里，并且在一家宾馆住了几天，但她退了房之后，就再也没有任何她的消息了。"

马牛点点头。

"至于你说的那个死者黄天，户籍显示他是本地人，家庭住址我已经记下来了，咱们现在就过去。我能问一句吗？"

"请说。"

"他是怎么死的？"

"目前还在侦查中，大概率是中毒。"

"哦，"朱昊停顿了一下，眼睛看着前方，"我把这事跟领导汇报了一下，他还挺重视的，毕竟黄天是我们这里的人，他的户口还在村里，按规定人死了应该销户。"

"你们领导怎么说？"

"让我好好跟你学习，有什么消息随时向他们汇报。"

"辛苦你了。"

"没事，应该的。对了，我还顺便查了一下。"

"什么？"

"你在找的这个谢雨心是黄天的妻子。"

"哦。"

随后两人就陷入了沉默。汽车朝前开着，一开始是新建的宽阔马路，很快，路就变窄了，路面也坑坑洼洼起来，接着便是盘山路。当然，路边的风景依旧很美。

"我们要去的村子是这一带有名的省级贫困村，"朱昊察觉到了马牛的困惑，开始解释起来，"其实你也知道，南岳虽然是著名的景区，看起来也确实很漂亮，但除了景区，其他的村子因为交通不便，经济状况都不好。这些村子现在只剩下老人和狗了。"

他的话很快得到了验证。汽车开过一段看似荒无人烟的路，最后进入了黄家村。那种破败一眼可见：村子里的房子星星落落，全是土坯房，有的屋檐下挂着肉干，有的则堆放着红薯、土豆和大蒜，有几条狗趴在路边。

把车停好后，朱昊领着马牛往村子里走去。路上有一个老奶奶与他们迎面走过，她好奇地打量着这两个外来人。朱昊热情地用本地话跟她打招呼问路，她点头应答，并为他们指路。

到了村委会，一个五十多岁的男人接待了他们，他叫黄厚元，是村支书。他告诉他们，黄天的家就在村尾，可以领他们去。

一路上，黄支书向他们介绍，黄天的父母早就去世了，房屋也一直空置着。

他们一行人来到一座土坯房前。黄支书指着屋子说，这里就是黄天的家了，但因为家里没人，所以也进不去。他们商量了一下，决定撬门而入。

进了屋子，马牛才发现这家人很穷。厅堂里家什破烂不堪，墙角有一堆不知道用来做什么的纸盒子，墙上糊了一些旧报纸，中央房梁上悬挂着一盏白炽灯。

往里走一点，是两间大小一样的卧室。其中一间里放着一张木床，床上只剩床板，没有被褥，床沿上满是灰尘，像是空置了很多年。另一间是一张双人床，上面放着一块厚厚的棕毛床垫，床垫上有两捆打包好的被褥，被罩看起来很新，床架上罩着一层蚊帐，马牛伸手摸了摸，感觉也不旧。除此之外，墙上还贴了一些发黄的"三好学生"奖状。马牛凑近一看，全是黄天的名字。

"他的父母是什么时候去世的？"

"有十多年了。"

"那之后黄天就没回来过吗？"

"很少，不过他爱人上周回来过。"

"你怎么不早说？"朱昊一听就急了。

"你们也没问。"

"你确定是他爱人吗？"

"确定，我认识他爱人。他们结婚的时候是在村里办的酒席。"

"那他们母子俩就住在这儿吗？"

"母子？我只看见她一个人。"

"她不是带着孩子吗？"

"有吗？我没看见。"

"什么？"马牛皱起了眉头，"真的没看见？"

"反正我是没看见。我当时因为赶着去镇上开会就没有和她打招呼，等我回来时，已经很晚了，于是想着第二天一早来看一下，没想到等我再来的时候，门已经上锁了。人应该是已经走了。"

"麻烦你去把邻居叫来。"

"哦，好。"

黄支书走了出去，过了一会儿，领着一位老太太进来了。

"这位老太太是黄天的邻居，那天她正好在家。这两位是警察，他们问你什么你就答什么。"

马牛把之前问支书的话又重新问了这位老太太一遍，她听了半天也没听明白，朱昊只好把马牛的话翻译了一遍。她听完，摇了摇头。

"没看见细伢子，豆芽子也没见着，就他堂客一个人。"

这下轮到马牛糊涂了。

"细伢子是小孩的意思，堂客呢，指的是老婆。"

"那豆芽子呢？"

朱昊又问了一遍那位老太太。老太太说了几句什么，朱昊点点头。

"豆芽子是黄天的小名。他小时候长得很瘦，再加上姓黄，大家都叫他黄豆芽，这边的人就叫他豆芽子。"

马牛点了点头。他的思绪还停在为什么只有谢雨心一个人出现这件事上。老太太又说了一句话，这次马牛听懂了。

"他家发生么子事咯？"

"没什么。"

"没事警察会找上门来？是不是豆芽子在外面闯了祸？"

"你莫乱讲！"

黄支书说了老太太一句，她立刻就闭嘴了。

"没关系，"马牛走到老太太身边，然后对黄支书说，"你先出去一下，我有些问题想问一下这位老奶奶。"

"可是……"

"去吧！"朱昊也说了一句。黄支书走出了屋子。

"你有多久没看见……豆芽子了？"马牛问道。

"好几年了咧！这个伢子，我是看着他长大的。"老太太满头白发，个子不高，有点驼背。其实只要仔细听，马牛发现湖南话也没那么难懂。

"小时候，他是村里出了名的好伢子，学习好，人灵泛，又有礼貌，我们都喜欢他。后来他考上了大学，就很少回来了。后来他屋娘老子和涯老子都去世了，他更不怎么回来了。大家都在讲，他在外头混得很陋。"

"为什么？"马牛感到好奇。事实上黄天在北京混得还行，为什么家乡的人会这样看他。

"肯定啦！你看他屋的房子又破又烂，真混得好就翻修一下咯，一看就是没钱。"

马牛没说话，他在揣摩这里面的逻辑到底是什么。

"而且要真混得好，警察怎么会找上门？肯定是干了么子见不得人的事情吧。是不是在外头欠了一屁股债？"

"不是。"

"那就是犯了法。反正我觉得没干么子好事。"

马牛突然理解了黄天不愿意回来的理由，并对死去的他深表同情，一心想快点结束这场对话。

"那天他堂客回来，你有发现什么奇怪的事情吗？"朱昊问道。

"奇怪的事情啊，我想想。哦，对了，夜里我起来解手，看见她去了后山。"

"后山？"

"对啊，手里还拿着工具。忘记说了，黄天父母的墓也在后山。"

马牛推开后门，抬眼望见一座小山，山上郁郁葱葱，景色宜人。

"走，"马牛回过头看看那位老太太和门外探头探脑的村支书，对朱昊说，"去看看。"

十多分钟后，两人来到黄天父母的墓前。在黄天父母的墓边，有一座新坟，木制的墓碑上用墨水写着：黄天之墓。

马牛意识到，谢雨心回来是带着黄天的骨灰落叶归根的。但很快，那个无法解答的疑问又冒了出来：他们的儿子黄佳哪儿去了？

山上安静得有些瘆人。

一只鸟怪叫着从树枝上飞落下来，停在那块木制的墓碑上，一点也不怕人。马牛往前走了几步。那鸟飞起，在空中打了个转，朝山谷飞去。马牛看向地面，墓碑另一侧的地上有两个圆形的已经干硬的浅坑。马牛猜那应该是膝盖跪地的痕迹。

一个可怕的念头突然降临。

他面朝坟墓缓缓转动，鞋子在地上带起一些干碎的土块，与此同时，他的眼睛一直盯着墓碑。

最终，那个念头得到了验证。

墓碑背面写着：

"妻谢雨心同眠于此。"

35

回到北京后的几天，可能是马牛人生中最艰难的日子，他感觉被一种魔障死死缠绕着。到底是什么地方出了错？谢雨心到底去哪儿了？她为什么要给自己立墓碑？他们的孩子黄佳又在什么地方？马牛怎么想也想不明白。现在唯一可以确定的是：谢雨心不是凶手。一个把自己丈夫的骨灰带回家乡然后在墓碑背后刻上自己名字的女人，绝不可能是杀夫之人，更不可能策划这么复杂的谋杀游戏。不过黄天死后她的一系列反常行为让马牛困惑极了。

马牛从湖南回来后，王维告诉他，之前查的那辆大巴车果然没有结果，没人注意到那个人是谁，从哪儿下的车，去了哪里。倒是她去了趟黄天家划片的那所公立小学，得到了一些惊人的信息。

"我去教务处查了一下。他们告诉我，新一届一年级的小学生里，的确有一个叫黄佳的，不过开学后他只上了一个月的课就没再来了。"

"什么原因？"

"学校也不清楚，没有任何说法，也没有请假，打电话给家长也没人接。"

"会不会转学了？"

"不太可能。"

王维继续介绍，这所小学完全不是什么名校，只是为了照顾周边居民的普通公立小学，属于正常划片，即便如此，黄天的孩子还是托了关系才进去。

"有问当时黄天找的什么关系吗？"

"这怎么问？问了他们学校也不会说啊！"

"说得也是。"马牛脑海中浮现出常乐的样子。后者曾提起马牛因为小孩上学的事情找过他，但他自称无能为力拒绝了，事实上他有个亲戚就在这所学校当校长，也许他在撒谎？

马牛更加困惑了。疑团就像一个越来越大的气球，完全遮挡住了他头顶的阳光，而且看起来没有一丝要破裂的迹象。他将湖南之行的所见所闻告诉了王维，王维同样也很震惊，答应帮他继续找谢雨心。

又一个星期过去了，事情还是没有任何进展。

通州枪杀案也是如此。王维说徐一明最近简直像一只刺鲀，动不动就气鼓鼓的，随时可能会爆炸。

天气逐渐变冷，北京城区已经开始大面积供暖了。秋天过去，冬天降临，这座城市显得越发忙碌起来。马牛在三里屯附近找了个一居室住了下来。这个地段租金不低，但他实在不想和人合租，也不想住得离单位太远，于是花光了所有的存款，还向王维借了点钱，才算安顿了下来。

虽然停职不用上班，但马牛依然坚持早起锻炼，在附近的麦当劳吃完早餐后，独自一人散步，有时沿着工人体育场转圈，有时会去更远的地方，比如东四十条、张自忠路，甚至坐地铁去景山公园。他在北京城里到处游走，漫无目的，放空自己。他感觉这种独自游荡的效果还不错，至少偶尔能让他平静下来。做刑警的那些日子实在太忙了，生活方式也很简单，没有好好走走看看。作为一个北京人，他对这座城市知之甚少，通过走路的方式深入城市，也是一种不错的选择。

然而心情时好时坏。那些未解的疑点始终萦绕在他的心头，挥之不散。真真死后，他变得很消极，认为一切都没有意义，对什么事情都不在乎，破案只是一份推着他往前走的工作罢了。但自从莫名其妙卷入黄天猝死事件之后，他那种消失已久的好奇心被重新激发了出来。在真相揭晓之前，这甚至都不能算是一起真正的刑事案件，但他却深陷其中。这到底是为什么，连他自己也想不明白。

只有继续走，继续思考，找出真相，才能把他从沼泽中拔出来。

就这么又过了几天。

这天黄昏，他走了一整天，筋疲力尽，飘飘荡荡回到了三里屯。他感觉又累又饿，便一头扎进了路边的一家咖啡馆。

看到墙上的装饰他才知道是感恩节。咖啡馆里聚集了一大群孩子和家长，在这里举办感恩节派对。孩子们在脸上涂了可爱的彩妆，穿上闪亮的衣服，吵吵嚷嚷，热闹不已。马牛要了一杯美式咖啡和一份火腿鸡蛋三明治。有段时间他得了咖啡重度依赖症，一天不喝就非常难受，后来因为影响到睡眠，就把它戒掉了，但最近他又开始喝了。

填饱肚子之后，他拿出牛皮本子"秘籍"，开始试着写段子。越热闹的地方他注意力越集中，但今天他发现自己状态奇差，写了好几个段子都不满意。

"不给糖就捣蛋。"

马牛抬起头，看见一个三岁大的小女孩站在面前。她穿着一件爱莎公主的蓝色纱裙，认真地望着他。

他猜小女孩也许之前刚学会了这句话，现在就拿来用了。

"不给糖就捣蛋。"她重复了一遍。

马牛扫视了一圈，发现店里其他的小朋友都不见了，只有几个家长在一张桌子旁一边吃东西，一边聊天。

"我没有糖，对不起。"马牛抱歉地说道。

"不给糖就捣蛋。"

她看起来有点生气，但她并没有捣蛋。

"其他的小朋友呢？"

"他们去外面玩耍了。"

"你怎么没和他们一起去?"

"人太多了。"

"哦。"

"不给糖就捣蛋。"她又说起来了。

"你等一下。"

马牛起身走到点单台,买了一根棒棒糖。当他转身的时候,那个小女孩已经不在了。他仔细找了找,才发现她一个人走到了店外。马牛回过头,看见那些家长仍在吃饭聊天,根本没注意到她出了门。马牛打开门走到小女孩身边。

"给,你的糖。"

她一看很高兴,飞快地接了过去。

"成功啦!"

"你下次可不要一个人跑出来了,马路上有车子,还有坏人,知道了吗?"

"嗯!"

"贝贝!"

马牛转身看到门开了。女孩的妈妈焦急地冲了过来,抱住了孩子。

"你怎么一个人跑出来了?"

"妈妈你看,我要到糖啦!"

妈妈看了看棒棒糖,又看看马牛,一脸不自然。

"谢谢。走,我们进去,外面好冷。"

那个妈妈抱着女孩回到店内。接着,之前那群孩子也冲了过来,钻进了咖啡馆。

马牛的眼睛跟着他们,直到门关上。

他有点发呆。

似乎有什么重要的信息在他脑海中跳了一下,又迅速消失了。他使劲想了想,试图想抓住它,但什么也没留下。

一阵寒风吹了过来,他冷得打了个哆嗦,才想起自己没穿外套,于是拉开门,迅速走了进去。

店内很温暖,孩子们开始唱起了歌。

36

十一月二十八日,星期五。

前一晚,马牛又是一夜无眠。国贸桥上发生的黄天猝死案已经过去快一个月了。

这几天的散步有了效果。马牛在沉思的过程中得出了一个结论:黄天肯定不是被谋杀的。

如果他是被谋杀的,为什么会提前在蛋糕上写下求救信息?

如果他是被谋杀的,既然谢雨心不是凶手,那么又是谁在黄天的眼药水瓶里下了毒?

如果他是被谋杀的,为什么谢雨心没有选择报警求助,而是用一种极为隐晦的方式暗示马牛?

最重要的一点,如果他是被谋杀的,任何地方都会比在国贸桥上杀人更隐蔽更安全,为什么会选择那里?

因此,答案只有一个:黄天是自杀的。

所谓的国贸桥猝死事件不过是黄天和谢雨心一手策划,丁静、常乐、董家铭、曹睿共同参与的一起假死事件。不是说黄天没死,而是说他让自己的死看起来像是猝死。

为什么要自杀?

向马牛求救。

为什么要求救?

不知道。

为什么是马牛?

因为他是黄天信赖的警察。

为什么不直接报警?

不知道。

为什么选择在国贸桥上?

不知道。

为什么选在晚高峰?

不知道。

太多的"不知道"让马牛感到了前所未有的挫败感。黄天死了,谢雨心消失了,他们的孩子也没有任何踪迹,这一切让马牛喘不过气来。

马牛在大街上晃荡了一个上午,无目的的漫步让他感觉稍微好受了一点。路过一家桂林米粉店,他想起还没吃早饭,就进去要了一碗牛肉米粉。

在等待的过程中,他听见隔壁桌有个小姑娘抱怨米粉真难吃,又硬又没有味道,一点也不正宗,没吃完就气呼呼地走了。他没去过桂林,也没吃过所谓的正宗桂林米粉,所以没什么可比较的。老板娘端了米粉上来。人长得瘦瘦小小黑黑的,年纪不大却满脸憔悴,一看就是操劳过度。

"她这样说你会生气吗?"

老板娘刚准备离开,听马牛这么一问,就站住了。

"不生气,我们做生意的,顾客随便怎么说都可以。"

"你是哪里人?"

"我是河北的,"见马牛有疑惑,她连忙解释,"不过我之前在桂林待过几年,我老公也是我在那个地方认识的。"

马牛越过她的肩膀,朝厨房里看去。一个矮小敦实的男人正在忙前忙后。

"他是桂林人?"

"不是,他也是河北人。"

"哦。"

"不过,他们都说他长得像广西人,所以很多客人都以为我们是桂林人,好几次还有桂林人问我们是不是老乡。我们也不是故意骗人,你知道,小本生意,我们只是懒得解释,别人说是就是咯!"

马牛点点头,脑子里突然闪过一个念头。他想到一个人。

"你是说，广西人跟你丈夫长得很像？"

"是有点，都是瘦瘦黑黑的。"

马牛起身，把钱放在桌上。

"你还没吃呢？"老板娘一脸疑惑。

"我有事，下次再来照顾你们的生意。"

说完，马牛急匆匆地朝门口走去，并且开始打电话。

十五分钟后，他来到了朝阳分局对面的星巴克。刚坐下不久，王维就推门进来了。

"查到了吗？"

"查到了，这是当年黄天来北京之前打工的工厂资料。"王维给了马牛一份文件。

"嗯。"

"你先看着，我得赶回去了。刚才徐一明在开会，我是偷偷溜出来的。"

"去吧！谢谢。"

"跟我客气什么。"

王维说完就走了。马牛挪到一个比较隐蔽的角落，打开资料开始看起来。

这家名为"潼心"的儿童玩具厂成立于二〇〇一年，主要业务是做进口品牌玩具，工厂的注册地址是广东东莞，注册资金为一百万人民币，规模不大，整个工厂大概有二十名员工。黄天应该是在二〇〇三年毕业后进的工厂。资料显示，这家工厂在二〇〇六年就已经倒闭了。马牛的视线最终停在了企业法人陈金发的名字上。

要找一个人的联系方式，对马牛来说并不是一件很难的事情。打了几个电话后，他就拿到了这位陈金发的联系方式。

陈金发是广东顺德人，如今已经六十多岁了，在老家颐养天年。他的普通话有一股浓浓的粤语腔。他告诉马牛，当年的确有个叫黄天的小伙子在他的工厂里做工，他印象很深刻，因为他是少数几个跟自己从广东搬到越南的中国工人。

"越南？"马牛精神一振，"你的工厂不是在东莞吗？"

陈金发解释道，一开始是在东莞，但那些年因为全球经济不景气，外国的品牌商家为了降低成本，纷纷把原来分配给中国的订单挪到了东南亚。随着订单减少和成本上升，国内的很多加工厂纷纷迁移到了越南等地。陈金发的玩具厂也是其中之一。当时，工厂的大部分工人都是从越南本地招的，但也有一些从原来的厂子跟过去的中国人，黄天就是其中一个。陈老板很喜欢这个小伙子，勤劳，朴素，肯干。但不知道为什么，没干几个月他就突然走了，也没打招呼，连最后一个月的工资都没要。

马牛沉默了片刻，他在琢磨这个信息的价值。在十里堡那家徽菜馆，那个诗人小虫是黄天的同事，按道理，他肯定知道黄天去过越南，为什么要故意隐瞒信息？

"喂，你还在吗？"

"还在，"马牛回过神来，"当时除了他，还有哪些从中国过

303

去的工人?"

"还有几个人,我把他们都安排在了同一个宿舍。一个宿舍大概有五个人,三个中国人和两个越南人。"

"你还记得他们的名字吗?我是说那几个中国人。"

"……时间太久,不大记得了。"

他回答时犹豫了一下,马牛怀疑他在撒谎。

"有没有一个叫小虫的?"

"小虫?没有,如果有这个名字我肯定记得。"

"陈先生,请你好好想想,这个人可能与一起刑事案件有关。"

"好,我再找找当年的资料,一会给你电话。"

过了一会,陈金发的电话进来了。随后,他传来了一张当年黄天宿舍五人的合照,并按顺序从左至右写明了各自的名字和籍贯。他们分别是黄天、于天宝、阮勇、陈元甲、丛宇(此人正是诗人小虫),其中黄天是湖南人,丛宇是广西人,于天宝是广东人,阮勇和陈元甲是越南人。马牛赫然发现阮勇就是那个丽都色魔,而陈元甲则是那个在电影院碰到的男人。

难怪一直查不到阮勇的身份,原来他是越南人。

听马牛讲出事情的严重性之后,陈老板又补充道:

"我曾经在半夜听见他们宿室里传来惨叫声,过去一问,他们又都说没事。第二天,我看见黄天脸上青一块紫一块的,我问他怎么了,他说是自己磕碰的。"

"你是说,黄天被暴力欺凌了?"

"虽然我没亲眼见到，但不是没有可能。"

马牛推想了一下整个过程：黄天在大学毕业后找不到工作，于是去了东莞工厂打工，后来随着厂子又去了越南，在异乡，他遭到了宿室几个人的暴力霸凌，终于有一天，他忍受不了了，选择了逃离，来到了北京。

可他为什么会自杀呢？

也许有一个人能给他答案：丛宇。

几个电话后，他查到了丛宇的居住地址。望着那个地址，马牛恍然大悟，难怪在北京搜不到这帮人。

马牛收好资料，走出星巴克，穿过马路，来到朝阳分局。

刑警队办公室空荡荡的。

马牛径直走向会议室。随着靠近会议室的大门，徐一明洪亮的嗓音从门缝里飘了出来。马牛没有犹豫就直接推开了会议室的门。大家正在讨论国际会议的安保工作。

徐一明的声音戛然而止。

所有人都齐刷刷地看向他，包括坐在会议桌上首的分局局长周军。

"你怎么来了？"

"我有情况要汇报。"

"你先出去，我们这正在开会呢！"

"我查到了通州枪杀案的凶手以及他们所在的地址。"

周局长把身子扭了过来，望着马牛。他是一个五十来岁、有点微胖但无论气质还是说话都极具威严的警察。

"你刚才说,你查出了通州枪杀案的凶手?"

"是的,局长。"

"还知道他们现在在哪儿?"

"是的。"

于是,马牛把他之前的发现一五一十地说了出来,并指着陈金发发给他的那张合照上的人,告诉大家谁是丽都色魔,谁又是那天晚上他在电影院遇见的持枪匪徒。说完之后,他看见角落里的王维在为他暗暗鼓掌。

"你是说,通州那个被打烂脸的人是越南人?"周局长问道。

"是的。"

"那他们现在在哪儿?"

"燕郊。"

"燕郊?怎么会跑那儿去了?"

"他们应该是住在丛宇那里,也就是这位,"马牛指着照片上的丛宇,"这个人是中国人。目前判断,他们一共四人,两个中国人,两个越南人,除去死掉的一个,还剩三个。"

"那黄天在这群人中到底扮演着什么角色?"徐一明终于开口了。

"不清楚,但我认为当务之急就是赶紧去燕郊,把这帮人抓起来。他们携带武器,非常危险。"

"有点麻烦,燕郊属于河北管辖,我们没有权力直接抓人。"

"我来打个电话,"周局长站了起来,"徐一明,你继续准备材料,下午两点市局那边的动员会你还是去参加,现在安保工作已经到了关键时刻,你作为咱们局的代表不能落下。"

"那抓捕工作呢?"

"马牛!"

"在。"

"这次去燕郊由你全权负责,我会再调三个人给你,加上燕郊当地的警察,应该差不多了,有问题吗?"

"没问题。"

"周局……"徐一明犹豫地说道。

"怎么?"

"马牛现在处于停职状态……"

"立刻复职!你把他的枪和警徽还给他,这下可以了吗?"

"当然。"

"就这样,散会。我这就给燕郊方面打电话。马牛,你准备一下,马上出发,现在可能是北京最不堵的时候。"

众人站起来往外走。徐一明走到马牛身边。

"原来你还在查那起猝死案。"

"是,现在看来没那么简单。"

"不管怎么说,马牛,这是你的最后一次机会,如果再办砸了……"

"我自动辞职。"

马牛说完就走出了会议室。

十分钟后，马牛和王维以及另外两名干警上了警车。马牛开车，一路往东而去。周局说得没错，这会儿可能是北京最不堵的时候。

经过西马庄收费站的时候，马牛愣了一下，他没想到走北京市内的高速还得交过路费。但当他们经过闸口的时候，栏杆自动抬了起来，原来警车是免费的。

接下来的通燕路开得十分通畅。在路上，马牛看见一辆绿色的大巴车疾驶而过。这辆通勤车是专门由市区开往燕郊的，那个持枪匪徒上的就是这样的通勤大巴。他曾看过一则报道，每天有几十万人从燕郊去北京上班，然后再从北京回到燕郊睡觉。

就这样，警车跟着那辆通勤车一直往东。到了白庙收费站的时候，那辆大巴车直接走了ETC通道，而警车进入了排队通道。经过收费口的时候，对方给了他们一个笑脸。

"欢迎来到燕郊。"

过了收费站，马牛下意识朝进京的方向看了一眼，那边设置了一个关卡，大多数车都被拦了下来进行检查，唯独通勤大巴是直接走ETC过去的。

他们先到了燕郊当地的公安局，负责接待的是刑警队长吴晓天。从他热情的态度可以看出，周局长的电话起了作用。

简单寒暄之后，吴晓天提议现在就出发。

"你们说的那个小区离这里不远，但燕郊交通状况不好，万一堵上连我们警察都没辙。我先安排人盯住那栋楼。"

"那走吧！"

"你们把车停在这里，上我们的车。"

"为什么？"

"这里是燕郊，"吴晓天笑着说，"一辆京牌警车在这里太醒目了。"

马牛点头同意。

两辆警车列队前行。马牛和王维跟着吴晓天坐在打头的一辆车里，另外两名警察则坐在后面的车里。马牛数了一下，算上自己一共八名警察，心想这么多人逮捕三个持枪匪徒应该够了。

一路上，交通显得混乱无序，马牛本来想问问为什么会这样，又觉得这种疑问听上去像是指责，便什么也没说。

汽车行驶到了一个小区门口。这个小区里看起来很新，楼建得又高又密，但外观十分简陋。一名保安走了过来。

"警察，开门！"吴晓天高声喊道。

保安开了门。汽车刚驶进去，一个老头迎了过来。吴晓天给他打了个手势，他拉开副驾驶座的门坐了上来。

"这是我安排的人。"吴晓天说。

"怎么样？他们还在吗？"

"没看见人出来过。"

"你平时见过住在那个屋子里的人吗？"

"见过，就跟我住在一个楼里。我有一次在电梯里，遇到其中一个人在里面抽烟，我让他把烟掐了，他还狠狠瞪了我一眼。"

"他们有几个人？"

"三四个吧！我看他们不像本地人。"

"是吗？"

"他们说话很奇怪，我根本听不懂，叽里咕噜的。"

"你带我们过去，顺便帮忙联系一下房东。"

在老头的指引下，车停到了一栋楼下。下了车，老头领着他们走进楼道。在楼梯口，马牛拦住了吴晓天，把他叫到一边。

"怎么了？"

"我不知道我们领导怎么跟你沟通的，但我的意见是，咱们得做好准备再上去。"

"什么准备？"

马牛看了眼枪套里的枪。

"开玩笑吧，抓一个流氓团伙需要用枪？"

"他们有枪。"

吴晓天盯着马牛看了半天。

"你没开玩笑？"

"当然，我亲眼见过。"

"你见过他开枪吗？"

"没有，虽然没有，但我……"

"好了，别说了，我断定那是把假枪。"

"假枪?"马牛怀疑周局长没把事实告诉他,那个丽都色魔头上中了三枪,脸都被打烂了。也可能他怕马牛的判断有误,故意说成是流氓,这样一旦出错燕郊方面也不好说什么。

"一个耍流氓的都敢拿枪?他的枪是从哪儿来的呢?耍流氓是小罪,持枪可是大罪。放心吧,他们不会有枪的。"

"还是应该小心点。"

"那这样,"他生气了,"你呢,要么和你的人在这里等着,等我把人抓下来交你们带走,要么就跟在后面上去,什么话也别说。"

马牛不再说话了。有些人你跟他不在一个频道上,说是说不通的。

接着,他们进了电梯。在电梯里,马牛抬头观察了一下,发现这个电梯的监视器是坏的。

电梯上行,最后停留在了十二楼。

电梯门打开,他们走了出去。老头指了指走廊尽头的那个房间。吴晓天示意他后退,一招手让自己的手下往前站。马牛和王维以及跟来的两名警察靠在一边,他们掏出了枪。那个老头吃惊地看了他们一眼,连忙闪到了墙后。

嘭嘭嘭。

吴晓天用力敲响着房门,没有回应。他又敲了敲。

"有人在家吗?"

还是没有回应。吴晓天回头问老头:

"给房东打电话了吗?"

"打了，没人接。"

"再打。"

房间里传来了手机的铃声。马牛和王维对视了一眼。吴晓天也听见了，只见他往后退了几步，一个冲刺，撞开了房门。

屋内空荡荡的，只有几把椅子和两张席梦思铺成的地铺。角落里堆放着一些喝空了的啤酒瓶，一个大塑料袋充当了垃圾袋，里面除了一些卫生纸，还有吃剩的外卖。地上到处都是踩灭的烟头。警察开始在屋内分散搜查。不到五秒钟，卧室里传来了叫声。吴晓天立刻冲了进去。

马牛看见桌子上有一张画得乱七八糟的图纸，他觉得眼熟，但一时又想不起来是什么，于是把那张纸折叠起来塞进了口袋。接着，他来到挤满警察的卧室门口，正巧吴晓天从里面出来，脸色铁青。

"怎么了？"

吴晓天不回答，拿出手机，开始拨打电话。

"喂，我是吴晓天，赶紧派人来，出事了。"

马牛挤进卧室，看见一个大妈躺在地上，满头是血，已经死了。他感到一阵恶心。

"不好意思，这个案子我们要接手了。"吴晓天捂着听筒对马牛说了一句，继续打电话。

马牛点点头，习惯性地拿出随身携带的一次性塑胶手套戴上。

"马牛！"

听见王维的喊声，马牛立刻冲出了卧室，见王维站在卫生间门外，举枪对着门。马牛迅速靠近。

"怎么了？"

"里面有声音。"

马牛回头看了一眼吴晓天，后者仍在打电话。马牛示意其他人朝后站，自己则贴在门边，伸手去拧卫生间的门把手。

门被轻轻推开了。

马牛等了一会儿，确认没有危险后，小心翼翼地朝卫生间里走去。

声音是从浴帘背后的浴缸里发出来的。

马牛端起手枪，对准浴帘。王维的手已经摸在了浴帘上。马牛开始做手势倒数。

浴帘猛地拉开。马牛把全身的力量都集中在了扳机上。

然而，瞬间他便放下了枪。

浴缸里躺着一个六七岁大的孩子，手脚被绑着，嘴上贴着胶带，眼睛瞪得老大望着他们。虽然马牛从未见过他，但还是很快从他那双惊恐的眼睛判断出来了他是谁。

黄佳，黄天和谢雨心的孩子。

37

回到分局时已经是下午三点半了。

黄佳被送往医院，由专人负责看护。目前传来的消息是，孩子状况良好，只是一个劲儿地要爸爸妈妈。

马牛心痛不已。黄佳还不知道，自己的爸爸早已不在人间，妈妈目前仍处于失踪状态。他无法想象这个孩子今后的人生。

黄天之死的真相正在浮出水面。

从现在的情况来看，黄天的孩子黄佳遭到了绑架，而且绑架者还是当年霸凌黄天的那帮人，他们到底为什么要这么做？会不会是以此要挟黄天去帮他们做什么事情？

钱，黄天死后，谢雨心不仅要卖掉北京的房子，还能从保险公司获得大量的赔偿金，难道这就是那帮人的目的？也许他们以为黄天在北京发了财，于是绑架了他的儿子，问他索要巨额赎金，黄天拿不出钱来，只好以猝死的方式骗保，再用保金赎人。

马牛又想起那个FBI关于变态人格的测试题。治好眼睛的盲人进入山洞，再次降临的黑暗让他心生绝望，于是跳车一死了之。黄天从欺凌之中逃了出来，以为自己获得了新生，没想到那些恶魔又找上门来，黄天无力对抗，只好选择自杀。

但那三个在他死时围绕在他周围的"与他有过节的人"又是怎么回事？

也许，他把那些不相干的人都牵扯进来，无非是想让他们给自己的"猝死"作证。有了"仇人"的客观证词，就可以证明他的确是猝死，而非自杀骗保。

可是，他们为什么要帮他？凭什么要帮他？

他们知道黄天的孩子被绑架的事实吗？

更重要的是，黄天确定他自己一死了之，就能把自己的孩子救出来吗？他有没有想过，如果自己死了，把赎金交给绑匪，但绑匪依然选择撕票，那他不就白死了吗？

答案是否定的。

他正是因为不确定，才在临死前写下了马牛的名字，深感无力的他把拯救孩子的希望寄托在曾经救过他一命的马牛身上。他不能直接报警，因为一旦警察公开立案侦查，势必会惊动绑匪，那么他们肯定会撕票。他们（黄天和妻子谢雨心）给足了暗示，让马牛暗中调查，虽然冒险，但这恐怕是他们唯一能做的。

看起来就是这样，但依然有一个疑问没有解答。

为什么这一切要发生周五晚高峰最拥堵的国贸桥上？

照目前的情况来看，一切绝非偶然。

马牛想到，应该再跟那三个人联系一下，他们是计划的直接参与者，而且，这次马牛有了让他们说真话的理由。

马牛分别给常乐、董家铭、丁静（没接电话）和曹睿（关机）打了电话。一开始常乐和董家铭还在为自己的隐私被暴露在网络上生气，当马牛说出自己已经救出了黄天的孩子之后，他们沉默了。

接着，他们都说出了真话。

黄天在生前分别去找过他们。首先是致歉，黄天诚恳地表示自己来并不是为了曾经的过往寻求谅解，而只是完成一些夙愿。言语之间，他透露自己快死了，想在死前对那些曾被自己伤害过的人说声对不起。大家都以为他得了癌症，虽然没说一定原谅他，但至少减少了大部分的恨意。接着,他提出了一个请求:让他们在十月三十一日这天,开车到国贸桥上去,一前一后地包围住他的车,他有重要的事情跟他们说。

"他让我开在他前面。"常乐说。

"他让我开在他右侧。"董家铭说。

"什么重要的事情?"

"不知道。"

"然后你就去了?"

"开始我不想去的,谁知道这小子想玩什么花样?而且我有什么义务要配合他的请求?"常乐和董家铭的答案几乎一样。

"事实上你出现在了现场?"

"是的。"

"为什么?"

"因为那天早上他又给我发了条消息,只说了两个字。"

"哪两个字?"

"救命。"

马牛深吸了一口气。

"然后你就去了。"

"是啊,可到了现场,还没来得及说上话,他就死了。如果早知道他是去寻死的,我肯定要阻止他的。"

"你当时没打算下车看看?"

"你知道,我是名人,要是被人拍到……"

"可事后当我去找你的时候,你也没说真话。"

"谢雨心给我发了消息,告诉孩子被绑架的实情。她恳求我不要把真相告诉警方,以免绑匪伤害孩子。"

"所以你们就撒谎了?"

"是的,马警官,换了你,你会怎么做?"

马牛沉默了一会儿。

"你认可黄天这样的做法吗?"

"不认可,我认为黄天一开始就应该报警。"常乐回答。

"当然不认可,对方不就是要钱吗?黄天只要开口,大家想想办法总能解决的,何必自杀呢?"董家铭说。

但同时两人又说:

"现在人都死了,说这些已经没用了,既然孩子救了下来,也算他没有白死。"

马牛不这么认为,但他没说出口。

"可能到时候得请你去法庭作证。"

"能不去吗?"两人的回答再次十分相似。

挂了电话,马牛的眼前浮现出了黄天一个一个地去说服那些人时的痛苦表情。他曾经在人生的奋斗过程中为了达到目的不择手段,但本质上,他是一个好丈夫、好父亲。在面对那些曾经霸凌过自己的人时,他牺牲了自己的生命,留下线索给警方,寄希望于马牛来抓住这些人,帮他拯救孩子。

这真的就是真相吗?能给出答案的人只有至今仍不见踪影的谢

317

雨心，也许还有丁静。马牛再次拨打了丁静的电话，还是被挂掉了。他望着手机发呆，心想怎么才能说服丁静说出真相。

突然，手机上一则广告跳了出来。

那是神马视频发布的一条新节目上线的通知。马牛刚想关掉，却一下子愣住了，这是一档名叫《我们的医疗》的纪录专题片。他想起来，在黄天的微信聊天记录里，曾经有一个工作群，群名就叫《我们的医疗》节目组"。从黄天死后到现在已经过去快一个月了，作为制片人的他虽然去世了，节目仍在制作中，如今上线了第一集。

马牛点开第一集，纪录片开始播放，整个节目时长在四十五分钟左右。为了节约时间，马牛以三倍的播放速度观看，直到节目结束，他也没发现什么端倪。在末尾的字幕滚动表里，马牛仔细检查，并没有发现黄天的名字。人走茶凉，黄天在这个世界上不仅人不存在了，他做的事情也被彻底抹去了。

就在进度条即将走完的时候，一个图标跳了出来。马牛连忙按下暂停键，盯着这个图标看了半天，终于想起自己在哪儿见过它了。他一阵欣喜，拿起手机找到丁静的号码，把自己的发现编成一条短信发给了她。然后，他将进度条重新拖到了开始的部分，按下播放键，他打算以正常速度重看一遍。不到五分钟的时间，丁静的电话打进来了。

"你终于肯跟我通电话了。"

"你什么意思？"丁静在电话那头劈头盖脸叫道，"你再骚扰我，信不信我投诉你?"

"信,不过我觉得你不会,"马牛停顿了一下,"我已经跟常乐和董家铭谈过了,他们都跟我说实话了。"

"我不管他们跟你说了什么,我的答案只有一个,这个事情跟我无关!"

"既然跟你无关,你为什么要偷偷给我暗示?"

"胡说!我给你什么暗示了?"

"眼药水瓶。我刚才在《我们的医疗》这部片子末尾的广告赞助商里,看到了你常用的那款眼药水。我见过你两次,你两次都当着我的面滴眼药水。"

"我那是习惯……"

"是啊,习惯,但不仅仅是你个人的习惯。如果我没记错,你曾经说过,你们做电视行业的,用眼过度,所以很多人都有用眼药水的习惯,这里面应该也包括黄天。"

"我不知道。"

"丁静,别再隐瞒了好吗?孩子我已经找到了。"

电话那头瞬间沉默了,过了好一会儿。

"他还活着吗?"丁静轻轻地问。

"还活着。"

"谢天谢地。"

接着,她又不开口了,一阵啜泣声隐隐传来。马牛安静地等待着。过了漫长的几分钟后,她终于坦白了。

是的，她知道一切。黄天的孩子被绑匪绑架了，不能报警，只能交钱，数额达到一千万。黄天几年前就开始买意外保险，本来是为了给家人一份保障，现在却成了给绑匪的赎金。他只有一死，他求丁静，一定要帮他这个忙。丁静最后哭着答应了。

那天在国贸桥上就是一场戏。她在后车看着黄天倒下，心如刀割，然后还得假装没事人似的，下车表演。她一直戴着墨镜是因为害怕被人看见自己哭过的眼睛。她走到车窗边，迅速伸手进去拿走了那个装有氰化钾的眼药水瓶，然后按下了升降键。

"氰化钾是从哪儿来的？"马牛问道。

"你不是正在看《我们的医疗》吗？拖到三十七分钟左右的位置。"

马牛照做。他很快意识到自己刚才因为快进错过了什么。摄制团队曾到某进口药品公司的新药研发实验室做过采访，被采访者是一名华裔的生物学博士，他面对镜头侃侃而谈，说自己的团队正在研发一种强心药，能在病人突然面临心肌梗死的危险关头把他从鬼门关上拉回来，目前这种药还在临床试验阶段，暂时不能公布具体的细节，不过，这位博士声称这种药的主要成分来自氰化钾。

"那天的采访黄天也去了，不知道用了什么办法，他搞到了氰化钾，并掺入了自己的眼药水瓶里。"

丁静说，当她站在车前拍打引擎盖时，差点没控制住，黄天就死在她面前。她赶紧打电话报警，然后躲在了车里。车门刚关闭，她的眼泪就下来了。

"我知道他一开始是想毒死那帮劫匪的,但不知道为何,他失败了。"

"你们其实可以直接和我说,不用绕这么大个圈子。"

"你是警察。"

"所以呢?"

"我们如果直接跟你说,就相当于报警了。实话实说,如果是你知道这种情况,会不选择上报,偷偷调查吗?"

"不会。"

"我们不能冒那个险。幸运的是,黄天成功了,他虽然死了,但救了孩子。在我心里,他并不是一个人渣,而是个英雄。"

"最后一个问题。"

"什么?"

"为什么一定要死在国贸桥上?"

"这我就不清楚了。我曾经问过他这个问题,但他没有回答我。"

"好吧!不过有件事情要告诉你,协助人自杀可能同样要承担刑事责任。"

"你有证据吗?"

"啊?"

"刚才我和你说的一切都不能算数,因为一旦你们决定起诉我,我就会否定一切,"丁静又恢复了那种冷淡的语气,"黄天在实施这个计划之前就已经想好了,我们所有人都能全身而退。所以,到此为止吧，马警官！去抓真正的坏蛋！"

挂了电话，马牛看了下时间，离五点已经不远了。北京的晚高峰即将到来，黄天也是在这个时间段死在了国贸桥上。事情的真相似乎已经很明显了，但依然有一些结还没有解开。比如，谢雨心到底去哪儿了？那帮劫匪现在又身在何处？还有，那个老问题：

为什么黄天非得死在这样一个时间段的国贸桥上？

马牛突然想起那张从燕郊绑匪屋里拿到的图纸。他急忙把它从口袋里掏出来，展开。

他恍然大悟。

这幅乱七八糟的图画的正是令他百思不得其解的地点——国贸桥。

马牛找出了黄天死时的交通监控视频，找了间技术室，重新播放。因为有了新的思路，他不再仅仅盯着黄天以及他周围的几辆车，开始观察监控画面中其他的车。突然，一阵锥心的痛深深刺到了他，天哪！他终于意识到自己错过了什么。他连忙起身，戴上枪套，披上警服，准备出门。

"你去哪儿？"王维问。

马牛看了一眼时间，觉得自己可能来不及了。

"国贸桥，我们犯了个严重的错误。"

"到底是什么呀？"

"一起走，路上再说。对了，现在去签车单已经来不及了，你今天开你的MINI来了吗？"

王维点点头，两人冲了出去。在他们身后的监控画面中，黄天车右侧第二车道往后数五辆车，有一辆黑色的雪佛兰轿车，后车窗上贴着变形金刚车贴，正是那天晚上差点撞上马牛、把丽都色魔接走的那辆车。马牛连忙拿出手机，调出胡枫发给他的现场照片。第一张全景照片中，就有这辆雪佛兰，车窗开着，里面坐着几个身穿《玩具总动员》衣服的人。如果没猜错，他们正是那群绑架黄佳的匪徒，那天是万圣节前一天，他们这样的装扮并没有引起别人的注意。

而雪佛兰的前面，是一辆银行运钞车。

在MINI车上，马牛通过信息台查到了国贸桥招商银行的电话，打过去却没人接。他看了下时间，已经下午四点五十分了。他考虑了一下，给徐一明打了个电话。

"徐队，请求支援。"

他简单跟徐一明说了他的猜想，这个过程中徐一明一直在默默听着。讲完后，马牛以为徐一明会像之前那样痛斥他一番"什么狗屁直觉"，但没想到这次他居然出奇地冷静。

"支援是暂时不会有了。下个星期就举行国际会议，今天大多数机动部队就被拉到市局开动员会了，我也没办法调动武装来支援你。"

马牛听完非常失望。

"不过，我可以帮你问一下经侦队的许队长，他现在跟我一个屋子里开会，也许他有办法联系上招商银行。"

"也只能这样了。"

打完电话,马牛又拨通了燕郊吴晓天队长的电话。

"吴队长,你还在那边现场吗?"

"在。死者的女儿也来了,正哭得要死要活。"

"能不能麻烦你一件事?"

"什么?"

"帮我问问她女儿,她妈妈是不是有一辆车?"

"你的意思是?"

"我怀疑这帮匪徒现在正在北京。他们从燕郊过来,没有车是很困难的。"

"好的,我这就去问。"

焦急地等了一会儿,吴晓天回电话了。

"你猜得没错,房东有一辆红色的马自达6,今早开出来了,但地下车库里没找到。"

"麻烦你把车牌号码发给我。"

挂了电话,他同时收到了吴晓天和徐一明的短信。前者的内容是一个车牌号码,后者则是招商银行的内部电话。马牛照着电话拨了过去,很快就有人接了。

"你好?"

"招商银行吗?这里是朝阳分局刑警队马牛。"

"马警官你好,我姓谢,是今天的值班经理。有什么可以帮您?"

"听着，谢经理，我没时间跟你解释太多了，你只要回答我一个问题，你们每个月月末是不是都要清盘金库？"

"嗯，这个嘛……"

"快，没时间了！"

"是的，我们会把一个月的储蓄量分批次运到总行去，怎么了？"

"每一批次大概有多少现金？应该超过两千万吧？"

"只多不少。"

"最后一个问题，现在运钞车走了吗？"马牛看了下时间，五点整。

"在你给我打电话的时候，车刚走。"

"你能打电话把车叫回来吗？"

"我没有押运员的电话，事实上，我们之间的电话都是保密的。"

"好吧！再见。"

"等等，警官，不会出什么事吧？"对方显然意识到了问题的严重性。

"待着别动，哪儿都别去，今天你可能要晚点下班了。"

车已经行驶到了光华桥，前面是漫长的红灯。

"哎呀，对了，我想起一件事。"

王维一拍方向盘，突然叫了一下，把马牛吓了一跳。

"怎么了？"

"通州分局的人曾经打过电话，当时你已经被停职了，电话是我接的。"

"说什么了？"

"就是有关那辆雪佛兰的检查结果。他们说在空调排风口的位置检测出了一种东西。"

马牛感到一阵口干舌燥。

"是氰化钾，对吗？"

"是的，这段时间太忙，我把这事给忘了。"

马牛无声地点点头。他已经大致弄明白事情的经过了。那帮劫匪找到曾经欺凌过的黄天，绑架了他的孩子，并不是为了让他意外死去从而得到保险赔偿金，而是逼着黄天参与他们的抢劫行动。因为黄天在北京生活了很久，了解道路情况，也许是探路，也许是制造混乱，方便他们进行抢劫。然而，黄天并不想这样做。他不想成为这帮匪徒的一份子，否则的话，他逃离越南，辛辛苦苦奋斗了多年的人生就全毁了。不仅如此，他将来也无法面对自己的妻子和孩子。但毕竟孩子还在他们手上。绝望之际，他决定抗争。他制定了AB计划。A计划是在那帮人车内空调的排风口放置氰化钾，想把他们一伙毒死，但计划失败了（天气凉爽，那天劫匪根本就没开空调），于是他临时启动了B计划——自杀，同时把马牛也牵扯了进来。这个案子只能由马牛暗中调查才不会惊动劫匪撕票。他选择死在这个时间段的国贸桥上，是因为他当时正在参与劫匪的计划，只要劫匪一动手，他的人生就彻底改变了。于是，赶在那之前，他选择了自杀，同时，用自己的死给出了警示。

他曾经被这帮人欺凌，选择了逃避，但这次，他选择了直面和救赎。

马牛彻底错怪他了。

MINI 终于到了国贸桥，但被来往的车辆彻底堵死了。时间已经临近五点一刻，匪徒们随时会下手。

他别无选择，推门下了车，掏出枪，朝国贸桥上跑去。

38

这里是国贸，周五晚高峰。

此时的东三环就像一张巨大的蜘蛛网，上面沾满了蚊虫般的汽车。国贸桥是盘踞在巨网中心的大蜘蛛。它的头朝着正东方向，尾部向长安街西向延伸，八只长脚各方伸长，罩住了桥下匆忙的人类。这只巨大的怪兽日复一日地趴在那里，饱经风霜，充满象征，同时也蕴含着伤感。

此时此刻，在它的背上，蚊虫正如网络不佳时游戏卡顿般缓慢前行。那种黏稠的蠕动，让人生看起来很是绝望。人们握着方向盘，坐在狭小的空间里，听着聒噪的广播，望着充满痛苦的前方，心里琢磨着自己还能撑多久。

这个城市通过经年累月的灌输和打磨让所有人都获得了超强的忍耐力。

生活就像脚下的车轮，再苦再难也只能朝前翻滚。

出于对焦虑的自我稀释，人们莫名期待在这种时间的流逝中发生点什么：摇下窗户，与隔壁车的车主来一场艳遇；哥斯拉出现在高楼大厦的后面，像啃甘蔗那样啃掉脆弱的玻璃幕墙；又或者来一辆巨型娃娃机，钢爪摇摆不定，然后准确地把那些热衷加塞的小汽车一把抓起，甩到九霄云外；再现实点，看见某辆豪华轿车上临窗坐着某位明星，赶紧拿出手机拍一下，发到朋友圈，看看能不能收获一些心满意足的点赞……

人们在狭小的汽车盒子里不断放空自己，直至漫长的堵车终于吸干了每个人心中的急躁与彷徨，只留下一堆麻木的脑袋。

因此，当马牛跑上高架时，大多数人以为是在做梦。

他穿着警服，握着手枪，半俯身，朝国贸桥的中心靠近，与此同时，他四处搜索运钞车以及那辆红色的马自达6。支援警察暂时是不会来了，即便来了，也未必能上得了高架桥，他们也得像他这样徒步上来，那时劫匪或许早就劫完车逃之夭夭了。虽然他到现在还没想明白在这么堵的地方，他们怎么逃离。

很快，他发现了运钞车，红色马自达6紧随其后。车窗紧闭，看不见里面的情况，但可以想象，大高个广东人于天宝是司机，在他的旁边坐着越南人陈元甲，他们的头目丛宇坐在后座，手里拿着枪。他们原本是四个人，阮勇因为管不住自己的下半身付出了脸被子弹轰烂的代价。

马牛看了下时间，已经五点半了，高架上显得很平静。为什么他们还没开始动手？考虑不了那么多了，马牛朝那辆车悄悄靠了过去。

随着靠近，他发现情况有些不对。那辆马自达6停在第二车道。马牛感觉其他车道虽然也堵车，但至少在缓慢移动，而第二车道没有动，原因是那辆马自达6没有动。后面跟随的车已经不耐烦了，开始鸣笛，甚至朝左右两侧并道超车，但旁边的车因为堵得太久，不愿意轻易让道，于是整个高架桥上的交通变得更加混乱。与此同时，他看见那辆运钞车在往前移动。

直觉告诉他不能再等下去了。他举起枪，迅速朝马自达6靠近。在接近车窗的一刹那，他把枪打开了保险栓，猛地举起，对准车内。

车内空荡荡的，一个人也没有，包括驾驶座上。

他恍然大悟。

这帮劫匪的计划：在北京最拥堵的时间和地段，尾随在运钞车后面，先想办法使运钞车停滞，然后趁机打劫运钞车，直接将运钞车开走。黄天本来也是这个计划中的一部分。他的功能是挡在运钞车前面，迫使司机下车，为后面的劫匪制造挟持的机会。黄天的森林人和劫匪的雪佛兰是三明治外侧的两层面包，运钞车则是肥美多汁的肉馅。

但是，上个月前的这天，发生了意想不到的状况。

黄天并没有按照原计划行事，而是离开了原车道朝左进入了最内侧车道。他以为自己能干掉这帮劫匪，再去救自己的孩子。但他失败了，于是启动了B计划：自杀。在不惊动劫匪和警方的情况下，把马牛拉了进来，期待他继续自己未完成的使命——抓住罪犯，救出孩子。

想到这里，马牛再次感到了巨大的压力。上次的失败并没有阻止这帮凶恶的匪徒，今天，他们卷土重来，并且快得手了。

马牛看了一下时间，下午五点四十五分，前方的路虽然没有明显的畅通，但他很清楚，在两百米处，有一个出口，一旦下了拥堵的高架桥，想要再抓住他们就没那么简单了。

唯一有利的是，他们或许还不知道马牛的存在。他需要赶紧给交通部门打个电话，在出口设置障碍。他手一摸，糟糕，手机落在汽车上了。眼见运钞车越走越远，马牛心里焦急万分。

"嘿，哥们，你在拍电影吗？"

旁边一个男人摇下车窗，笑嘻嘻地对马牛喊道。马牛一愣，意识到四周都是普通人，一旦发生枪战，很容易伤及无辜。

"对啊，是在拍电影。"

"警匪片吗？谁主演的？"

"古天乐！"

"怎么老是他啊！"

"演员青黄不接。听着，"前面的车又动了起来，马牛意识到抓捕行动迫在眉睫，"你想不想当群众演员，配合我们把这场戏演好？"

"没问题！"

"那就赶紧把头缩进去，把车窗关好，假装在开车。记住，千万不要出来,以免穿帮。"

"行。最后问一句,摄像头在哪儿?"

马牛往天空胡乱一指。

"无处不在。"

那男人果然把头缩了回去,隔着车窗笑嘻嘻的。就在这时,马牛听到了一声巨响。他抬起头,发现运钞车追尾了。

不,不是追尾,而是前面的车猛然倒车撞上了运钞车的车头。

马牛瞬间愣住了。

那是一辆银色的高尔夫。虽然距离有点远,但马牛还是看清了那个戴着棒球帽的司机是谁——谢雨心。

她还不知道自己的孩子已经被救出来了。

马牛心中一阵欣喜,但很快就被紧张的情绪替代了。他看见运钞车副驾驶一侧的门开了,从上面下来一个人,身材矮短,体格健硕,穿着"蛋头先生"的衣服和头罩,手里拿着一把手枪。马牛猜他是陈元甲。

"蛋头先生"大摇大摆地走到高尔夫旁边,并举起枪对准车内。

"嘿!"

情急之下,马牛朝他大喊了一声。"蛋头先生"猛然转身,看见了他。仅仅犹豫了一下,"蛋头先生"举枪就打。

砰!

马牛赶紧低头。子弹打中了他旁边的这辆车,把后视镜瞬间打飞了。车内的男人看着他,目瞪口呆。

"没事，剧组赔钱。"

马牛对他笑了笑，然后猛地站起，朝着"蛋头先生"开枪。子弹打在了运钞车上，擦出火花。现场的气氛被这突如其来的交火给点燃了。

一些司机从车窗里探出头来，企图看个究竟。汽车喇叭开始乱叫。不过大多数人还是选择待在车里。大家不大喜欢在事情不明的情况下站出来，以免惹上不必要的麻烦。

也许是被马牛的回击给激怒了。驾驶座的侧门打开，司机从上面下来。这个人身材高大，穿着"巴斯光年"的造型，手里端着一把枪，开始乱打起来，试图制造混乱。车窗被打破，轮胎被打穿，尖叫声此起彼伏。

这时，马牛听到远处传来了警笛声。支援警察来了。看来徐一明还是想办法调动了警力。

也许是警笛给了劫匪刺激，"蛋头先生"上了驾驶座去开车，"巴斯光年"则站在原地继续射击掩护。运钞车重新启动，像一头野牛，开始用力朝前顶开碍事的高尔夫。高尔夫不甘示弱，加大马力朝后扛着。两辆车的车轮不断地在地上摩擦，互相较劲，互不相让，看谁最终顶得住。

"巴斯光年"被惹毛了，他回过身，对准高尔夫的车窗就是一顿发射。哗啦，车窗玻璃被轰碎，高尔夫瞬间停止不动了。马牛不知道谢雨心是否受伤或死去。他看见那辆运钞车终于顶开了高尔夫，朝应急车道上开去。应急车道是空的，一旦他们上了应急车道,前方将没有任何阻碍,很快就能逃走。马牛着急地站了起来,却被"巴斯光年"打过来的子弹堵了回去。突然,他的身后传来了枪声。

是王维,她迅速跑到马牛的身边,两人肩并肩靠着车门。

"你怎么也来了?"

"废话,你是警察我不是吗?而且我的枪法比你还好。"

她说得没错。

"那你掩护我。"

"好。"

说完,王维一个转身,朝前开枪。马牛则弓着腰,在一辆辆汽车的掩护下,沿着里侧朝前跑去。很快,他来到了与"巴斯光年"平行的位置,蹲下身,瞄准一只皮靴,开了枪。

"啊!"

一声惨叫。那只皮靴瞬间溅出了鲜血,"巴斯光年"轰然倒地。已经快逃到应急车道上的运钞车再次停了下来。"蛋头先生"跳下车,抱住"巴斯光年"将他往车上拖。马牛站了起来,深吸一口气,举起枪,瞄准"蛋头先生"的头。

砰!

马牛感觉眼前一晃,无数的玻璃碴扑面而来。他下意识地抬手遮挡,同时向后倒去。他的后背撞在隔离带上,接着反弹下来,面朝下摔倒在地上。手臂的剧痛提醒他还活着,但玻璃碴刺破的皮肤渗出来的鲜血,已经染红了他的警服。他摇摇头,没注意到刚才那一枪是从何处发射过来的。

他做了三次深呼吸，慢慢把头探出身前玻璃被击碎的越野车。车内一名中年女子趴在座位上，捂着脑袋，瑟瑟发抖。透过车窗，马牛看见了他，手持来复枪的"胡迪警长"。

马牛将一块插入手臂的尖玻璃拔了出来。疼痛的感觉让他非常生气。刚才要不是他反应快，这些玻璃碴就扎他的脸上了，说不定还会被毁容。不行，他必须得打回去。

马牛再次站了起来，对准"胡迪警长"就是一枪，但没有打中。对方似乎也没心思跟他斗气，转身迅速上了车。

另外两个家伙还没上去。"巴斯光年"脚上中了弹，只能由"蛋头先生"拖着，但前者比后者重好多，"蛋头先生"根本拉不动他。为了减轻重量，"巴斯光年"将枪从身上取下来，然后扔到了车上。

终于，"蛋头先生"利用自己手臂的力量从下面把"巴斯光年"拖上了车，这下他们两个完全暴露了。对于马牛来说，这是个好机会，于是把枪口对准了他们。

砰！

又是一枪。只见"巴斯光年"先是一定，然后仰头朝后倒去。"蛋头先生"在后面根本托不住，只能任由"巴斯光年"像一座山一样，狠狠砸在身后一辆宝马的车头上，随即弹到了地上。马牛愣住了。

他还没开枪，"巴斯光年"就被击中了。从他倒下的方向判断,子弹应该是从车内打出来的。马牛看见"蛋头先生"也愣了一下,不过他很快反应过来并上了车。马牛意识到开枪的人是"胡迪警长"。

运钞车已经拐上了应急车道。来不及多想,马牛赶紧冲了上去。路过高尔夫的时候,他朝车内看了一眼——谢雨心倒在副驾驶座上,棒球帽掉在一旁,苍白的脸上双目紧闭,身体微微起伏,她没死。马牛朝王维招了招手,后者意会,跑了过来。

马牛继续前进。接着,他看见了躺在地上的"巴斯光年",面罩已经被彻底打烂了,隐藏在里面的脸被来复枪轰掉了一小半。马牛仔细辨认了一下,才看出他是于天宝。他剩下的那只眼睛张开着,透过眼球可以看到一阵惊愕,显然他也没搞明白自己为什么会死。

马牛明白。

他脚上受了伤,成了拖累,自然要被干掉,就像之前阮勇被干掉一样。再说,他死了,剩下的人就能多分一份钱。毫无疑问,那个"胡迪警长"就是丛宇。他抬起头,看见运钞车已经朝高架桥出口驶去,他再次端起了枪。

"让我来。"

马牛回过头,看见王维静静地看着前方,手里举着一把枪。只见她双手伸直,将枪平举在胸前,一只眼睛张开,一只眼睛闭合,以一种非常标准的持枪姿势准备扣下扳机。

砰!

她开枪了,因为后坐力身体明显往后抖了一下,但还是稳稳地站住了。

接着,马牛听见车胎爆破的声响,侧身一看,那辆运钞车往右一沉,车轮打滑,车身失控,瞬间撞上了护栏。因为速度太快,车轮骑上了护栏,然后侧翻过来,倒在地上不再动弹了。

马牛望着王维,嘴巴张得老大。王维轻轻地笑了笑。

"我说过,我的枪法比你好。"

马牛耸耸肩,表示佩服。

他们朝那辆车走去。然而,就在离车还剩不到五米的距离时,驾驶室的门被人从里面踢开了,有两个人接连从里面滚了出来,朝马牛他们抬枪就打。他们连忙闪到一边,以汽车为掩体。子弹像冰雹一般横扫过来。

马牛和王维背靠车身,就像身陷战壕,耐心等着火力降下来。

这时,马牛看见武装部队上来了,领头的是徐一明。他迅速靠近马牛,然后躲在他对面的车旁。

"怎么搞成这样?"他喊道。

马牛摊手。那边的火力停了下来。

马牛探出脑袋。那两个劫匪已经打开了翻倒在地上的运钞车的后车门,从里面拖出两个钱箱,开始往出口跑去。马牛站起来就是一枪,他们缩了一下头,然后回身扫射。他只好又蹲了下来。

接着,马牛听到了汽车油门的轰响。原来那两个劫匪抢了一辆橘黄色的悍马,撞开前后的车,正准备突围。马牛正要追上去,另

一边,徐队对他喊道:

"出口已经被封闭了,他们出不去的。"

马牛点点头,查看了一下弹匣,接着猛然站了起来,朝悍马逃跑的方向跑去。刚走到匝道口,他看见那辆悍马又倒了上来。警方在出口设置了路障,他们出不去的。

但很快,他就意识到了危险。

那悍马飞快后退朝着他撞了过来。他举起枪,对准车屁股就打。

砰,砰,砰,砰……马牛一连打了四枪。

悍马毫发无伤。

转眼间,悍马已经倒到了面前。他连忙往旁边一跳,身体撞在了护栏上,受伤的手臂疼痛不已。他刚想翻身站起来,就看见一个黑洞洞的枪口从车窗里伸了出来,他发现自己已经没有任何躲避的空间了。

没有选择,只能硬碰硬了。

马牛咬紧牙关,举枪就打。对方也许没想到马牛会这样,一走神,那把枪就被他发射的子弹击中,掉在了地上。马牛站起来,一边开枪,一边朝他们走去。他们开始倒车,速度越来越快,最后咚的一声巨响,汽车一动不动了。

马牛打穿了车窗,打中了驾驶座上的"蛋头先生"。他仰头靠在座位上,面部中了一枪,已经死了。但马牛发现副驾驶座是空的,车门打开着。

其他警察已经冲了上来。一切都结束了吗？

不，还没有，丛宇还没死。

"别过来，退后，退后。"

马牛着急地挥舞着双手，让他们先隐蔽起来，但他们好像没听见他的喊声，依然朝那辆悍马冲了过来。紧接着，马牛看见了最惊人的一幕。

一个钱箱从汽车后面腾空飞起，就像一个神奇的宝盒，在夕阳的映照下散发出光芒。马牛看见"胡迪警长"冒出了头，举起来复枪，像一名飞盘射击运动员一样，朝天空开了枪。

砰！

钱箱在半空中开了花，瞬间，钞票四下飘落。举枪的警察，桥上拥堵着的司机，桥下的行人，都在同一时间抬起了头，见证这梦幻的一刻。

然后，不到三秒钟的工夫，这个梦幻的气泡就被现实给刺破了，马牛看见已经摘掉"胡迪警长"面具的丛宇端着来复枪，从车的缝隙中钻了出来，一脸杀气腾腾。

马牛迅速举起了枪。

但已经来不及了，当所有人还在发呆时，致命的火舌已经从黑洞洞的枪口吐了出来。

砰！咔嚓！砰！咔嚓！

马牛看见好几个警察倒地不起，心里祈祷着他们只是受伤。丛宇的子弹打尽了，甩手把枪扔到一旁，又从腰间抽出一把手枪。

机不可失,马牛瞄准了他,扣响扳机。

几秒钟过后,他看见丛宇的身体抖了一下,然后缓缓转过身。

他们四目相对。

马牛又开了一枪,这一枪打中了对方的肚子。丛宇也在同一时间开了枪。马牛感觉自己的胸口中了一枪。不管,他继续开枪回击。

终于,丛宇站不住了,双膝跪倒。马牛看见他似乎强撑着还想站起来,但另一个方向的子弹也朝着他打了过去。丛宇倒在了地上,双目圆睁,嘴巴里不断往外冒血,双腿抽搐着。

马牛全身的力气也耗尽了,瘫倒在地上,仰面朝天。

天空彻底暗了下来。

他感觉很安静,耳边风呼呼吹过。他看见北京夜晚的天空居然变清澈了,尾气消散。路灯在同一时间打亮,宛如舞台灯光师在操控现场气氛。远处国贸大厦的霓虹灯闪烁着,繁华的夜景象征着这个城市的生命力。接着,他看见王维和徐队朝自己跑了过来,大声喊着他的名字,问他怎么样。他想回答,嘴巴却使不上劲,他觉得自己快死了。终于,眼前一黑,他什么也看不见了。

39

……当时真的很危险,子弹就打中了我这里,心脏的位置,很可怕,我一下子就昏过去了。几分钟后,我又醒了过来。我是被摇醒的。我的一个女同事，膀大腰圆，跟头熊似的，抓住我的手臂一个劲儿地摇，弄得我胳膊上青一块紫一块，一个星期才消掉。我记得当时醒来的第一句话就是："姐，你能不能轻点儿？"

后来我才知道，虽然被子弹打中了，但我没事，一点儿事都没有，我是被吓晕的。实话告诉你们吧，我有神功护体……

（台下：吹牛！）

真的，不骗你们！

（马牛从口袋里掏出一个牛皮笔记本，中间有个洞。）

看，就是这本"秘籍"捡回了我的一条小命。当时子弹刚好射穿它，弹头卡在本子里，差一点就打到了我。这本"秘籍"是我平时随身携带用来记录段子的，上面还有一些我新写的段子。之前经常有朋友对我说，马牛，你不好好当警察，跑去说什么脱口秀！那玩意儿有啥用？我现在终于可以怼他们了：脱口秀当然有用，不仅能逗人开心，关键时刻还能救命！

怎么？我看你们的表情好像还在怀疑这个事情的真实性？觉得我又在编段子忽悠你们，对吗？你们也许在想，马牛，你就吹吧！北京，周五晚高峰，国贸桥上，居然会发生枪战？电影都不敢这么拍！再说了，如果真发生这种事情，为什么一点新闻都没有？就连网上也没有任何人提起。

不过要说完全没人提起这事也不对。那天事情发生后，我一直在网上搜关键词：国贸、枪战……搜了半天，还真被我搜到一条。有个哥们发了条微博，是这样写的：今天太幸运了，在国贸桥上遇见摄制组拍电影，枪战片，我还做了一回群演，大家知道主演是谁吗？古天乐！顺便问一句万能的微博，知道去哪儿找摄制组赔我的后视镜吗？

我说了这么多，也许你们还是不相信，没关系，大家也可以和那位哥们一样，把我刚才所说的一切当成一个段子，或者一场梦。人生本来就是一场梦，偶尔沉溺一下也挺好的，毕竟现实的生活太无奈了。

就这样，我叫马牛，这里是"卤煮"脱口秀俱乐部，谢谢大家！

再见！

40

从死亡边缘回来的马牛（那颗子弹几乎要了他的命）坚持每天去太阳底下散步，用力体会活着的美好。他去了一趟之前从未去过的长城，登上了八达岭，但抵挡住了小贩的热情推销没有购买任何纪念品，也没有在"不到长城非好汉"的石碑前拍照留念。他只是一鼓作气爬到最高处的烽火台，大汗淋漓地举目四望，然后随着游人一同下来，坐车回家。

他请王维看了一场电影。在黑暗中，王维笑他也笑，王维沉默他也沉默。

他发现结案之后，自己又回到了之前的状态：对大多数事情不关心，对别人提不起兴趣。

唯有去俱乐部说脱口秀，站在舞台上的那几分钟让他可以短暂地开心一会儿。

他决定去见一次谢雨心，需要给故事凑一个所谓的结局。

在国贸桥枪击事件的当晚，谢雨心因为左臂中弹被送进了朝阳医院，手术顺利完成后的第二天，徐一明给她录了口供。

但口供漏洞百出。

一个月前的某天傍晚，她在家做饭等丈夫回家，孩子黄佳则做完了家庭作业，独自去楼下的小型游乐场玩耍。这个游乐场在楼下不到二十米的地方，从阳台上就能看见，所以谢雨心放心七岁的黄佳一个人去玩，只要每隔五分钟过去看一眼。然而等她把汤锅炖上，再次来到阳台时，发现黄佳不见了。起初她还以为儿子在回来的路上，等了十几分钟后，她意识到不太对劲。智能手表无人接听，但定位还在楼下，于是她赶紧下楼来到游乐场，问了一圈也没人见到黄佳。很快，她在一个沙坑前找到了被踩碎的智能手表。

当她正准备打电话报警时，丈夫黄天一脸憔悴地回来了。他告诉她，儿子被绑架了，对方索要巨额赎金，不准报警，否则撕票。无奈之下，他们决定卖房子交赎金。结果还没来得及交易，黄天就突然猝死在了国贸桥上。

痛失爱人的谢雨心为了孩子，依然不敢报警，而是继续卖房凑赎金。但接下来的一个月，那伙绑匪仿佛消失了一般。她心急如焚，一方面要承受丈夫的不幸离世，另一方面要尽快找到绑匪救出孩子。她甚至想过等事情一结束就带着孩子移民，忘掉这噩梦般的记忆。她按照丈夫生前的遗愿，把他的骨灰带回了老家湖南，与父母安葬在了一起。

之后，她回到北京，开着车满大街找那些匪徒。一开始，她极其绝望，因为在偌大的北京城找到人的概率非常低。但她坚持认为，自己的孩子依然还活着，只要不放弃寻找，就有一线希望。

终于，老天有眼（她的原话），让她在那一天在大街上遇到了那群劫匪。她意识到这些人可能要干坏事，于是开车尾随，并在国贸桥上试图倒车阻拦，直至被子弹击中，昏迷不醒。

后面的事情是徐一明当作感人故事在局里的案情总结会上分享给大家的。

谢雨心醒来后一睁眼看到儿子黄佳守在床边，不顾受伤的手臂，一把抱住失而复得的孩子，哭得稀里哗啦。这场母子经过劫难后重逢的戏码，惹得在场的警察、医生以及少数媒体记者纷纷落泪。

台下的马牛听完后第一反应是：记者也去了？为什么没有任何报道？

当然，更让他感到啼笑皆非的是这份口供，错漏百出，完全无法自圆其说。

如果她对这起抢劫案毫不知情，为什么一开始那么着急火化尸体，并不断给马牛暗示？

如果是卖房凑赎金，为什么这么长时间过去了，房屋中介也联系到了客户，却从未被带去看过房？

她消失了近半个月,为什么要刻意隐瞒自己的行踪?

撇开那荒谬的"老天有眼"不谈,她从未见过劫匪,为什么能在大街上一眼就认出他们?更何况当时他们都穿着《玩具总动员》的衣服和戴着面罩。

但马牛并没有站起来反驳,他相信徐一明也心知肚明。即便口供如此不靠谱,他们依然无法辩驳,因为劫匪全都死了。

再加上要开国际会议,上层想尽快结案,尤其是以这样一个"母子团聚"的结尾完美收场。

"谢雨心一家毕竟是受害者,就这样吧!"徐一明拍拍马牛的肩膀,语重心长地说道。

话虽如此,但真相不能"就这样吧"。

谢雨心被安排在了一个豪华单间。她购买了 VIP 商业医疗保险,所有的医疗费用院方都会直接从保险公司划账,不用操任何心。

马牛进去的时候,她正斜靠在病床上看手机。她脸色红润,健康,头发精心梳理过,穿着浅色条纹的病服,被子盖在腰间,一只受伤的手臂扎着绷带,搁在床沿。马牛想到自己每次见她都是让人记忆深刻的打扮,这次尤甚,不禁笑了起来。

"哟,你终于来了。"

谢雨心见是马牛,也笑了起来。

"怎么?你一直在等我来吗?"

"算是吧!我总得跟你说声谢谢……来,佳佳,过来叫叔叔。"

马牛转身看见黄佳正坐在椅子上玩 iPad。他只是抬了一下眼皮，然后继续埋头玩游戏。

"这孩子！"

"没事。其实也用不着谢什么，我是警察，这都是我的职责。"

"还是应该谢谢你，"她停顿了一下，"黄天没有信任错人。"

"所以你承认自己一开始就知道黄天的所有计划？"

"不，我不承认，"她又笑了起来，"如果你是代表警方来调查我的，对不起，我该说的录口供时已经说完了。"

"要是作为朋友呢？"

"你可从没把我当朋友。"

"为什么你会这么认为？"

"有哪个朋友探望病人是空手来的吗？"她微微一笑，"坐吧！"

马牛尴尬地在旁边的椅子上坐下来。

"其实我知道你在担心什么。"

"别说了，都过去了。"

"我只是很好奇，你怎么忍心看着黄天去死？"

"闭嘴！"她生气了，但她很快就控制住了自己的情绪，"佳佳，你去外面玩一会儿，我和这位警察叔叔有话要谈。"

黄佳这次倒是很听话，拿着 iPad 站起来就往外走。等病房的门关上之后，谢雨心重重叹了口气。

"不是你想的那样。"

"那是怎样？"

谢雨心沉默了片刻。

"事实上，一开始儿子被绑架时，我和黄天吵得不可开交。那时候我几乎快急疯了，恨不得把所有的气都撒在黄天身上。当时我认为，这一切都是黄天造成的，是他的错，他对我隐瞒了自己被欺凌的过去。当那些恶人找上门来时，他慌了神，整天就知道喊怎么办怎么办，一点主意也拿不出来。要知道，那些人是冲他来的，是他的懦弱招惹了那些人，如果他当年勇敢一点，也不会被这些人纠缠这么久。我恨那些人，也讨厌黄天，他的懦弱不仅害了自己，也害了孩子，害了我们一家。你是不是觉得挺可笑的？"

马牛觉得自己最好不要发表看法。

"但有一点我们是达成共识的，就是不能报警，我们无法承担拿孩子性命打赌赌输后的后果。那段时间，我们这个家基本上垮掉了。我每天都处在精神崩溃的边缘，而黄天还特别忙，工作特别累，整天不着家。我们也想不出任何办法来解决这个问题，直到有一天，他回来跟我说了他的计划。"

"自杀的计划吗？"

"嗯。他说他有一个办法能在不引起警方注意的情况下，让一个真正有能力、正直的警察来帮他，这个警察就是你。他说你曾经救过他的命，而办法就是他去死。"

"你同意了？"

"怎么可能？我劝他想都不要想。他是这个家的顶梁柱，如果他死了，我和儿子怎么办？谁来照顾我们？他以为自己很英雄，但在我看来,其实同样是不负责任。我们又吵了一架,不欢而散。"

"后来呢?"

"后来我才知道,绑匪绑架孩子不是为了钱,而是要把他拖下水,让他一起去犯罪,他们吃定了他。我知道后,脑门一热劝他参加算了。虽然这样做不对,但为了救孩子,别无他法。但他告诉我,以他对那帮人的了解,即便他参与了,很可能还是不会放过他。而且,他好不容易摆脱过去,通过自己多年的努力建立了这一切,一旦自己成了罪犯,他不仅无法面对自己的孩子,也无法面对他自己。我问他,那怎么办?他说他想出了一个办法,杀死那些人。我说那同样是犯罪,但他说他有办法。

"他不知道从哪儿弄到了毒药,放在那些人的汽车里,说一定会把那些人毒死,然后带孩子一起回来。我相信了他。那天,是孩子的生日,我在家等他回来。我一直盯着门,多么希望能听到钥匙转动的声音,看见他带着孩子平安进来,给我一个宽慰的拥抱。然而,什么都没有发生。他失败了。"

"你是从那个时候知道他选择了自杀,对吗?"

"对。他根本没跟我商量,就做了 B 计划。死讯传来,我就知道一切都晚了,哭了很长时间,最后终于哭醒了。我知道自己必须沿着他的路走下去,否则他就白死了。我抹干眼泪,穿上显眼的衣服,去太平间,目的就是想引起你的注意。"

"你为什么确定会是我来办这起案子呢?"

"因为那个报警电话是我打的。当时在现场,交警就跟我联系了，然后我就打电话报警说有人遇害了。我知道这个案子一定会转到你那儿，因为黄天生前已经调查你很久了，知道你周五值班，你们上级很大概率会派你来办案。所以当我在太平间看到你的时候，一直悬着的心才落了下来。"

"所以你让我送你回家，然后还暗示我说，一切才刚刚开始。"

"没错。"

"那黄天微博下留言谋杀的'知情者'也是你吗？"

"是，我都是严格按照黄天生前的计划来执行的。后来你来我家，我故意把家里黄佳的照片都收了起来，并把你引向曹睿，还暗示你去查看蛋糕，遗憾的是，你一直没去看。"

"是我的疏忽。说说后面的计划吧！我知道你给他们都打过电话。"

"黄天真是花了不少心思。他故意引导那些跟他有过节的人上桥，包围自己，目的也是为了引起你的注意。不过，他考虑得很周到，既让这些人帮了忙，又能让他们全身而退。事实上，那些人也只是开车出现在现场，一开始并不知道黄天的计划，是被动参与其中的。等到他死后，我立即给他们打了电话，告诉他们发生在我们身上的事，希望他们帮帮忙，暂时对警察（也就是你）的调查进行隐瞒和引导。我很感谢他们，他们是好人，善良的人，没有因为之前的过节而拒绝提供帮助。"

"的确。后来呢？你为什么又躲起来了？"

"我失望了。那次来找你吃饭，本来想探探你的口风，看你到底查出来了多少,结果发现你一点进展都没有。我怀疑黄天信错人了。基于这种判断,我更不可能跟你说实话,因为我觉得你可能根本没有能力来拯救我们。于是,我打算自己去做。"

"怎么做?"

"我把黄天的骨灰送回老家,并在墓碑后面留下了我的名字。我已经做好了跟那帮人同归于尽的打算。我悄悄回到北京后,每天都在国贸桥周围晃荡。我知道这帮劫匪肯定会再次作案。我要给他们最沉重的打击。结果,还真让我等到了。"

"是吗?"

"那天,我看见那群人开着车从我面前经过,我知道他们的计划,穿着《玩具总动员》的衣服对别人来说是个掩护,但对我来说简直太好认了。于是我开着车跟了上去,一直在旁边观察他们。"

"你看到了打劫的全过程。"

"是的。他们假装追尾那辆运钞车,等到对方下车,他们上前开枪把人打死,然后钻进了车内。"

"这个过程没人看见吗?"

"他们的动作非常快,而且当时国贸桥上,堵得厉害,大家都……"

"我知道了。后来呢?"

"后来我迅速变道超车到运钞车的前面,然后就如你所见,倒车撞他们,我跟他们拼了。"

"你考虑过后果吗?毕竟孩子还在他们手上。"

"考虑过，但我那时以为孩子已经死了。"

"为什么？"

"不知道，就是一种感觉。黄天已经死了，他们留着孩子反而是个累赘。反正我已经绝望了，跟他们拼了。后面我就中了枪，然后昏了过去，结果一觉醒来，我居然再次看到了孩子。那一刻，我真的感觉自己是在做梦。真希望一切都是一场梦！我想象着黄天没死，期待他推门进来，和我拥抱，亲吻我的额头，可是没有，我只看到了警察。"

谢雨心再也抑制不住地哭了起来。马牛从床头的抽纸盒里抽出两张纸巾递给他。

"我知道你为什么要对警方撒谎？"

谢雨心停止了哭泣，用一种意味深长的眼神望着马牛。马牛想起来了，这种眼神与他第一次在太平间里看见的一模一样。很快，他发现她的目光转向了他的身后。

"怎么了，佳佳？"

他回过头，看见黄佳不知道什么时候进来了，正直愣愣地看着他们。

"iPad 没电了。"

"休息一下，玩一上午了。"

"还想玩。"

"不玩了，到妈妈这儿来。"

黄佳走到谢雨心的旁边，躺在她怀里。谢雨心摸着他的头发，目光温柔。

"那是黄天用生命留给我们母子俩的财富,我不会放弃。何况你也没有证据。所以,你还是走吧!"

马牛微微欠身,退出了病房。谢雨心说得没错,保险公司无法证明黄天是自杀的,死亡证明上的死因一栏依然写着猝死,所以,这笔赔偿金她肯定会拿到。马牛突然意识到自己很可能下次就见不着他们了。下个星期,他们就会飞去美国,从此离开这座充满伤心回忆的城市。

出了医院,马牛沿着体育场东路一直往南走,途经东大桥、芳草地、世贸天阶、秀水街,来到永安里,再往左一直往东走,没过多久就到了国贸桥。

他站在国贸桥下,抬头望了望。

天空湛蓝,美丽如画。

马牛左转身,迈开大步,沿着三环路往北,向独居的家沉默走去。